IN CHINA ESSEN SIE KNÖDEL

Albert Frank, geboren 1959 in Wien, studierte Theaterwissenschaft und Kunstgeschichte. Ab 1980 arbeitete er an verschiedenen Staats- und Stadttheatern als Schauspieler und Regisseur. Seit 1999 schreibt er Theaterstücke und jetzt auch Kriminalromane.

Dieses Buch ist ein Roman. Handlungen und Personen sind frei erfunden. Ähnlichkeiten mit lebenden oder toten Personen sind nicht gewollt und rein zufällig.

ALBERT FRANK

IN CHINA ESSEN SIE KNÖDEL

Kriminalroman

emons:

Bibliografische Information der Deutschen Nationalbibliothek
Die Deutsche Nationalbibliothek verzeichnet diese Publikation in der Deutschen Nationalbibliografie; detaillierte bibliografische Daten sind im Internet über http://dnb.d-nb.de abrufbar.

FSC
www.fsc.org
MIX
Papier aus verantwortungsvollen Quellen
FSC® C083411

Umschlagmotiv: Montage aus fotolia.com/Ars Ulrikusch, shutterstock.com/zilber42
Umschlaggestaltung: Nina Schäfer, nach einem Konzept von Leonardo Magrelli und Nina Schäfer
Umsetzung: Tobias Doetsch
Gestaltung Innenteil: César Satz & Grafik GmbH, Köln
Lektorat: Uta Rupprecht
Druck und Bindung: CPI – Clausen & Bosse, Leck
Printed in Germany 2019
ISBN 978-3-7408-0506-7
Originalausgabe

Auch die Kuh sieht die Morgenröte

Es ist ein Satz nur,
nur ein Satz.
Du denkst:
Eine Chance, die sich böte,
ob ich mir die Haare röte,
kauf ich mir die Zauberflöte
oder eine Hirtentröte
oder, ganz anders, eine Landschildkröte.
Weiß ich was gegen Hungersnöte,
Finanznöte,
Geldnöte?
Bevor du denkst: Ich töte!
Bedenke:
Auch die Kuh sieht die Morgenröte.

(Mit freundlicher Genehmigung meines Freundes Petschi,
dem ich das Gedicht eigentlich zum Geburtstag geschenkt habe.)

Ausgezeichnet

1

»Mit ›ausgezeichnet‹ bestanden«, liest der Kruppa aus dem Zeugnis vor.

So voll ist die Polizeidienststelle Kaingasse schon lange nicht mehr gewesen. Es gibt aber auch was zu feiern. Die Ullrich ist jetzt Privatermittlerin mit Konzession. Berufsdetektivin. Das hört sich läppisch an, ist aber ein langer, steiniger Weg.

Was da alles dazugehört! Langjährige Berufserfahrung in einem relevanten Beruf – hat sie: fünfundzwanzig Jahre Polizistin, inzwischen Gruppeninspektorin und Dienststellenleiterin. Dann Paragrafen ohne Ende. Steuer, Zoll, Datenschutz, Urheber- und Persönlichkeitsrechte. Und noch die ganze Technik: Fotos, Wanzen, Internetrecherche. Berichte formal korrekt verfassen. Wahnsinn. Und das alles hat die Ullrich mit »ausgezeichnet« bestanden.

Vier Jahre ist sie auf ihrer Dienststelle zwischen Leibesübungen und Fernstudium hin und her gependelt. Hat das Gefühl, abgeschoben zu sein, kanalisiert und in positive Energie umgewandelt. Und ihr Dienstherr, die Polizeidirektion Wien, hat ihr die Aufnahme einer nebenberuflichen Tätigkeit bewilligt. Wenn das kein Grund zum Feiern ist.

Die Mama Ullrich hat frische Blutwurst und Kren mitgebracht. Der Kruppa die Getränke. Die Familie Durben hat sich auch nicht lumpen lassen und trägt mit einem riesigen Sortiment verschiedener Tortenstücke zur festlichen Tafel bei. Teilnehmer an dieser Festivität sind: die Gruppeninspektorin, Dienststellenleiterin und frischgebackene Privatermittlerin Stefanie Ullrich. Fünfzig. Ritalinabhängig. Ihre

Mutter, Mama Ullrich, und deren Leibeigene Maria und Josef. Maria ist wie ihre Herrin um die achtzig, stammt ursprünglich aus dem Sudan und lebt seit über vierzig Jahren als Schwarzarbeiterin auf dem Ullrich-Hof in Blindenmarkt bei Amstetten im Mostviertel. Josef, ein aus der Mongolei stammender altersloser, unansehnlicher Riese mit kleinem Verstand und großem Herz, liebt den selbst gebrannten Schnaps und Maria. Mama Ullrich fürchtet er mehr, als dass er sie liebt.

Des Weiteren ist da noch Herr Gruppeninspektor a. D. Hannes Kruppa. Bis zu seiner Pensionierung Dienststellenleiter und somit Chef von der Ullrich. Früher Messie, heute Pensionist und Händler mit Polizeidevotionalien. Sehr dick.

Auch mit von der Partie Herr Gruppeninspektor a. D. Wolfgang Durben. Vor seiner Pensionierung Dienststellenleiter und Chef von Kruppa und Ullrich. Er leidet seit einem traumatischen Kindheitserlebnis an einer Taubenphobie, die sein Leben weitestgehend bestimmt. Wirkt oft verwirrt. Und dann dessen Gattin Gertrude, genannt Gerti. Eine wegen Burn-out frühpensionierte Lehrerin, die ihren Lebensabend mit Demonstrationen sinnvoll gestalten möchte. Sie ist viel unterwegs, da es immer gegen oder für etwas zu demonstrieren gilt. Summa summarum, eine fröhliche, bunt gemischte Gesellschaft, die es sich schmecken lässt.

»Und wie wollen S' jetzt an Kundschaft kommen? Haben S' ein Büro? Wann soll's denn losgehen?« Der Kruppa ist ganz aufgeregt. Als hätte er selbst die Prüfung bestanden und wäre jetzt Privatdetektiv. So kennt man ihn gar nicht. Eigentlich neigt er eher zum Phlegma, was sicherlich seinen hundertdreißig Kilo Lebendgewicht geschuldet ist. Aber das fasziniert ihn schon. Sogar ein richtiger Detektivausweis mit Lichtbild macht die Runde.

Die Ullrich kann sich nicht erinnern, schon einmal so viel Aufmerksamkeit genossen zu haben.

»Ich hab in der Kronen Zeitung eine Annonce geschaltet. ›*Privatermittlerin mit jahrzehntelanger Berufserfahrung ermittelt schnell, preiswert und diskret. Kaingasse 54a. Bitte bei Polizei klingeln.*‹ Büro hab ich erst mal keines. Ich werd die Klienten hier empfangen. Auf der Wache. Das gibt ja auch Vertrauen, so eine Polizeidienststelle. Die nebenberufliche Tätigkeit ist genehmigt, also werden die wohl nichts dagegen haben, wenn ich meine dienstfreie Zeit hier verbringe. Sonst sind wir denen da oben doch auch wurscht.«

Die Verbitterung, die aus diesem Satz spricht, ist mehr als verständlich. Bei der letzten Dienststellenreform um die Jahrtausendwende ist die Wache Kaingasse einfach vergessen worden. Das muss man sich einmal vorstellen. Andere Dienststellen wurden zusammengelegt, geschlossen, neu eingerichtet. In der Kaingasse? Nix! Alles blieb, wie es immer schon war. Nur, dass die im Lauf der Zeit ausscheidenden Beamten nicht mehr ersetzt wurden. Kündigen konnte man die verbleibenden Beamten nicht. Versetzen auch nicht, weil ihr Ruf innerhalb der Wiener Sicherheitskräfte nicht der beste war. Man ließ die Wache, auf der schon seit Jahren kein Notruf mehr eingegangen war, regelrecht ausbluten.

Von den ursprünglich zehn Planstellen waren schließlich gerade noch drei geblieben. Durben, Kruppa und Ullrich. Nach dem Abgang von Durben waren es noch Kruppa und Ullrich. Jetzt ist die Ullrich allein auf der Wache und kann sich selbst leiten. Ja, so sieht's aus. Aber mit diesem neuen Berufsabschluss hat die Ullrich sich aus dem Sumpf von Nichtbeachtung, Einsamkeit und Depression gezogen.

Alle ohne Ausnahme sind stolz auf die Ullrich. Sogar ihre wenig empathische Mutter kann sich zu einem »Nicht schlecht« durchringen. Josef schaut die frischgebackene Privatdetektivin ganz ehrfürchtig an. Als würde ein unsichtbarer Heiligenschein um ihren Kopf kreisen. Gerti lässt sich enthusiastisch darüber aus, »was wir Frauen zu leisten imstande sind«. Durben nickt. Kruppa trinkt. Mama Ullrich verdreht die Augen. Maria beginnt, das Büro zu putzen, und Josef freut sich. Es ist eine gelungene Feier, trotz der Mittagszeit und des nicht gerade unerheblichen Durchschnittsalters der Gäste.

Einzig Durben leidet ein bisschen unter dem veränderten Tagesablauf. Um halb eins nimmt er gewöhnlich seine Dose Ravioli von Inzersdorfer zu sich. Mit frischem Basilikum und frisch geriebenem Parmesan für die original italienische Note. Er liebt dieses Gericht. Sein Verdauungsapparat ist seit Jahren darauf eingestellt und harmoniert prächtig mit diesem mediterranen Klassiker. Warum also sollte Durben etwas anderes essen? Seine Gattin Gerti isst auch gerne Ravioli, hat aber durch ihre eifrige Demonstrationstätigkeit, die sie oft zu auswärtigem Essen zwingt, durchaus auch andere kulinarische Erfahrungen gemacht. Kurz, Durben betrachtet die Blutwurst und den Kren argwöhnisch. Nicht, dass er Zweifel an der Qualität hätte. Es ist die Sorge um seine Verdauung einerseits und die liebe Gewohnheit andererseits. Aber essen muss er was, das steht fest, sonst verträgt er den Grünen Veltliner nicht, den der gute Geist Maria unentwegt nachgießt.

Solche Bedenken hat Gruppeninspektor a. D. Kruppa natürlich nicht. Erstens trinkt er Bier, und zweitens isst er alles. Hauptsache, viel und fett. Josef hat sich mit seiner Schnapsflasche und der Erlaubnis von der Ullrich in die ehemalige Arrestzelle zurückgezogen, die von Ullrich zu einem modernen Fitnessstudio umgebaut worden ist. Besonders angetan hat es ihm das Ergometer mit virtuellem Schießstand. Auf dem hockt er jetzt und radelt. In der Linken die Schnapsflasche und in der Rechten die Laserpistole, mit der er auf die unterschiedlichsten »Feinde« ballert, die auf dem Bildschirm vor ihm sichtbar werden.

Hier hat Gruppeninspektorin Ullrich ihre Ausdauer

und Reaktionsschnelligkeit trainiert. Eine Stunde Körperertüchtigung, dann eine Stunde Fernstudium. Mit eisernem Willen und ein bisschen pharmazeutischer Hilfe ist sie zu der geworden, die sie heute ist. Privatermittlerin mit einem ausgezeichneten Abschluss.

2

DRINGDRING!

Die Glocke der Wache. Da will jemand rein!

Jetzt hätte sich der Kruppa fast an seinem Bier verschluckt. Wer rechnet denn mit so was? Das hat es früher hier nicht gegeben, dass da einfach so wer anläutet.

»Erwarten Sie noch Gratulanten, Ullrich?«

»Keine Ahnung, wer das ist.«

Alles starrt wie gebannt auf die Eingangstür. Selbst Josef steckt seinen Kopf aus der Arrestzelle respektive Fitnessraum.

Stille. Man hält den Atem an.

DRINGDRING!

»Willst nicht aufmachen, Steffi?« So nennt Mama Ullrich ihre Tochter, die sich gerade zur Beruhigung eine Ritalintablette einwirft und sie mit einem kräftigen Schluck Red Bull hinunterspült. Dabei beruhigt Ritalin gar nicht. Eher im Gegenteil. Das sollte ihr mal wer sagen.

»Sind wir hier richtig bei der Privatermittlerin? Da steht: ›Bei Polizei klingeln‹.«

»Passt schon. Kommen Sie bitte herein.«

So, jetzt stehen sie also da. Die ersten Kunden von der Ullrich. Oder sagt man Klienten?

Ein seltsamer Anblick, der sich ihnen bietet. Und zwar allen.

Die schon vorher Anwesenden wundern sich über die Neuankömmlinge, und die wiederum wundern sich über die Anwesenden. Aber der Reihe nach.

Die Erstklienten der Ullrich stellen sich als Herr und Frau Schnabel vor. Das allein wäre noch nicht ungewöhnlich. Ungewöhnlich ist ihr Aufzug. Ihr äußeres Erscheinungsbild. Beide Schnabels sind so um die fünfzig und scheinen einem sehr alten Heimatfilm entsprungen zu sein.

Die üppigen weiblichen Rundungen der Frau Schnabel werden von einem reich verzierten farbenfrohen Dirndl zusammengehalten. Oben thront eine vermutlich traditionelle Kopfbedeckung, die an ein umgekehrtes Ruderboot erinnert.

Herr Schnabel steckt in ledernen Knickerbockern, wollenen Stutzen, Haferlschuhen und einem grünen Lodenwams. Dazu trägt er einen runden hellgrünen Filzhut mit einem beeindruckenden Gamsbart, der jede seiner Kopfbewegungen mit einem Nicken zu kommentieren scheint.

Man kann dem Wiener zwar eine gewisse Affinität zur Tracht nicht abstreiten, aber das geht nun wirklich zu weit. Die Kaingasse liegt jetzt nicht gerade am Nabel der Welt, aber auch nicht im Hochgebirge. Man hätte ja noch Verständnis für diese Aufmachung, wenn die Schnabels breites Tirolerisch oder wenigstens Steirisch reden würden, aber sprachlich sind die beiden eindeutig dem Wiener Idiom zuzuordnen.

Herr und Frau Schnabel haben sich das Büro einer Privatermittlerin auch anders vorgestellt. In der Mitte des Raumes stehen zwei zusammengeschobene Schreibtische. Diese biegen sich geradezu unter der Last von Würsten, Torten und Flaschen. Um die Tische sitzen zwei sehr alte Frauen, eine davon ist schwarz. Dazu zwei ältere Männer, einer dick, einer dünn, und eine weitere ältere Dame, die freundlich lächelt. Die Privatermittlerin, die etwas unsicher in der Mitte des Raumes steht, trägt eine Polizeiuniform. Das wirkt beruhigend auf die Schnabels. Beunruhigend hingegen ist ein tiefschwarzer Lockenkopf, der im hinteren Teil der Wache immer wieder um die Ecke schaut und die Schnabels beobachtet. Sobald sie ihn ansehen, duckt er sich dämlich kichernd wieder weg. Als wollte er mit ihnen Verstecken spielen.

Alles in allem also eine sehr ambivalente Situation.

»Dann wollen wir Sie mal mit der Frau Ullrich allein lassen, nicht?«, verkündet Gerti, worauf sich die ganze Mannschaft mühsam erhebt und sich zum Josef, also in den Fitnessraum, zurückzieht.

»Herr Gruppeninspektor Durben, Herr Gruppeninspektor Kruppa, möchten Sie vielleicht hierbleiben?«, ruft ihnen die Ullrich nach. »Wenn es die Familie Schnabel nicht stört. Die beiden Herren sind erfahrene Kriminalisten und unterstützen mich bei meinen Recherchen.«

Das lassen sich Kruppa und Durben natürlich nicht zweimal sagen. Husch, schon sitzen sie wieder am Tisch. Die Familie Schnabel hat nichts gegen die erfahrenen Kriminalisten einzuwenden und lässt sich nun auch am Tisch nieder. Dann kann es ja endlich losgehen.

»Womit kann ich Ihnen behilflich sein?«, eröffnet Ullrich ihr erstes Klientengespräch.

»Meine Mutter ist weg«, verkündet Herr Schnabel, und sein Gamsbart nickt zustimmend.

»Seit wann?«

»Seit zwei Tagen.«

»Ist sie vielleicht weggefahren?«

»Meine Schwiegermutter ist noch nie weggefahren.«

»Wie haben Sie bemerkt, dass sie weg ist?«

»Sie war auf einmal nicht mehr da.«

»Aha.«

In der Theorie beherrscht die Ullrich natürlich die unterschiedlichsten Fragestrategien, hat diese in der Praxis aber noch nicht anwenden können, was jetzt erst mal zu einer längeren Pause führt.

Gerade noch rechtzeitig, bevor es peinlich wird, schaltet sich Kruppa ein.

»Haben Sie ein Foto von Ihrer Frau Mutter?«

Hat der Herr Schnabel.

»Die hat ja auch ein Dirndl an«, stellt jetzt Durben überrascht fest.

»Das ist unsere Dienstkleidung. Wir betreiben einen Heurigen in Grinzing. Die Bedienungen haben alle so ein Dirndl an. Corporate Identity.«

»Wos?«, will der Durben jetzt wissen.

»Ihr Markenzeichen. Das Dirndl ist ihr Markenzeichen. Verstehst?«, springt ihm Kruppa zur Seite.

Da sich die Ullrich jetzt wieder gefangen hat, kann sie mit der Befragung fortfahren.

»Den Heurigen kenn ich, Herr Schnabel. Den kennt jeder. Und Ihre Frau Mutter hat also mitgearbeitet? Im Dirndl.«

»Wir haben den Heurigen jetzt in der fünften Generation. Meine Mutter ist die Chefin. Noch. In einem halben Jahr geht sie in Ruhestand, und dann übernehmen wir das Geschäft allein. Meine Mutter steht an der Schmankerltheke. Sie kocht und verkauft das Essen für die Gäste. Und wie wir vorgestern aufgemacht haben, war sie nicht da. Ich bin gleich rauf in ihre Wohnung. Die ist direkt überm Schankraum. Aber da war sie auch nicht.«

»Hat was gefehlt? Koffer, Kleidung, Waschzeug?«

»Nix. Alles da. Ihr Dirndl ist weg. Das muss sie noch anhaben, die Mutter.«

»Waren Sie schon bei der Polizei?«

»Die sagen, dass sie nichts machen können, weil ein Erwachsener hingehen kann, wann und wohin er will. Außer wenn die Mama dement wäre, dann könnte man was machen. Ist sie aber nicht. Sie ist nur weg. Ich … wir machen uns große Sorgen und haben gehofft, dass Sie uns helfen können.«

»Haben Sie schon die Freunde Ihrer Mutter angerufen? Vielleicht …«

»Die Mutter hat keine Freunde.«

»Das kenn ich«, bemerkt die Ullrich. Ihre Mutter ist auch nicht so der Typ Mensch, der Freunde hat.

»Einen Liebhaber vielleicht?«

»Ich bitte Sie, meine Schwiegermutter ist sechsundsiebzig.«

»Braucht sie irgendwelche wichtigen Medikamente? Insulin, Herzmittel, so was in der Art?«

Die Schnabels schauen sich an und schütteln verneinend die Köpfe. Der Gamsbart schließt sich ihnen an.

»Eine Entführung?«

Jetzt möchte Herr Schnabel eigentlich einwenden, dass es dafür keinen Hinweis, also keine Lösegeldforderung gibt, kommt aber nicht dazu, weil der Lärmpegel aus dem Fitnessraum ungeahnte Höhen erklommen hat.

Ganz froh, etwas Dampf ablassen zu können, stürmt die Ullrich nach einer kurzen Entschuldigung nach hinten, um für Ruhe zu sorgen.

Die Gerti sitzt auf dem Ergometer und tritt in die Pedale, während Mama Ullrich schrill jauchzend auf die Terroristen feuert, sobald die auf dem Monitor auftauchen. Josef sitzt auf dem Boden, trinkt Selbstgebrannten und grölt bei jedem Treffer mit kindlichem Überschwang. Maria lehnt neben ihm an der Wand und krault ihm die schwarzen drahtigen Locken. Mit einem Wort: Die Stimmung ist bestens.

Nicht so bei der Ullrich, die gerade dabei ist, ihren ersten Fall zu übernehmen.

»Mama! Gerti! Bitte! Ihr könnt doch hier nicht so rumschreien. Draußen ist Kundschaft. Was sollen die denn denken?«

Entschlossen zieht die Ullrich den Stecker aus ihrer Fahrrad-Schieß-Station, was zu einem enttäuschten Murren führt.

»Ein paar Minuten noch. Dann sind die Schnabels wieder draußen, und ihr könnt weiterspielen. Ein paar Minuten nur. Bitte.«

Die Spielplatzbelegschaft scheint einsichtig, sodass die Ullrich wieder am Tisch Platz nehmen kann, an dem die Schnabels, Kruppa und Durben schweigend auf sie gewartet haben.

»Mein Vorschlag«, hebt die Ullrich an, ohne auf die vorherige Lärmbelästigung aus dem Fitnessraum einzugehen, »mein Vorschlag ist, dass ich morgen zu Ihnen ins Lokal komme und mich da etwas umschaue und -höre.«

»Was wird denn das kosten, bis die Mama wieder da ist?«

»Eine Lösegelderpressung käme Sie wahrscheinlich billiger«, stellt der Kruppa jetzt so in den Raum und erntet nur entgeisterte Blicke.

»Das war ein Scherz«, fühlt er sich bemüßigt hinzuzufügen.

An den gewöhnungsbedürftigen Humor ihres Kollegen hat sich die Ullrich in all den Jahren nicht gewöhnt, aber dieses plumpe Witzchen fährt wie spitzer Stahl in ihr unternehmerisches Herz. Sie hat keine Preise! Die wollte sie jetzt dann in Ruhe machen. Recherchieren. Vergleichen. Kalkulieren.

Keine Zeit. Zu spät.

»Zehntausend im Erfolgsfall. Sonst nichts.« Das haut die Ullrich jetzt als ihre erste Kalkulation einfach so raus.

Man schaut sich an. Der Kruppa den Durben. Die Frau Schnabel den Herrn Schnabel. Man zuckt mit den Schultern und nickt. Der Gamsbart auch.

»Erfolgsfall? Was heißt denn das genau?«

»Der Erfolgsfall tritt ein, wenn ich Ihre Mutter zurückbringe«, improvisiert die Ullrich.

»Lebend und vollständig«, ergänzt der Kruppa.

»Ja dann, abgemacht. Wir müssen jetzt. Der Heurige macht in einer Stunde auf. Wir sehen uns dann morgen, Frau Ullrich?«

»Ja, bis morgen.«

Herr Schnabel, Frau Schnabel und der Gamsbart ziehen im Gleichschritt ab.

3

Während die Feier für die Ullrich beendet ist, geht die Terroristenhatz im Fitnessraum mit ungebremster Heiterkeit weiter.

Das hält unsere Gruppeninspektoren aber nicht von der Arbeit ab.

Ullrich und Kruppa setzen sich jeder an einen Rechner. Durben nimmt auf seinem alten Schreibtischstuhl Platz und starrt abwesend Löcher in die Luft.

Wie früher, denken Kruppa und Ullrich, aber ohne es auszusprechen.

»Ich schau im Zentralregister nach, ob gegen die Schnabels was vorliegt.«

»Ich schau mir die Familiengeschichte an.«

Ullrich und Kruppa sprechen sich ab, während Durben regungslos gegen die Wand glotzt. Ob er was denkt, und wenn, dann was, ist nicht zu sagen. Man kennt das.

»Nix. Im Zentralregister steht nix. Blütenweiße Weste, sozusagen.«

»Die Familiengeschichte ist auch nichts Besonderes. Winzer, die von Generation zu Generation reicher geworden sind. Alles normal.«

So schnell gibt die Ullrich, getrieben vom Ehrgeiz und dem Ritalin, natürlich nicht auf.

»›Die Kriminalistik lebt vom Hinterhintergrund.‹ Das habe ich gelernt. Der Hinterhintergrund ist der Schlüssel zu jedem Fall. Wir haben jetzt den Hintergrund recherchiert, aber was ist hinter dem Hintergrund? Und was dahinter?«

Das kann ihr der Kruppa jetzt auch nicht sagen, außerdem beginnt bei ihm das Bier seine ermüdende Wirkung zu entfalten. Was er kann, ist, der Ullrich Zuversicht zu vermitteln. Und das tut er.

»Sie werden das alles rauskriegen, Ullrich. Sicher. Sie sind durch die harte Polizeischule von Durben und mir gegangen. Sie haben sich weitergebildet. Sie sind geistig und körperlich fit. Sie haben eine wunderbare Familie. Und, vergessen Sie das nicht: Wenn Sie Hilfe brauchen, haben Sie Durben und mich.«

»TOT! Sie ist tot. Die alte Schnabel. Das sind die traurigen Fakten, die Sie, liebe Gruppeninspektorin Ullrich, bedauerlicherweise zehntausend Euro kosten werden.« Durben ist wieder zum Leben erwacht. Und wie! »Für wie blöd halten uns diese Trachtentrottel eigentlich? Der Fall ist klar. Muttermord aus niedrigen Beweggründen. Lebenslänglich. Für beide. Geiz, Gier, Habgier, Wollust. Haben Sie diesen Gamsbart gesehen? Dieses Dirndl? Das ist nicht normal. Wer so was anzieht, ist zu allem fähig.«

»Wer ist tot?«, fragt jetzt die Gerti, die vom Radeln im Fitnessraum erschöpft ist und nach ihrem Gatten schauen will.

»Die alte Schnabel ist tot«, sagt der Durben.

»Ist sie nicht«, sagt die Ullrich.

Unbeirrt fährt Durben fort: »Ich sehe es ganz klar vor mir. Ja, Ullrich, das ist eine Gabe, die man auch durch die beste Weiterbildung nicht erlernen kann. Das ist gottgegeben.«

»Seit wann glaubst du an Gott, Wolfi?« Jetzt ist sie schon verblüfft, die Gerti.

»Das ist doch jetzt völlig wurscht. Das sagt man so: Gottesgabe. Also, vor drei Tagen. Später Abend. Die letzten Gäste haben den Schnabel-Heurigen verlassen. Der letzte Sessel wurde auf den Tisch gestellt. Die letzte Schweinstelze zum dritten Mal eingefroren. Selbst der letzte Angestellte hat das Lokal schon verlassen. Seit Minuten steht der Schnabel in einer dunklen Ecke und beobachtet seine alte, zerbrechliche Mutter, wie sie mit einem Tuch die Glasscheibe der Schmankerltheke streifenfrei poliert. Regungslos steht er. Nur der Gamsbart vibriert und spiegelt so seine innere Erregung wider.«

Eine Hand vor dem Mund, die Augen schreckensweit aufgerissen, lässt sich Gerti auf einen Stuhl plumpsen. Dabei lässt sie ihren immer noch sprechenden Gatten nicht aus den Augen.

»Da! Was hat denn der Schnabel da in seinen Händen?«

»Ja, und was hat der Schnabel da in seinen Händen?« Der Kruppa klang auch schon mal engagierter.

»Ein Messer und einen Elektroschocker!«

»Um Gottes willen!« So, jetzt sieht es die Gerti auch.

Mama Ullrich, Maria und Josef ist die Terroristenjagd ohne die radelnde Gerti langweilig geworden. Auch sie kommen zurück ins Wachzimmer und spüren sofort die ungeheure Spannung, die in der Luft liegt. Durben sitzt mit geschlossenen Augen auf seinem alten Schreibtischstuhl. Der Stuhl ist so weit wie möglich nach hinten gekippt. Mit den Zeige- und Mittelfingern drückt er sich gegen die Schläfen.

Die Neuankömmlinge verharren in ihrer Bewegung. Auch sie können jetzt an Durbens schrecklicher Vision teilhaben.

»Lautlos wie ein Tiger pirscht sich der undankbare Sohn von hinten an seine ihn liebende Mutter heran.«

Durben beginnt schwer zu atmen, sodass die Gerti sich etwas Sorgen um ihn macht. Der Kruppa verdreht bloß gelangweilt die Augen. Die Ullrich weiß noch nicht so recht.

»Da! Der Mördersohn ist unbemerkt hinter seine Mutter

getreten. Er hebt den Elektroschocker und drückt ihn mit einem satanischen Lächeln gegen den ausgemergelten Körper. Ein kurzes Aufstöhnen und die bemitleidenswerte Greisin sinkt besinnungslos zu Boden. Noch lebt sie. Aber … Hab ich es mir doch gedacht! Da kommt die junge Schnabel mit einer Plastikplane.«

Die Gerti hält es fast nicht mehr aus: »Die werden doch nicht …?«

Aber Durben kennt keine Gnade. »Doch! Sie legen den besinnungslosen Körper auf die Plane, und der Sohn schneidet seiner Mutter die Kehle durch. In dreieinhalb Minuten ist die alte Frau Schnabel ausgeblutet. Geschächtet. Vom eigenen Sohn.«

Ein kollektives Aufstöhnen geht durch den Raum.

»So eine Drecksau!«, bringt es Mama Ullrich auf den Punkt. »Und wieso habt ihr diesen Mörder laufen lassen? Der gehört doch eingesperrt. Zusammen mit seiner Dirndlschlampe.«

»Weil ich das alles erst seit fünf Minuten weiß und weil ich diesen feinen Herrschaften nichts nachweisen kann … Noch nicht«, fügt Durben optimistisch hinzu.

Der Kruppa ist jetzt aufgestanden: »Na dann, toi, toi, toi, Durben. Ich muss jetzt schlafen gehen. Das Bier. Bis bald miteinander. Ullrich, ich melde mich morgen, dann schauen wir weiter. Servus.«

4

Die nächsten beiden Tage vergingen ohne weitere Erkenntnisse. Obwohl sich die Ullrich in ihrem ersten Fall natürlich besonders ins Zeug legte. Schon am Tag nach der Feier, die eine so überraschende Wendung genommen hatte, hatte die

Ullrich etwas getan, was sie eigentlich verabscheute. Sie hatte sich aufgebrezelt.

Kotzen hätte sie können, als sie sich kurz vor ihrem ersten Besuch beim Schnabel-Heurigen zum letzten Mal im Spiegel begutachtete. Sie sah den Körper eines jungen, schlanken, aber sehr muskulösen Mannes mit einem gewaltigen Busen. Ein Körperteil, das ihr immer fremd geblieben war.

Mit einer Korsage, die sie eilig erstanden hatte, wurde die unschöne Wirkung von fünfzig Jahren Schwerkraft einigermaßen ausgeglichen. Das Top, welches in einer knallengen Jeans steckte, ließ wenig Raum für die Phantasie des Betrachters. Dafür sah man zu viel. Die Ullrich fand ihren Aufzug schrecklich, hoffte aber, durch diese Freizügigkeit mit etwaigen männlichen Informanten schneller ins Gespräch zu kommen.

Völlig missglückt war ihre Maske, also das Make-up. Die Ullrich konnte sich gar nicht erinnern, wann sie sich zum letzten Mal geschminkt hatte.

Ja, und so war dann auch das Ergebnis gewesen. Kurz gesagt: zu viel. Von allem. Nuttig, wie sie selbst fand.

Aber was machte das? In Grinzing kannte sie ohnehin niemand, und außerdem ermittelte sie verdeckt. Da konnte man sich sein Outfit eben nicht immer aussuchen.

Nun, nach zwei Abenden beim Schnabel-Heurigen, etlichen Männerbekanntschaften und einer Reihe von eindeutigen Angeboten musste sie ziemlich resigniert feststellen, dass die ganze Maskerade wohl umsonst gewesen war.

Was hatte jetzt also die Ullrich an diesen beiden Heurigenabenden herausgefunden? Nicht viel. Die alte Schnabel war, so wurde sie von vielen Stammgästen beschrieben, ein ruhiger, umgänglicher, aber sehr reservierter Mensch. Sie stand immer hinter der Schmankerltheke und bediente ihre Gäste freundlich und gelassen. Selbst der größte Ansturm, etwa wenn gleich zwei Busse voller Touristen angekarrt wurden, brachte sie nicht aus der Ruhe. Sie schnitt etwas von einem Braten ab, wog, kassierte, und der Nächste bitte. Selbst Stammgäste, die seit zehn Jahren und mehr kamen, konnten nicht mit einer Sonderbehandlung, geschweige denn mit Rabatt rechnen. Sie gehörte zum Inventar. Sie war noch nie so aufgefallen wie jetzt, da sie nicht mehr hinter der Theke stand. Man machte sich Sorgen um sie. Zumindest wurde das behauptet.

Nach ihrem zweiten Abend in Kostüm und Maske, an dem die Ullrich wieder das notgeile Sabbern von alten, betrunkenen Männern ertragen hatte, beschloss sie, diese Informationsquelle als ausermittelt zu betrachten. Morgen, auf ihrer Dienststelle Kaingasse, würde sie genügend Zeit finden, über eine neue Ermittlungsstrategie nachzudenken. Für heute war sie erst einmal froh, sich die ganze Pampe aus dem Gesicht zu wischen und ihr Brustgeschirr ablegen zu können. Morgen war auch noch ein Tag.

5

Es ist eine wichtige Demonstration. Es geht darum, bedrohten Lebewesen eine Stimme zu geben. Für die Gerti ist es nicht immer leicht, an diesen Protestkundgebungen teilzunehmen. Es gehört schon eine ganze Portion Empörung dazu, um sich die Strapaze einer Demonstration anzutun. Und Gerti ist auch nicht mehr die Jüngste.

In letzter Zeit gab es verdammt viel zu demonstrieren. Sie ist ihrem Gatten sehr dankbar, dass er diesen Auftrag mitträgt. Den Auftrag, die Stimme zu erheben, wenn Lebewesen bedroht sind. Und es sind Lebewesen bedroht. In Floridsdorf. Die Ziesel. Am Gelände des ehemaligen Militärkrankenhauses.

Darum steht sie jetzt hier. Und sie ist nicht allein. Mindestens zweihundert meist ältere Damen und ein paar alte Zausel haben sich eingefunden, um gegen die Vertreibung der Ziesel zu demonstrieren.

Das Ziesel ist ein liebreizendes Tier. Vegetarier. Ein Hörnchen mit zwei Schneidezähnen. Oben Mitte. Dann eine Lücke und noch ein paar Zähnchen rechts und links. Einfach nett. Nicht laut. Schmutzt auch nicht übermäßig, ist aber vom Aussterben bedroht. Und da setzt die Empörung an. Zurzeit haben die Ziesel laut Wikipedia einen Lebensraum, der sich von Floridsdorf über die Mongolei nach Zentralasien verfolgen lässt. Sollen wir diese seltenen und freundlichen Tiere aus Österreich vertreiben? Sie ihrem Schicksal in der Mongolei oder, Gott behüte, in Zentralasien überlassen? Niemals! Das ist der Grundtenor der engagierten Demonstranten. Um ein Ziesel-Lobbyist zu werden, braucht es wohl eine gewisse Reife.

Nach der überzeugenden Rede des Hauptredners, genauer gesagt des einzigen Redners, bleibt man noch stehen und tauscht sich aus. Und da schnappt Gerti in ihrer unmittelbaren Umgebung einen Satz auf: »... weil bei denen in Grinzing ein Kellner weg ist, steh ich jetzt ohne Kellner da. Die können ja viel mehr zahlen ...«

Die Gerti kennt die Frau. Eine sechzigjährige Heurigenbesitzerin eines kleinen Heurigen in Floridsdorf. Die Gerti schiebt sich an die vier Damen heran, deren Mittelpunkt die klagende Heurigenwirtin ist.

»Entschuldigen Sie bitte. Mein Name ist Gertrude Durben. Sie haben einen Kellner verloren, weil in Grinzing ein Kellner vermisst wird?«

»Warum fragen Sie das?«

»Wir ermitteln in Sachen verschwundene Frau Schnabel in Grinzing.«

Das sitzt. Jetzt gehen »Ahs« und »Ohs« durch das Weiberquartett.

»Mein Gott, die Schnabel ist weg. Die junge oder die alte?«

»Die alte. Wir ermitteln.«

»Sind Sie von der Polizei?«

»Ich bin Privatermittlerin der Detektei Ullrich.«

»Ah, wie der Dings, na, der Dings … Sie wissen schon.«

»Genau.«

»Ja, was soll ich Ihnen sagen? Vor fünf Tagen ist der Pepi, das ist, also, war mein Kellner, zu mir gekommen und hat gesagt, dass es ihm leidtut, dass er aber jetzt in Grinzing beim Häusler-Heurigen bedienen wird. Na, ich habe gleich dort angerufen. So was macht man doch nicht. Eine bewährte Kraft abwerben. Mitten in der Saison. Was er denn machen soll, hat der Häuslerwirt gesagt. Sein Kellner, der seit dreißig Jahren für ihn gearbeitet hat, ist weg. Nicht in der Wohnung. Nicht am Telefon. Nicht am Handy. Weg. Einfach so.«

»Ich fasse also zusammen«, gibt sich die Gerti ganz professionell, »Ihr Kellner arbeitet in Grinzing beim Häuslerwirt, weil der Kellner vom Häuslerwirt seit fünf Tagen wie vom Erdboden verschluckt ist.«

»Korrekt«, bestätigt die kellnerlose Heurigenbesitzerin.

Das ist jetzt schade, dass die Gerti keine Visitenkarten hat. So schreibt sie sich die Nummer der verbitterten Dame auf und kündigt schon einmal den Anruf ihrer Chefin an, der Gruppeninspektorin Ullrich. Damit hinterlässt sie zwar keine Visitenkarte, aber eine Menge Eindruck.

6

Währenddessen erledigt Gruppeninspektor a. D. Durben seine Büroarbeit, wie er es nennt. Das heißt, er lädt die vormittags geschossenen Fotos auf seinen Rechner.

Die Tauben würden den Tag, an dem Durben in den Ruhestand verabschiedet wurde, mit Sicherheit verfluchen, wenn sie denn könnten. Seit damals hat Durben nämlich endlich genügend Zeit, um effektiv gegen Taubenfütterer in seinem selbst gewählten Revier vorzugehen. Bevor er am Morgen nach einem ausgiebigen Frühstück das Haus verlässt, kümmert er sich akribisch um sein Inkognito. Eine Echthaarperücke wird mit Haarband über das dünne Haar gestülpt. Dann wird einer der vielen vorrätigen Bärte angeklebt. Manchmal kommen auch noch Koteletten dazu. Dazu das passende Outfit, na ja, eines, das Durben für passend hält. Sein Inkognito soll ihm die Möglichkeit geben, unerkannt illegale Taubenfütterer in flagranti zu ertappen, zu fotografieren und den Verbrechern die Fotos mit einer »letzten Warnung« zu senden. Denn Verbrecher sind sie in Durbens Augen. Und nicht ganz dicht obendrein. Wer diese ekelhaften Flugratten füttert, muss doch einen Klopfer haben.

Sein Kampf gegen die Tauben hat zweifelsohne etwas Pathologisches, ist aber einem traumatischen Erlebnis in seiner Kindheit geschuldet. Damals war der kleine Wolfi Durben durch Umstände, die in Ullrichs erstem Fall »Tod vor dem Steffl« detailliert beschrieben werden, auf einem verkommenen Dachboden zwischen Hunderte Tauben geraten. Die eine Hälfte der Tauben lebte und flatterte. Die andere Hälfte krepierte gerade oder verweste bereits. Der damals siebenjährige Wolfi verfiel in eine Schockstarre, die dann langsam in ein posttraumatisches Belastungssyndrom überging, welches sich schließlich in einer relativ beschwerdefreien Taubenphobie stabilisierte.

Mehr war aus medizinischer Sicht nicht drin.

Durben konnte damit leben. Gerti auch. Den Durben würde sie nur mit seinem Taubenhass kriegen, das war ihr immer klar gewesen. Von Anfang an.

»Alarm!«, platzt die Gerti in die Küche, wo der Durben gerade ein Butterbrot mit Schnittlauch isst.

»Alarm?«

»Wolfi, wir müssen sofort die Ullrich anrufen!«

Ganz außer Atem ist die Gerti, weil sie um die Brisanz ihrer Information weiß und so schnell sie konnte nach Hause gehetzt ist.

»Musst du mich so erschrecken? Fast hätte ich mir in die Hand gebissen.«

»Ich hab's gerade bei der Demo für die Floridsdorfer Ziesel erfahren. Halt dich an, Wolfi: In Grinzing ist vor fünf Tagen ein Kellner spurlos verschwunden.«

»Naa!«

»Doch! Wenn ich es doch sage.« Ganz aufgeregt ist die Gerti über diesen neuen Fall, der eine immer größere Dimension anzunehmen scheint.

Der Durben ist ganz ruhig geworden. Selbst sein Schnittlauchbrot hat er vergessen.

Die Gerti kennt das. Jetzt ist der Durben in seiner Gedankenwelt oder wo auch immer.

»Das ist ja grauenhaft.« Mit nach innen gerichteter leiser Stimme, fast wie zu sich selbst, tröpfeln die Worte aus seinem Mund. »Wieder einer weg in Grinzing. Da ist womöglich ein Serienmörder unterwegs, der einen Hass auf Heurigenbedienstete hat. Vielleicht ein Alkoholiker, der sich für seine Sucht rächen will? Oder ein unzufriedener Gast? Jemand, der in Grinzing wohnt und zum Morden nicht so weit wegfahren will? Wir kriegen den. So wahr ich Gruppeninspektor a. D. Durben bin. So, und jetzt alarmieren wir erst die Ullrich und dann den Kruppa.«

Keine zwei Stunden später trifft man sich schon in der Kaingasse. Neben den drei Gruppeninspektoren ist natürlich auch die Gerti mit von der Partie. Sie hat sich im letzten

Fall als sehr hilfreich erwiesen, und sei es auch hauptsächlich dadurch, dass sie den oft etwas ungesteuert cholerischen Gatten unter Kontrolle hielt.

»Dieser neuerliche Vermisstenfall in unmittelbarer Umgebung des ersten Opfers kann kein Zufall sein«, eröffnet die Ullrich die Besprechung, bei der sie zum ersten Mal die Leitung hat. »Meine bisherige Recherche hat ergeben, dass es sich beim vermissten Kellner um den achtundfünfzigjährigen Kurt Wutzow, genannt Wutz, handelt. Er wurde zwar vor drei Tagen als vermisst gemeldet, die Polizei sieht aber keinen Grund, nach ihm zu fahnden.«

»Wie bei der alten Schnabel«, sagt die Gerti, wird aber von Durben unterbrochen.

»Wir müssen uns die Wohnungen der Opfer anschauen. Vielleicht finden wir etwas. Kampfspuren, Drohbriefe, Waffen, Drogen, Hinweise auf salafistisches Gedankengut ...«

»Noch wissen wir gar nichts, Durben.«

Jetzt unterbricht der Kruppa. Der kennt den Durben und weiß, wenn er jetzt nicht eingreift, entgleitet ihnen der Durben völlig und versinkt in seinen grausamen Vorahnungen und Phantasien.

»Aufteilen«, meint die Ullrich.

»Aufgeteilt!«, stöhnt Durben. »Zerteilt, zerstückelt. Über die ganze Stadt verteilt. In der Donau? Im Prater? In leeren Ölfässern?«

»Die arme Frau Schnabel«, schluchzt Gerti auf. »Der arme Herr Watz!«

»Wutz.«

»Was?«

»Wutz. Der Kellner heißt Wutz und nicht Watz«, stellt der Kruppa leicht entnervt fest.

Die Ullrich versucht, das Gespräch in geordnete Bahnen zu lenken. »Ich meinte, dass wir uns aufteilen.«

»Ich teile gar niemanden auf!«, empört sich der Durben.

»Reiß dich zusammen, Durben! Die Ullrich meint, dass es reicht, wenn einer zum Schnabel geht und einer zum Häuslerwirt«, sagt Kruppa, um die angespannte Situation zu beruhigen.

»Dann geh ich zum Schnabel-Heurigen. Sie, Herr Gruppeninspektor Kruppa, gehen zum Häuslerwirt, und Sie, Herr Gruppeninspektor Durben, gehen mit Gerti durch Grinzing und fragen rum, ob noch wer abgängig ist.«

»Sie rechnen also mit weiteren Opfern, Ullrich? Ich auch. Das spüre ich. Hier ist ein Serienmörder am Werk. Wenn nicht sogar ein Massenmörder!«, stellt Durben mit grimmiger Miene fest.

»Ab wie vielen Opfer wird denn ein Serienmörder zum Massenmörder?«, will die Gerti jetzt von der Ullrich wissen, weil die ja immerhin Kriminalistik studiert hat.

»Ab fünfundzwanzig ist es ein Massenmörder«, antwortet die Ullrich ins Blaue hinein, um diese unerquickliche Diskussion abzukürzen.

Gerti, deren Interesse an der Kriminalistik aufgekeimt ist, fasst zusammen: »Also, von drei bis vierundzwanzig – Serienmörder. Ab fünfundzwanzig Massenmörder. Richtig?«

»Richtig«, bestätigt Kruppa, der jetzt dringend ein Bier braucht, weil er schon ganz wuschig wird.

Und da ja die Aufträge verteilt sind, macht man sich auf den Weg nach Grinzing.

Straßenbahn, S-Bahn, Bus und wieder Straßenbahn. Wien ist nicht die größte der europäischen Metropolen, aber eine Stunde dauert es schon, bis die ganze Mannschaft von der Kaingasse in Floridsdorf bei der Schleife in Grinzing ist. So heißt die Stelle, an der die Straßenbahnlinie 38 eine kleine Runde dreht, um dann wieder in Richtung Innere Stadt zu fahren.

Kruppa hätte auch mit dem Auto fahren und die anderen

mitnehmen können, aber er ist Realist. Grinzing ohne Wein und kalten Braten geht gar nicht. Nicht für Kruppa.

Man verabredet, sich in zwei Stunden wieder an der Schleife zu treffen. Dann gehen alle ihrer Wege.

7

Die Ullrich begibt sich schnurstracks zum Schnabel-Heurigen. Am Eingang wird sie schon von der jungen Schnabel erwartet. So muss die Ullrich erst gar nicht durch den Gastraum, was ihr sehr recht ist. Sie würde nur ungern auf einen Verehrer treffen, den sie bei ihrer verdeckten Ermittlung mithilfe der Brustkorsage gesprächig gemacht hat. Zur Wohnung der alten Schnabel kommt man auch von außen über eine bequeme Holzstiege.

Die Wohnung ist sehr hell, sehr ordentlich, sehr sauber und wahnsinnig laut. Die Stimmen aus dem Gastraum dringen fast ungefiltert durch den Parkettboden.

»Für die Mama ist der Lärm kein Problem. Wenn der Heurigen offen hat, steht sie unten an der Schmankerltheke. Und wenn unten Schluss ist, hat die Mama hier eine Grabesstille. Also, es ist dann halt sehr ruhig hier«, bemüht sich der Herr Schnabel, seine unglückliche Formulierung auszubügeln.

Mit geschärften Sinnen geht die Ullrich auf Spurensuche von Raum zu Raum. Typisch für das Biedermeierhaus sind die relativ niederen Decken, die kleinen, fast quadratischen Fenster und die zwar winzigen, aber schön proportionierten Zimmer. Perserteppiche, kleine, aber feine Ölgemälde, Kirschholzmöbel und dezente Kristalllüster. Auffallend ist die nagelneue, scheinbar unbenutzte Küche.

»Die Mama kocht unten. Sie isst auch unten. Immer so zwischendurch. Wenn Zeit ist. Nur ihre Messer nimmt sie immer mit nach oben in die Wohnung. Die Messer sind eine Spezialanfertigung aus Japan. Vierhundert Lagen Damast, sagt die Mama. Sauteuer. Die sind dann … Wo sind denn die Messer von der Mama?«

Hektisch durchwühlt die junge Schnabel sämtliche Schubladen.

»Schau doch mal, ob die Messer vielleicht noch unten sind«, sagt sie zu ihrem Gatten und schickt ihn hinunter zur Schmankerltheke.

»Wenn die Messer noch unten sind, heißt das, dass Ihre werte Frau Schwiegermama vor ihrem Verschwinden nicht mehr in der Wohnung war«, schließt die Ullrich messerscharf. »Und dann wissen wir auch, wie sie angezogen ist. Nämlich mit ihrem Dienstdirndl. Eine alte Frau in einem so auffälligen Dirndl müsste doch zu finden sein.«

Diese Überlegung ist zwar richtig, aber schon eine Minute später obsolet, weil nämlich der Herr Schnabel vermeldet, dass die Messer auch nicht unten sind. Also weg.

»Dann hat die Mama die Messer mitgenommen?« Die junge Schnabel wirkt vorsichtig optimistisch.

»Oder man hat die Mama wegen der Messer mitgenommen«, dämpft die Ullrich den aufkeimenden Optimismus gleich wieder. »Was sind denn so japanische Messer wert?« Die Ullrich forscht nach einem möglichen Motiv für das unerklärliche Verschwinden der alten Schnabel.

»Schon ein paar tausend Euro. Aber warum nimmt jemand nicht nur die Messer mit, sondern auch die Mama?« Der Herr Schnabel ist ratlos. Und nicht nur er.

»Und wenn sie vielleicht doch verreist ist? Mit den Messern. Zu Verwandten vielleicht?« Die Ullrich sucht einen Weg aus der allgemeinen Ratlosigkeit.

Doch die junge Schnabel zieht der Hypothese den Boden weg. »Zerstritten. Mit allen«, sagt sie trocken.

»Blumen!«, fällt der Ullrich jetzt auf. »Hier sind keine

Zimmerpflanzen. Hat Ihre Mutter die vielleicht irgendwo in Pflege gegeben, weil sie wusste, dass sie ein paar Tage weg sein würde?«

Doch auch diese Hypothese hält nicht stand.

»Mama hat keine Pflanzen in der Wohnung. Sie mag keine Pflanzen. Sie isst auch keine. Keinen Salat. Kein Gemüse. Nix. Nie. Ja, wenn man Schweine oder Kühe im Blumentopf halten könnte, dann wäre hier alles voll.«

In pflanzenlosen Erinnerungen schwelgend, lächeln sich die Schnabels beseelt an. Dann, überwältigt vom Schmerz, sinkt die junge Schnabel schluchzend in die Arme ihres nicht minder gerührten Gatten.

Die Ullrich hat Angst, dass sie gleich kotzen muss, und verabschiedet sich fluchtartig. Das ist jetzt eine ganz neue Erfahrung für die frischgebackene Privatermittlerin. Sie sollte in Zukunft auch nach dem Motiv fragen, warum jemand sie engagieren will, denkt sie. Was bezwecken die Schnabels mit ihrem Auftrag? Die Liebe zur Mutter ist es definitiv nicht, was die junge Schnabel bewogen hat, nach der alten Schnabel suchen zu lassen. So viel steht fest.

Warum der Hinweis auf die fehlenden Messer? Wozu dieser theatralische Gefühlsausbruch, der zu Ullrichs spontanen Brechreiz führte? Ein widerlich verlogenes Bild, das die beiden Schnabels da abgaben. Mitten im Zimmer standen sie, eng umschlungen und wehklagend. Sie im Dienstdirndl. Er mit Tracht und Gamsbart. Auf dem Perserteppich. Vor den kleinen Fenstern. Unter dem zarten Kristalllüster. Und dabei war es so laut, als würden sie alle mitten im Gastraum stehen.

An der frischen Luft geht es der Ullrich gleich besser.

Die Schnabels sind nicht ganz sauber, denkt die Ullrich. Und damit stehen die beiden in der Verdächtigenliste ganz oben.

Die Begehung der Wohnung und die Befragung der jetzt

Hauptverdächtigen hat eine halbe Stunde gedauert. Sie beschließt, die verbleibende Zeit zu nutzen und den Kruppa bei seinen Recherchen zu unterstützen.

Der Kruppa ermittelt beim Häuslerwirt. Da kann man bei einem Viertel Veltliner doch gut mitrecherchieren. Und die Blutwurst vom Häusler möchte die Ullrich auch probieren. Sie liebt Blutwurst und kann inzwischen durchaus als Expertin bezeichnet werden. Sogar vom Karl-Marx-Platz in Berlin hat sich die Ullrich schon Blutwurst schicken lassen. Vom amtierenden Blutwurstweltmeister. Sehr gut, diese Blutwurst. Sogar ausgezeichnet, aber die Blutwurst ihrer Mutter ist besser.

Das ist, und da kann sie nachdenken, so viel sie will, das einzig Positive, was der Ullrich zu ihrer Mutter einfällt.

Als hätte der Kruppa auf sie gewartet, steht er halb verdeckt neben dem Eingang zum Häuslerwirt.

»Ullrich, Sie schickt der Himmel. Am Stammtisch sitzen drei Männer. Mit zwei von ihnen hab ich schon einmal zu tun gehabt. Ich kann hier nicht verdeckt ermitteln. Die kennen mich.«

Dann regt sich der Kruppa noch furchtbar über Durben und Gerti auf, weil die vor ein paar Minuten hier vorbeigekommen sind und ihm hätten helfen können.

»Ich steh da. Kommen auf der anderen Straßenseite die Gerti und der Durben. Ich fuchtle wie wild in der Luft herum, und die tun so, als würden sie mich nicht kennen. Weil sie ja inkognito sind. Ja, geht's noch?«

»Jetzt kennen Sie den Durben schon so lang und regen sich immer noch auf. Haben Sie schon was gegessen oder wenigstens getrunken?« Die Ullrich will den Kruppa auf andere Gedanken bringen und damit seinen sicher bedenklich hohen Blutdruck, hervorgerufen durch einen bedenklich niederen Blutzuckerspiegel, zu besänftigen. Und erreicht damit genau das Gegenteil.

»Ja, wann denn? Ich steh jetzt seit einer Dreiviertelstunde hier rum. Wie bestellt und nicht abgeholt. Ich kann doch wegen der zwei Verbrechervisagen nicht ins Lokal. Der Durben und die Gerti hätten doch hier statt meiner die Befragung durchführen können. Ich hätte was essen und trinken und in aller Ruhe nach weiteren Vermissten fragen können. Aber nein, der Herr Gruppeninspektor Durben nebst werter Gattin sind ja inkognito und dürfen auf keinen Fall erkannt werden. Von wem denn? Die kennt hier doch sowieso keiner.«

»Ich geh jetzt da rein zum Häuslerwirt, und Sie gehen was essen. Dann treffen wir uns wie verabredet bei der Trambahnschleife.«

Den Kruppa kann man nur mit Essen und Trinken beruhigen. Immer schon. Und auch jetzt klappt es. Murrend, aber für sein Gewicht erstaunlich behände macht sich der Kruppa auf den Weg zur nächsten Tränke.

8

Schön ist es hier beim Häusler. Gemütlich. Holzvertäfelte Wände. Knarzende Bodenbretter. Und der Geruch, eine appetitliche Mischung aus Holz, Wein und Kümmelbraten mit Knoblauch. Die Ullrich bestellt sich am Buffet zehn Deka Blutwurst mit Kren und ein Salzstangerl. Sie trägt alles an einen kleinen Tisch, von dem sie einen guten Blick auf die drei Herren am Stammtisch hat. Fünfunddreißig, vierzig und fünfzig, schätzt sie die Männer.

»Was darf es denn sein?«, unterbricht der Kellner ihre Überlegungen.

»Ein Wasser. Oder nein, bringen Sie mir bitte ein Viertel Veltliner.«

Dann muss sie ihr fälliges Ritalin ausnahmsweise mal mit Alkohol runterspülen. Einmal ist keinmal, entschuldigt sich die Ullrich bei sich selbst.

Ob sie den Herrn Häusler sprechen könnte, fragt die Ullrich den Kellner, wie der ihr den Wein bringt. Der entgegnet, dass das sicher kein Problem sei und er den Wirt an ihren Tisch schicken wird. Das möchte die Ullrich aber nicht, weil sie vermeiden möchte, dass die Stammtischherren etwas von ihren Ermittlungen mitbekommen. Sie soll einfach ins Nebenzimmer gehen, schlägt der Kellner vor, weil der Häusler da gerade seine Buchhaltung macht und dabei für jede Unterbrechung dankbar ist. Nach der aromatischen Blutwurst mit Kren, dem Ritalin und ein paar Schluck Wein nimmt die Ullrich ihr Glas und geht damit ins Nebenzimmer.

Der Häusler ist ein freundlicher Mann um die sechzig.

»Ullrich mein Name. Ich ermittle für die Familie Schnabel in Sachen ungeklärter Abwesenheit der Frau Schnabel senior«, stellt sich die Ullrich ziemlich umständlich vor. Ja, wie man sich als Privatermittler richtig vorstellt, lernt man eben nur im Leben und nicht an der Fernuniversität.

Der Herr Häusler bringt das interessiert lächelnd auf den Punkt: »Verstehe nicht.«

»Verstehe. Also, die alte Schnabel ist weg, und ich soll sie suchen. Und weil bei Ihnen ja auch wer weg ist, Ihr Kellner, dachte ich, ich frage Sie mal, ob Sie was wissen.«

Das war jetzt zwar besser, findet die Ullrich, aber immer noch suboptimal. An ihrer Rhetorik wird sie noch arbeiten müssen, so viel ist klar.

»Ja, der Wutz. Heute ist der sechste Tag, dass er weg ist. Wir sind gleich hin zu seiner Wohnung, wie er nicht gekommen ist. Der Wutz, müssen Sie wissen, war immer sehr gewissenhaft und pünktlich. Ich habe gleich gedacht, dass da was nicht stimmt. Gleich, als er nicht aufgetaucht ist. In der Wohnung war er auch nicht. Die Nachbarin hat uns aufgemacht, mit ihrem Reserveschlüssel. Keine Ahnung. Wahrscheinlich ein Verbrechen. Anders kann man sich das ja gar nicht erklären. Wer gibt denn so mir nix, dir nix eine Lebensstellung auf? Undenkbar.« Der Häusler hat sich also festgelegt. Ein Verbrechen.

»Können Sie mir was über den Wutz erzählen? Wie er so war. Freunde? Feinde? Wie sieht die Wohnung aus? Gibt's da eventuell Kampfspuren? Hat er seine Pflanzen zur Pflege gegeben? Hat der Wutz hier einen Spind, wo seine Sachen sind? Kann ich mir den anschauen?«

So traurig der Häusler den Verlust seines besten Kellners findet, so erfreut ist er jetzt über diese Fragestunde, weil ihn das wenigstens für ein paar Minuten von seiner Buchhaltung erlöst. Die Ullrich erfährt, dass der Herr Wutz etwa fünfzig ist. Seit langer Zeit geschieden. Alleinstehend. Adrett und immer freundlich zu den Gästen. Sehr beliebt. Feinde? Der Wutz? Niemals. Freunde auch nicht so viele, weil er ja immer gearbeitet hat. Manchmal ist er nach Dienst noch mit ein paar Stammgästen zusammengesessen und hat ein Glas mit ihnen getrunken. Aber alles in Grenzen. Betrunken hat der Häusler den Wutz nie gesehen. Dann schauen sich der Häusler und die Ullrich den Spind vom Wutz an. Der ist im Keller, Herr Häusler übernimmt die Spindkontrolle: »Seine Weste. Sein Kellner-Portemonnaie. Seine Gesundheitsschuhe sind weg! Die hat er immer im Spind gelassen. Die hat er nur hier getragen. Das verstehe ich nicht.«

»Dann müssten aber eigentlich seine Straßenschuhe hier sein. Sind sie aber nicht«, stellt die Ullrich richtig fest. Die verschwundenen Messer von der alten Schnabel. Die verschwundenen Gesundheitsschuhe vom Wutz. Die Parallelen sind unübersehbar. Dazu muss man nicht Kriminalistik studiert haben.

Nachdenklich verabschiedet sich die Ullrich, geht nach

oben in den Gastraum und begleicht ihre Zeche. Bevor sie den Häuslerwirt verlässt, wirft sie noch einen unauffälligen Blick zum Stammtisch. Diese drei Visagen sollte sie sich merken. Sie kann nicht erklären, warum, aber ihr kriminalistischer Instinkt rät ihr dringend dazu.

9

Als die Ullrich ein paar Minuten später am verabredeten Treffpunkt ankommt, ist der Kruppa schon da. Er sitzt auf einer Bank, ist rot im Gesicht und offenbar mit sich und der Welt im Reinen.

»Ich war beim Hofer-Heurigen. Einen Schweinsbraten haben die, vom Feinsten. Und ein Tröpferl, Ullrich, ich sag Ihnen, so was gibt's nur in Grinzing«, begrüßt sie der Kruppa satt und weinselig. Dann fährt er fort: »Schauen Sie, Ullrich. Da vorne kommt unser Chaosteam. Warum fuchteln die denn so in der Luft rum? Ich dachte, die sind inkognito.«

So ganz scheint der Kruppa den Vorfall von vorhin noch nicht vergessen zu haben. Nur, dass er jetzt aufgrund seiner Rundumzufriedenheit erheblich versöhnlicher gestimmt ist.

Aufgeregt und mit den Armen wild gestikulierend kommen die Durbens die leicht geneigte Straße emporgehetzt.

»Machen die einen Wettlauf?« Der Kruppa ist sich nicht sicher.

»Gerti! Gerti! Hopp! Hopp!«, feuert er die Gerti an, die sich tatsächlich kurz vor dem Ziel, der Grinzinger Schleife, einen kleinen Vorsprung erlaufen hat. Sie ist es dann auch, die als Erste das Ziel erreicht und die Neuigkeit verkünden kann.

»Noch einer ist weg. Die Harmonika vom Reimpoldwirt ist abgängig. Seit sechs Tagen. Der Quetschn-Joe.«

Jetzt erreicht auch Durben das Ziel. Schwer atmend stützt er sich auf Kruppas Bank ab und bemüht sich, zu Atem zu kommen. Sobald er meint, über genügend Sauerstoff zu verfügen, presst er nur ein Wort hervor: »Serienmörder.«

Der Kruppa hat sichtlich Mühe, sich das Lachen zu verbeißen. Seine Leibesfülle beginnt bereits verdächtig zu vibrieren. Die Ullrich sieht es mit Unbehagen.

Diese Konstellation ist ungünstig für das Teambuilding. Hier stehen sich zwei völlig unterschiedliche Emotionen gegenüber, die doch eigentlich am gleichen Strang ziehen sollten: die ausgelassene Heiterkeit vom Kruppa einerseits und das Entsetzen von Gerti und Durben andererseits.

Doch bevor es noch zu Missverständnissen kommen kann, fährt die Straßenbahn ein, dreht ihre Schleife und hält vor Kruppas Bank. Auf der anderen Seite der Schleife ergießt sich aus der Straßenbahn ein Strom von feierwütigen Touristen über den kleinen, bestens vermarkteten Heurigenort. Auf der Rückfahrt hat man um diese Zeit, es ist acht Uhr abends, freie Platzwahl.

Man sitzt sich in der Bahn gegenüber, der Kruppa hat sich wieder eingekriegt, und der Durben berichtet mit beruhigter Atmung.

»Der Abgängige heißt Josef Halaschka, ist siebenunddreißig. Vermutlich schwul. Wohnort unbekannt. Genannt ›Quetschn-Joe‹. Er war der Chef der Reimpold-Schrammeln. Er hat Harmonika gespielt, gesungen und bestimmt, was als Nächstes drankommt. Sein Repertoire war schier unerschöpflich. Es reichte vom Fiakerlied bis zum DJ Ötzi. Herr Halaschka gilt trotzdem als zuverlässig. Ein Motiv im näheren Umkreis ist für mich nicht zu erkennen. Drei Menschen sind verschwunden. Spurlos. Aus Grinzing. Aus Heurigen heraus. Wir müssen diesen Irren stoppen! Warum tut die Polizei nichts? So was hat es doch früher nicht gegeben!«

»Mir tun die Musiker so leid«, erzählt die Gerti. »Der Wirt hat ihnen ja quasi ein Ultimatum gestellt. Die Japaner, der Wirt hatte einen Vertrag mit einem japanischen Reiseveranstalter, haben ein Schrammeltrio bezahlt und kein Schrammelduo, hat er gesagt. Im Internet haben sie dann Ersatz gefunden. Einen Holger aus Dresden. Musikstudent. Der spielt super Harmonika. Versteht diesen gewissen Wiener Schmelz. Ein Glückstreffer, haben die gedacht. Und dann fängt der Holger zum Singen an. Sächsisch. Ein Wienerlied auf Sächsisch. Stellt euch vor, ›Mei Muatterl war a Weanerin‹ auf Sächsisch. Die Musiker sind verzweifelt. Die sind abhängig von dem Holger, und wenn er nicht singen darf, macht er nicht mehr mit, sagt der Holger. Die besoffenen Japaner merken nicht, wie wir von Sachsen überfremdet werden, und dem Wirt ist es wurscht, solange ein Trio musiziert und die Japaner fressen und saufen.«

»Die Harmonika ist auch weg?«, fragt der Kruppa nun doch interessiert.

»Die ist weg«, bestätigt die Gerti.

Das habe ich mir anders vorgestellt, denkt die Ullrich über ihren ersten Fall und schaut dabei einer Bulldogge ins Auge, die mit ihrem tätowierten Herrchen bei der letzten Station eingestiegen ist.

Ratten

1

Ein halbes Jahr zuvor

Es ist schön, wenn man sich mal aussprechen kann. Dafür ist ein Heuriger wie geschaffen. Und zum Aussprechen hatten Lipo, Hatzi und Clibo wahrlich genug Gründe. Wobei ihre Gespräche eher an ein »Ausweinen« denken ließen. Zum Häusler-Heurigen gingen sie alle seit einer halben Ewigkeit, aber erst vor zwei Jahren hatten sie nach vorsichtiger Annäherung am Stammtisch zusammengefunden. Dazu hatte natürlich auch ihre persönliche Entwicklung beigetragen, die bei den dreien ziemlich parallel verlief. Abwärts. Und eine Trendumkehr war in nächster Zeit bei keinem von ihnen zu erwarten.

Beim Hatzi hatte der soziale Abstieg vor etwa fünf Jahren begonnen. Da eröffnete ein neuer Media Markt seine Pforten. In unmittelbarer Nähe zu Hatzis Elektrogerätegeschäft. Schon ein Jahr später folgten Insolvenz, Scheidung und Arbeitsamt.

»Gott sei Dank saufe ich wenigstens nicht«, erklärte der Hatzi gerade. Seine Freunde Lipo und Clibo ließen diese Selbsteinschätzung unkommentiert, da der Hatzi bereits beim sechsten Viertel Wein war.

Beim Clibo hatte die soziale Abwärtsbewegung schon eine Generation früher eingesetzt, wie er zu seiner Entschuldigung immer wieder betonte. Seit vier Generationen war die Familie Reitmayer, so hieß der Clibo mit Nachnamen, stolzer Betreiber der ältesten elektrisch betriebenen Geisterbahn im Wiener Wurstelprater. Unzählige Kinder sind seit damals vor den blinkenden Totenköpfen, blutüberströmten Mordopfern und von der Decke fallenden Riesenspinnen erschrocken und haben sich an dem bezahlten Grusel ergötzt.

»Das Scheißinternet hat unser Lebenswerk zerstört. Meines. Und das von meinem Vater, meinem Großvater und von meinem Urgroßvater, der das Unternehmen 1933 gegründet hat. Wer zahlt denn drei Euro für die Geisterbahn, wenn er sich zu Hause umsonst gruseln kann?« Vielleicht hatte der Clibo ja recht, aber diese Erkenntnis nützte ihm nichts. Fest stand, die Geisterbahn trug sich gerade so selbst. Zu verdienen gab es schon lange nichts mehr. So schlug sich der Clibo mehr schlecht als recht mit Gelegenheitsarbeiten durch.

Ganz anders war die Situation beim Lipo. Der konnte nun wirklich niemandem die Schuld an seiner Misere geben, die trug er ganz allein. Und das, obwohl seine Voraussetzungen die mit Abstand besten waren. Immerhin war er Alleinerbe eines Mietshauses im ersten Wiener Gemeindebezirk. Ein vierstöckiges Haus mit zehn Mietern, die horrende Mieten bezahlten. Noch dazu stand das Haus im ältesten Viertel Wiens und in der Fußgängerzone. Eine der Wohnungen hatte Lipo zu zwei kleinen umbauen lassen. Die vermietete er über eine Internetagentur an betuchte Touristen. Das war seine einzige Einnahmequelle, von der nach Steuern kaum ausreichend übrig blieb. Zumal Lipo nicht gewillt war, seinen aufwendigen Lebensstil an diese Einkommensverhältnisse anzupassen. Die sonstigen Mieteinnahmen gingen samt und sonders an seine Hausbank, bei der er eine Hypothek auf das Haus aufgenommen hatte, um seine Spielschulden zu begleichen. Seine Spielsucht war der Lipo immerhin losgeworden. Die Hypothek würde ihm wohl noch länger erhalten bleiben.

So saß man also seit Jahren beim Häusler, trank Wein und blies Trübsal. Erst an verschiedenen Tischen und seit zwei

Jahren gemeinsam am Stammtisch. Bedient wurden sie vom Wutz, der auch langsam in den Freundeskreis hineinwuchs. Nicht selten setzte er sich nach Dienstschluss zu den dreien an den Stammtisch und beteiligte sich genussvoll an ihren düsteren Zukunftsvisionen. Außer was den Fußball anging, war man sich in der Beurteilung unterschiedlichster Problemfelder doch weitestgehend einig.

»Die Politiker sind alles Verbrecher«, war zum Beispiel einer ihrer Glaubenssätze. Einig war man sich auch in der Flüchtlingsproblematik. Besonders der Lipo war ob des Flüchtlingsstromes beunruhigt.

»Wenn das noch mehr werden, bricht mir meine einzige Einnahmequelle weg. Die Touristen zahlen ein Schweinegeld, wenn s' aus Übersee zu uns kommen. Da wollen die in der Kärntner Straße Dirndln sehen und Lodenmäntel und keine Burkas. Und Schnitzel wollen s' essen und keine Falafel. Wenn das so weitergeht, kann ich meine Wohnungen an Syrer und Afghanen vermieten, weil die Amerikaner und die Japaner und die alle nicht mehr zu uns kommen.«

Das Mitleid seiner Freunde hielt sich in Grenzen, da sie die Situation nicht ganz so bedrohlich einschätzten. Aber dem Lipo tat es schon gut, dass er über seine Ängste sprechen konnte, auch wenn seine Freunde nur unverbindlich nickten.

Was hatte man an den vielen langen Heurigenabenden nicht schon rumgesponnen! Wobei ein Thema vorherrschte: das Geld, oder besser, wie man irgendwie an welches kommen könnte. Für einen Banküberfall reichte die kriminelle Energie nicht. Einigermaßen legal sollte es schon zugehen. In Arbeit sollte das Ganze aber auch nicht ausarten. Besonders Lipo fühlte sich emotional nicht dazu in der Lage. Beim vierten Viertel wurde dann eine Geschäftsidee geboren, die dann beim fünften Viertel schon wieder verworfen wurde. Manche

Vorschläge trugen aber durchaus zur Erheiterung der Runde bei. So zum Beispiel, als Hatzi vorschlug, man solle sich auf das Züchten von Wellensittichen konzentrieren. Hatzi hatte erfahren, dass es australischen Wissenschaftlern gelungen war, phosphoreszierende Wellensittiche in den Farben Grasgrün und Pink zu züchten. Diese Vögel, so meinte Hatzi, würden aufgrund des demografischen Wandels und dem daraus resultierenden Anstieg von altersbedingter Sehschwäche reißenden Absatz finden.

»Stellt euch vor: Eine alte, fast blinde Frau sitzt einsam zu Hause. Am Küchentisch. Das Einzige, was sie noch sieht, was sie noch am Leben teilhaben lässt, ist ihr phosphoreszierender Wellensittich, der fröhlich in seinem von ihm selbst beleuchteten Käfig herumhüpft und dabei singt«, schwärmte Hatzi. Diese Idee rief große Heiterkeit hervor und wurde noch beim selben Glas wieder verworfen.

Bis Clibo eines Tages berichtete, dass er Besuch von seinem einzigen Neffen erwarte. Der war vierzehn, und Clibo wollte ihm was von der Großstadt zeigen, weil sein Neffe in einem Kaff in Oberösterreich aufwuchs.

»Geh mit ihm in die Katakomben. Da ist es so gruslig wie in deiner Geisterbahn, nur dass die Skelettknochen dort echt sind«, schlug Hatzi vor.

Daraufhin erzählte Lipo, dass man vom Keller seines Hauses direkt in die Katakomben gelangen könne. Man müsse nur ein paar Mauern einreißen, die irgendwann als Schutz vor den Ratten eingezogen worden waren. Jetzt konnte sich der Lipo aber was anhören. Wie er dazu käme, so eine wichtige Information jahrelang vor seinen Kumpels geheim zu halten. Er habe einfach nicht daran gedacht, entschuldigte sich Lipo. Er wunderte sich ja selbst darüber, dass er das mögliche Potenzial seines Kellers nie gesehen hatte. Vermutlich seien es die Ratten gewesen, die ihn den Keller hatten verdrängen lassen. Aber besser spät als nie. Jetzt stellte sich natürlich die Frage, was man mit dem Keller eigentlich machen könnte.

»Eine geheime Spielhölle, in der wir die Bank halten«, schlug Clibo vor. Das kam aber für Lipo wirklich nicht in Frage. Hatte er sich doch vor nicht allzu langer Zeit erst mühsam von seiner ruinösen Spielsucht befreit.

»Einen Nobelpuff«, meinte Clibo halbherzig. Doch auch dieser Vorschlag fiel durch. Keiner hatte Lust, sich in Revierkämpfen mit der Russenmafia wiederzufinden.

In der Folge wurde an vielen Abenden hitzig diskutiert, doch letztlich vertagte man sich immer wieder auf den nächsten.

2

Hatzi, der gerade keiner Beschäftigung nachging, hatte viel Zeit zum Lesen, und so berichtete er eines Abends am Stammtisch beim Häusler-Heurigen, dass es in England Hotels gäbe, die damit warben, dass es in ihren Zimmern spukt. Dass dort die Gäste von Geistern heimgesucht und ordentlich erschreckt würden.

»Hatzi, Chapeau! Das ist es. Wir bauen da unten ein Fremdenzimmer rein, in dem wir die Gäste erschrecken.« Lipo war gleich Feuer und Flamme.

»So was wie meine Geisterbahn?«, fragte der Clibo nach.

»Genau. Nur keine Geisterbahn, sondern ein Geisterzimmer«, sagte Lipo begeistert.

»Nobel muss es sein. Exquisit. Und geheim, sonst frisst uns die Steuer alles weg. Ein Hotelzimmer, wie es noch keines gibt. ›Nächtigen Sie in den Katakomben Wiens. Inmitten von Tausenden Pesttoten aus dem Mittelalter!‹ Na, wie hört sich das an?«, fragte Lipo euphorisch.

»Na ja, ich weiß nicht. Die Idee ist nicht schlecht. Dein Werbetext überzeugt mich noch nicht wirklich. Tausende Pesttote, das hört sich ganz schön krass an«, gab Hatzi zu bedenken.

»Je krasser, je besser. Glaub mir, Hatzi. Diese Superreichen haben schon alles. Die wissen gar nicht mehr, was sie mit ihrem Geld machen sollen. Für die kann es gar nicht krass genug sein.«

»Da kann der Lipo schon recht haben«, sprang der Clibo dem Lipo bei. Der Hatzi aber gebot ihnen Einhalt, er hielt es für wenig dienlich, sich in diesem sehr frühen Planungsstadium über einen passenden Werbespruch den Kopf zu zerbrechen.

Er habe sich übrigens schon über Wiens Unterwelt schlaugemacht, wenn es denn jemanden interessiere. Es bestand jetzt natürlich die Gefahr eines langatmigen Vortrages, dafür war der Hatzi berühmt und auch berüchtigt. Aber dieses Thema war angesichts der neuen Geschäftsidee nun wirklich nicht von der Hand zu weisen.

»Das ging schon mit den Römern los«, begann Hatzi, »die gruben Keller, um ihre Speisen und Getränke zu kühlen. Die Katakomben aber sind erst aus dem Mittelalter. Da wurden in der Habsburger Gruft Kaiser begraben. Und anderswo die Knochen von Abertausenden Pesttoten. Während der Türkenbelagerungen im 16. und 17. Jahrhundert sind die Wiener dort unten in Deckung gegangen. Aber so richtig ausgebaut hat dieses ganze unterirdische System im Zweiten Weltkrieg der Hitler. Also nicht er selbst, seine Nazis halt. Da sind zwischen den alten Kellern, Kanälen und Katakomben Verbindungsgänge gebaut worden. Und Luftschutzbunker gegen die alliierten Bomben. Nach dem Krieg ist dann alles zugeschüttet worden. Da liegen heute noch die Uniformen rum, sagen Leute, die hinuntergestiegen sind. Ganze Kommandostände müssen da unten sein. Pläne gibt's nicht, weil die Keller entweder zu alt sind oder das Bauamt sie unter Verschluss hält, weil sonst jeder hergelaufene Terrorist herausfinden kann, wo er was sprengen muss.«

Interessant. Aber noch waren bei Weitem nicht alle Fragen beantwortet. Könnte es gefährlich sein, sich in diesen uralten Räumen aufzuhalten? Wie war das mit der Luft? Gab es da unten vielleicht irgendwelche gesundheitsschädliche Sporen? Immerhin war seit dem Zweiten Weltkrieg niemand mehr länger im Keller gewesen. Er wurde nicht mal von den Mietern genutzt. Es gab auch keine abschließbaren Parzellen in dem Keller.

Sogar nach der Lebensdauer von Pestbakterien wurde gegoogelt. Eine der drängendsten Fragen aber war: Wie viele Ratten sind da unten, und wie hindert man sie daran, die Gäste anzuknabbern?

»Meines Wissens«, sagte Lipo, »geht mein Keller bis zum Karlsplatz. Manche behaupten sogar, dass man über die ganzen Gänge bis nach Niederösterreich kommen kann, weil sich die Habsburger einen Fluchttunnel gebaut haben. Also Platz ist unser geringstes Problem. Ganz am Anfang müssen wir uns aber so halb rechts halten, weil wir sonst auf den Veranstaltungskeller von nebenan stoßen.«

»Halb rechts? Veranstaltungskeller? So was muss akribisch geplant werden. Da ist nichts mit halb rechts. Da wird mit einem genauen Plan und einem Kompass gearbeitet!«, regte sich Clibo auf über so viel Naivität. Und der Hatzi, der sich als den technischen Fachmann betrachtete, stimmte ihm zu.

Nach all den teils anregenden, teils ermüdenden Diskussionen gab es irgendwann wirklich keine Ausreden mehr. Sie mussten den Keller zusammen besichtigen.

Alle Beteiligten hatten versucht, diesen Zeitpunkt so lange wie möglich hinauszuzögern. Denn eines war klar: Sobald man den Keller in Augenschein genommen hatte, blieb nur noch eine kurze Zeit der Planung, die man gemütlich beim Häusler und seinem exzellenten Wein verbringen konnte, dann musste es unweigerlich losgehen. Und das hieß Arbeit. Viel Arbeit. Eine Vorstellung, die die drei Freunde in Angst und Schrecken versetzte.

Lipo empfand körperliche Arbeit immer schon als persönliche Beleidigung. Aber auch Hatzi und Clibo hatten im Laufe ihres Lebens eine starke Antipathie gegen diese Form der Beschäftigung entwickelt.

Nichtsdestotrotz machte man sich auf den Weg zur Schleife, bestieg die Straßenbahn und fuhr in die Innenstadt. Um acht Uhr abends kam man an. Eine gute Zeit, fand Lipo, da die meisten Mieter schon zu Hause seien und sie somit ungesehen und ungestört in den Keller gehen konnten. Lipo holte einen großen und offensichtlich sehr alten Schlüssel aus der Hosentasche und schloss die Kellertür auf. Eine große, schwere Holztür, von der ihr einstmals grüner Lack fast vollständig abgeblättert war. Nach unten ging es über eine aus Stein gehauene, etwa einen Meter breite Wendeltreppe. Beleuchtet wurde das ohnehin schon düstere Szenario von zwei altersschwachen nackten Glühbirnen.

Achtzehn Stufen ging es nach unten. Clibo war begeistert.

»Das ist der Hammer! Ein bissl Licht da, ein bissl da, und du hast voll den Grusel. Weißt du, Lipo, was so was kosten würde, wenn man das nachbauen will?«

Lipo hatte keine Ahnung, aber aus dieser Perspektive hatte er seinen Keller, in dem er ohnehin erst ein-, zweimal gewesen war, auch noch nicht betrachtet. Natürlich war es hier gruselig. Der zugängliche Raum war etwa vier Meter breit und sechs lang. Erstaunlich trocken war es hier unten. Keinerlei Muff oder Fäulnisgeruch. Das war schon mal sehr gut. Eines durfte man nämlich von Anfang an nicht aus den Augen verlieren. Das Budget für die anfälligen Um- und

Ausbauarbeiten war äußerst übersichtlich. Hatzi und Clibo konnten außer ihrer Arbeitskraft wenig bis nichts beisteuern. Und Lipos finanzielle Möglichkeiten waren nach seiner missglückten Glücksspielkarriere mächtig eingeschränkt. Man würde also schnell, unauffällig und kostengünstig bauen müssen.

Jetzt standen sie also im Keller und schauten sich etwas verunsichert um. Man klopfte hier, man klopfte da. Den Klopfgeräuschen nach zu urteilen, schienen die Wände an den Breitseiten des Raumes weniger massiv zu sein. Nachdem man noch einige Zeit geklopft hatte, meinte Hatzi, dass es Zeit für ein erstes Resümee sei. Außerdem dürstete ihn nach einem Viertel Wein.

»Ich rekapituliere: Der Keller ist, zumindest hier, trocken. Das ist gut. Der Keller verfügt über einen natürlichen Gruselfaktor, den wir für unsere Zwecke benützen und verstärken können. Das ist sehr gut. In welche Richtung wir ausbauen, wissen wir noch nicht, da wir keinen Plan haben. Alles andere sollten wir bei einem Wein besprechen, weil die Luft hier unten schon sehr trocken ist.«

Dieser Vorschlag wurde widerspruchslos angenommen. Man einigte sich auf einen nahe gelegenen Stadt-Heurigen. Den »Gockel«. Hier war der Wein zwar nur halb so gut wie beim Häusler, dafür kostete er aber auch das Dreifache. Das erste Viertel tranken die Freunde schnell und schweigsam. Beim zweiten Viertel fühlte sich auch Clibo zu einem Resümee berufen.

»Lipo, ich danke dir für deinen Keller. Seitdem mein Traum von einer eigenen Geisterbahn aus banktechnischen Gründen geplatzt ist, habe ich nicht mehr so eine kreative Ader gespürt wie jetzt. Das wird super! Das hab ich im Urin. Wir haben da sämtliche Gruselmöglichkeiten, die es gibt. Glaubt mir, Lipo, Hatzi, ich bin da Experte.«

Hatzi, als neuer technischer Leiter, fragte sicherheitshalber nach: »Elektrik ist auch da. Anschlüsse für Wasser und Abwasser kein Problem. Und in einem Gruselkeller können wir ja die Leitungen offen verlegen. Das geht doch, Clibo, oder?«

»No problem. Da hängen wir Spinnweben drüber. Oder Gedärme. Kommt auf die Konzeption an. Die Leitungen kannst du offen verlegen, wenn das günstiger ist.« Clibo, als neuer künstlerischer Leiter, zeigte sich kompromissbereit.

Den Lipo plagten Ängste. Was würde passieren, wenn seine Freunde mitten in der Umbauphase eine Krise bekämen? Also die Lust an der Arbeit verlören. Zudem kannte er ihre Fähigkeiten nicht, weil sie ja immer nur am Stammtisch zusammenkamen. Aber er mochte sie und ihre Sicht auf die Dinge.

»Ja, dann, gehen wir es an«, beschloss der Lipo.

3

Natürlich traf man sich weiter beim Häusler, aber die Gespräche und Planungen waren nun erheblich zielorientierter, als das vor der Kellerbesichtigung der Fall gewesen war. Man hatte zum Beispiel festgelegt, dass die Größe des Zimmers vierundzwanzig Quadratmeter betragen sollte und die Fläche zur Bespielung des Raums etwa doppelt so groß sein müsste. Was hieß, dass man etwa achtzig Quadratmeter benötigte. Der offizielle Keller vom Lipo hatte ungefähr vierundzwanzig Quadratmeter, was wiederum bedeutete, dass man fast sechzig Quadratmeter würde akquirieren müssen. Trennwände mussten eingerissen werden, keine Frage. Aber welche? Die an der Breitseite des Kellers schienen weniger dick zu sein, aber wohin kam man da? Es gab keine Pläne. Analog nicht und digital erst recht nicht.

»Ich stemme das vorsichtig auf, und wir schauen nach«, schlug der Hatzi ganz pragmatisch vor.

Aber nicht mit dem Lipo. »Ja, bist denn du völlig deppert? Ich stemme doch nichts auf, wo ich nicht weiß, was dahinter ist. Wenn das eine Rattenhochburg ist, hab ich die Viecher im ganzen Haus!«

Das hatte der Hatzi nicht bedacht. Er räumte das auch ein, was wiederum den Lipo sehr beruhigte. Die Stimmung war im Ganzen angespannt, aber nicht gereizt.

Am nächsten Abend brachte der Clibo in dieser Frage den Durchbruch, als er von einer persönlichen medizinischen Erfahrung berichtete: »Bei meiner Darmspiegelung haben sie mir eine ganz kleine Kamera in den Hintern geschoben. Ich durfte selbst zuschauen, wie es bei mir drinnen so ausschaut. Und, was ich sagen will, so eine Kamera schieben wir durch ein ganz kleines Loch nach drüben und schauen, was da ist. Durch so ein kleines Loch kommen Ratten nicht durch.«

Keine Woche später stand der Hatzi mit einer sehr leistungsstarken Bohrmaschine in Lipos Keller. Clibo hielt eine Art Angel mit einer extrem dünnen Rute, an der sowohl Licht als auch eine Minikamera befestigt waren. Lipo hatte Schweiß an der Stirn. Da man sich im Vorhinein auf die strikte Einhaltung der zuvor erarbeiteten Pläne geeinigt hatte, legte Hatzi um Punkt zwanzig Uhr mit dem Bohren los. Um diese Zeit war es in den umliegenden, von Touristen stark frequentierten Lokalen am lautesten.

Hatzi war schnell durch. Die Wand war keine zehn Zentimeter dick. Vorsichtig schoben Hatzi und Clibo die Angel mit Rute, Kamera und Licht durch das einen Zentimeter weite runde Loch. Lipo starrte gebannt auf den Monitor, der die Bilder übertrug. Die kleine Kamera war an einem sehr leichten, aber kräftigen Draht befestigt, den Clibo nach dem Aufprall der Kamera auf dem Boden durch den Raum schieben sollte, um so zu Erkenntnissen zu gelangen. So war der Plan.

Lipo und Hatzi, der an der Angel nicht mehr gebraucht wurde, beobachteten, wie die Kamera zu Boden fiel. Dann begann Clibo wohl an dem Draht zu schieben, denn das Bild richtete sich auf und zeigte in einiger Entfernung eine Wand. Clibo schob weiter, und man konnte noch eine Wand sehen. Es schien ein großer Raum zu sein. Ja, und dann kam eine Riesenratte, die immer größer wurde. Die letzten Bilder der Kamera waren grauenhaft. So, wie wenn man selbst gefressen wird. Hannibal Lecter – ein Dreck dagegen.

»Hab ich es nicht gesagt?«, regte sich der Lipo auf und erinnerte damit auch an die grenzenlose Aufstemmnaivität vom Hatzi, der das beschämt nickend hinnahm.

Der Clibo an der Angel hatte natürlich mitbekommen, dass da etwas Ungeplantes vorging. Er schob den Draht, an dem die Kamera hing, vorsichtig nach vorne. Hatzi und Lipo waren von den Bildern begeistert. Das konnte er hören. Dann schrien die beiden auf, und er hatte wenig später das Gefühl, dass etwas an der Angel hing. Und das war bei dieser Art von Angel nicht vorgesehen, und dann hatte er das Gefühl, dass die Angel wieder frei war. Zu frei, wie sich dann herausstellte, weil die Kamera weg war. Von einer Ratte gefressen.

»Aus! Aus! Wir brechen hier ab! Habts ihr dieses Riesenviech gesehen? Nie wieder betrete ich diesen Keller. Mir ist so schlecht.« Schwitzend, zitternd und kreidebleich hatte sich Lipo auf einer Kellertreppe niedergelassen.

»Schmarrn, Lipo«, sagte Clibo beruhigend zu seinem Kumpel, »nicht die Ratte war so groß, sondern die Kamera so klein, verstehst? Der Polyp, den sie mir damals aus dem Enddarm geschnipselt haben, hat auf dem Monitor ausgeschaut wie der Mount Everest. In Wirklichkeit war der keine zwei Zentimeter hoch. Das war eine ganz normale Ratte. Nicht schön, aber auch nicht gefährlicher wie jede andere auch.«

Um die nach wie vor düstere Stimmung des geschockten Kellerbesitzers etwas aufzuhellen, stimmte Hatzi ein Liedchen an: »Ratten sind zum Töten da, valleri und vallera!« Clibo stimmte fröhlich in den Gesang ein und entschied: »Genauso ist es, Lipo. Wir erledigen diese Viecher und sorgen dafür, dass sie nie wieder zurückkehren. Nach den Bildern ist der Raum groß genug für unsere Zwecke. Sechzig Quadratmeter bestimmt. Wenn wir den sauber bekommen und dann versiegeln, kommt da nichts mehr rein, was nicht reinsoll.«

Langsam beruhigte sich der Lipo wieder, und man ging zum »Gockel«, wo die Freunde bei ein paar Vierteln Wein seine letzten Bedenken ausräumen konnten.

Hatzi verkündete bereits am nächsten Abend, als man beim guten und günstigen Häuslerwein zusammensaß, das Ergebnis seiner Internetrecherche.

»Also, erstens: Die Ratte gilt als sehr intelligent. Mit Giftködern werden wir nicht weit kommen, weil die Vorkoster haben. Die fressen so einen Köder, kratzen ab, und die anderen lassen den dann links liegen. In unserem Fall ist das Begasen das Beste. Dafür nehmen wir Phosphorwasserstoff. Den gibt's als Tabletten. Die hauen wir durch das Loch rein, sie verbinden sich mit der Luft und setzen ihr Gift frei. Weil wir nicht wissen, ob es in dem Raum einen Durchzug gibt – vielleicht ist da wo ein Schacht –, machen wir das fünf Tage lang.«

»Hört sich logisch an«, meinte Clibo anerkennend. Lipo nickte zwar nachdenklich, aber doch so halb zustimmend. Dass Lipo nicht der Entscheidungsfreudigste war, hatten seine Freunde inzwischen erkannt. Das beunruhigte sie auch nicht weiter, denn so würden eben sie die nötigen Entscheidungen treffen. Und der Hatzi fing damit gleich mal an.

»Wir machen das so: Ich besorg den Phosphorwasserstoff, und du, Lipo, haust da fünf Tag lang jeweils drei Tabs durch das Loch rein. Aber das ist Gift. Da sollte niemand runtergehen, wenn das gerade wirkt. Hast eh nur du den Schlüssel, oder?«

»Es gibt nur den einen Schlüssel. Und wie schauen wir dann nach, ob die Viecher hin sind?«, fragte Lipo scheinheilig.

»Na, mit der kleinen Kamera«, antwortete ihm Hatzi naiv.

»Wir haben aber keine kleine Kamera mehr, weil eine Scheißratte unsere kleine Kamera gefressen hat.«

Da musste der Hatzi dem Lipo recht geben.

»Richtig, tja, dann brauchen wir eine neue kleine Kamera.«

»Weißt du, was die kostet?«

»Viel?«

»Sehr viel.«

»Dann darf diesmal nichts schiefgehen«, beendete Hatzi diese fruchtlose Diskussion erstaunlich entschlossen.

Es sprach zwar niemand aus, aber alle dachten es: mindestens noch eine Woche Ruhe. Die Arbeiten konnten ja frühestens nach dem dokumentierten Ableben aller Ratten in Angriff genommen werden. Und dafür war nun mal eine Woche eingeplant. Die Schufterei würde früh genug beginnen. Bis dahin saß man abends beim Häusler und tauschte sich über die Recherchen und Überlegungen aus, die man während des Tages projektbezogen angestellt hatte.

Hatzi beklagte, dass eine sinnvolle Planung der Technik erst nach einer gründlichen Begehung des neuen Raumes möglich sei. Die Freunde nickten verständnisvoll.

Clibo versicherte, dass er schon grenzüberschreitenden Kontakt mit anderen Gruselunternehmen aufgenommen habe. Seine Gruselkonzeption würde er aber erst vorstellen, wenn wirklich alle Gruselmodule bedacht wären und auch künstlerisch ineinanderpassten.

Lipo saß seit Tagen an einem griffigen Werbetext. Außerdem versuchte er, an diverse Vereine und Clubs ranzukommen, die finanzkräftige Mitglieder in ihren Reihen hatten und, was noch wichtiger war, die oft internationale, betuchte Gäste in Wien begrüßten.

Alles in allem war man mit dem Planungsstand des Gruselzimmers zufrieden.

4

Und dann kam der Montag. Die letzte Gifttablette war durch das Loch in die Rattenhochburg gefallen. Diesen Montag hatten alle gefürchtet, aber er war unausweichlich gewesen, wie jeder Montag. Heute, so war der Plan, würde man in den Keller gehen und nachschauen. Man hatte auch wieder eine kleine Kamera, die ihnen, wie Lipo mehrmals betonte, allerdings nur »leihweise« zur Verfügung stand.

Lipo schloss die Kellertür auf, öffnete sie, trat zur Seite und forderte seine Freunde mit einer Geste auf, voranzugehen. Als Clibo und Hatzi ein paar Treppen nach unten gegangen waren, drehten sie sich um und schauten Lipo von unten fragend an.

»Ich kann da nicht runter. Ich bin traumatisiert. Total. Wenn ich noch einmal so eine Riesenratte sehe, die meine kleine Kamera frisst, das übersteh ich nicht. Emotional nicht und finanziell schon überhaupt nicht. Und dann noch die ganze Aufregung. Ich habe einen hohen Blutdruck. Das alles ist Gift für mich. Aber ich will euch auch nicht in Stich lassen.«

Man schickte ihn zur Beruhigung in den »Gockel«. Dort sollte er sich laben, sammeln und an was Schönes denken, bis ihm Hatzi und Clibo, in etwa einer Stunde, mit freudiger Nachricht Gesellschaft leisten würden.

Sichtlich erleichtert begab sich Lipo zum »Gockel«.

Hatzi und Clibo waren alles andere als erleichtert. Mit jeder Stufe nach unten wurde es schwerer. Ein Scheißjob, den sie da machen sollten. Und er wurde mindestens so scheiße, wie sie es sich vorgestellt hatten.

Der Laptop musste hochgefahren, die kleine Kamera eingesteckt und die Angel mit dem Draht verbunden werden.

Es stank im Keller. Als sie zum ersten Mal hier gewesen waren, hatte es nach Staub und Trockenheit gestunken. Heute stank es bestialisch. Fast klebrig.

Auf die besorgte Nachfrage von Clibo versicherte Hatzi, dass die Wirkung des Giftes längst verflogen sei. Außerdem sei das Gas geruchlos, und hier stinke es. Das beruhigte Clibo einerseits, konnte aber seine Frage nach der Herkunft des Gestanks nicht beantworten.

Wie beim letzten Mal half Hatzi Clibo, die Angel in das kleine Loch einzuführen. Dann nahm er den Monitor und stellte sich so neben Clibo, dass auch der ein Auge darauf werfen konnte.

Das Bild war gestochen scharf. Clibo löste den Draht, und die kleine Kamera fiel. Aber wohin, oder besser, worauf?

Das war nicht der nackte Kellerboden. Das war anders. Man konnte auch nichts erkennen, weil irgendetwas vor der Kameralinse lag.

»Was ist das?«

»Keine Ahnung.«

»Und jetzt?«

»Nachdenken.«

Das tat man dann auch eine Zeit lang, bis Clibo sein geplantes Vorgehen erläuterte und auch begründete.

»Pass auf, Hatzi. Wir haben hier eine Arschkamera, keine Videokamera. Die ist darauf ausgelegt, dass man sie langsam und behutsam nach vorne schiebt. Ich habe es seinerzeit sehr begrüßt, dass man mir keine Videokamera in den Hintern geschoben hat. Unsere Kamera an der Angel baumeln zu lassen, um sich so einen Überblick zu verschaffen, würde nicht funktionieren. Darum, Hatzi, schlage ich jetzt vor, dass ich mit dem behutsamen Schieben beginne.«

»Schiebe, Clibo, schiebe«, stimmte Hatzi überzeugt zu.

Und Clibo schob. Langsam wurde das ganze Grauen sichtbar. Die kleine Kamera schob sich zwischen, durch, unter und über Rattenkadaver. Der Gestank!

Aber da die Länge des menschlichen Darmes, Gott sei Dank, begrenzt ist, war auch die Reichweite der kleinen Kamera begrenzt. Doch Hatzi und Clibo hatten schon genug gesehen. Man brachte die kleine Kamera in Sicherheit, obwohl sie heute nie in Gefahr gewesen war. Wenn Clibo nicht gerade schob, war es ein Standbild. In dem Raum nebenan lebte nichts mehr. Definitiv.

Schnellstmöglich wurde das Equipment verpackt, der Keller abgeschlossen und der Weg zum »Gockel« angetreten. Der Weg zum Heurigen war kurz, und so blieben sie ein paar Meter davor stehen und berieten, wie man ihrem ohnehin schon traumatisierten Kellerbesitzer unnötige Aufregung ersparen könnte.

Lipo saß draußen im Schanigarten. Es war ja noch warm. An der Art, wie er Hatzi und Clibo entgegenstrahlte, war klar, dass der Wein auch hier trinkbar war.

»Einen wunderschönen guten Abend, die Herren. Wie ist es gelaufen? Wie geht es meiner kleinen Kamera? Die Herren scheinen ja wohlauf zu sein. Die Körpersprache ist positiv. Der Gang fast federnd. Was also gibt es Erfreuliches zu berichten?«

Nach dem, was Hatzi und Clibo eben durchgemacht hatten, war diese Begrüßung, diese gute Laune, diese besoffene Arroganz wenig teamfördernd.

Clibo empfand Lipos Verhalten als verletzend, und so antwortete er, wider alle Absprachen, die er eben noch mit Hatzi getroffen hatte: »Deine kleine Kamera lebt und ist unversehrt. Die Ratten sind tot. Alle. Es sind Tausende!«

Das saß! Dem Lipo fiel mit einem Schlag die ganze gute Laune aus dem Gesicht. Außerdem wurde er schon wieder ganz bleich.

»Siehst du, was du da angerichtet hast? Wo er doch eh schon traumatisiert ist«, meinte Hatzi besorgt.

»Das war unüberlegt, tut mir leid. Meine Nerven«, entschuldigte sich Clibo.

Und weil der Lipo nicht reagierte und nur mit hängendem Kopf so dasaß, setzte sich Clibo neben ihn und legte ihm einen Arm auf die Schulter. Lipo schien das gar nicht wahrzunehmen.

Auf einmal hob er ganz langsam seinen Kopf, grinste Hatzi und Clibo an und verkündete: »Ich habe eine Idee.«

Bevor man aber überhaupt zum Kern von Lipos perfider Idee kommen konnte, musste noch die Drecksarbeit erledigt werden.

Den Gestank der verwesenden Rattenkadaver noch in der Nase, die Leichenberge noch vor Augen, waren Hatzi und Clibo von Lipos Bitte wenig angetan. Es war aber auch ekelerregend, worum Lipo sie bat. Clibo und Hatzi sollten, wie es auch der ursprüngliche Plan vorsah, zunächst ein Loch in die Trennwand schlagen, durch das man einigermaßen bequem ein- und aussteigen konnte. Dann sollten sie die Rattenkadaver in einem Fass sammeln und dieses irgendwo unauffällig entsorgen.

Lipo könne ihnen wegen seiner Traumatisierung leider nicht behilflich sein, wie er entschuldigend feststellte. Man dürfe wegen der hohen Geheimhaltungsstufe auch keine externen Hilfskräfte hinzuziehen.

Doch Lipo hatte auch daran gedacht und versprach seinen verzagten Mitstreitern: »Hatzi, Clibo, es wird euer Schaden nicht sein. Versprochen. Ich weiß genau, was ich euch da zumute. Glaubt mir, wenn einer euren Ekel nachvollziehen kann, dann ich, wo ich doch selbst traumatisiert bin. Ihr werdet für eure Arbeit fürstlich entlohnt werden, und ich weiß auch schon, wie ich das mache, ohne dabei unsere finanziellen Ressourcen anzugreifen.«

Reden konnte der Lipo. Trauma hin oder her. Clibo und Hatzi stimmten schweren Herzens zu.

5

Schon am nächsten Tag begannen sie mit den Vorbereitungen. Es wurden zwei Schutzanzüge gekauft, fünf Fässer – eines würde sicher nicht reichen –, eine Spitzhacke und Schaufeln. Der Clou aber war, und auf diese Idee war der Hatzi wirklich stolz, zwei Tauchermasken mit Sauerstoffflaschen. Sie sollten den Gestank abhalten und das Einatmen von krankheitserregenden Viren verhindern.

Am Mittwoch traf man sich erst um zwölf Uhr an der Kellertreppe. Die weiteren Planungsgespräche beim Häusler hatten lange gedauert und waren von sehr viel Wein begleitet gewesen, den Lipo großzügig spendiert hatte. Dementsprechend angeschlagen wirkten Hatzi und Clibo schon vor dem eigentlichen Arbeitsbeginn. Lipo ging es zwar nicht besser, aber bei ihm war es wurscht, da er ohnehin nicht vorhatte, aktiv ins Geschehen einzugreifen.

Zwölf Uhr war auch insofern günstig, weil im Erdgeschoss des Hauses eine kleine Tischlerei zugange war, aus der meist um die Mittagszeit lautstarke Sägegeräusche zu hören waren. Diese würden die Abrissgeräusche aus dem Keller locker übertönen, meinte Lipo.

Beim Runtertragen der Kunststofffässer half Lipo noch mit. Dann verabschiedete er sich in seine Wohnung, versprach aber am Handy zu wachen, »falls etwas sein sollte«. Und weg war er.

Da standen sie jetzt zwischen den Fässern. Der Clibo und der Hatzi. Unglücklich waren sie. Der Gestank war in den beiden letzten Tagen nicht besser geworden. Eher schlimmer.

Rasch zogen sie die Schutzanzüge an. Clibo bedauerte, dass er nicht an Musik gedacht hatte. Mit Musik ginge ihm die Arbeit immer leichter von der Hand, erklärte er. Hatzi hingegen war froh, dass die dröhnenden Heavy-Metal-Klänge, die Clibo bevorzugte, nicht zusätzlich an seinen dünnen Nerven zerrten. Als Letztes setzten sie die Taucherbrillen auf und halfen sich gegenseitig beim Anlegen der Sauerstoffflaschen. Reden konnte man nicht mehr miteinander, aber jetzt sollten ja auch Taten sprechen.

Hatzi hob die Spitzhacke an und warf Clibo einen fragenden Blick zu. Nachdem dieser zustimmend genickt hatte, ließ Hatzi die Hacke in die Wand krachen. Eine harte Wand, deren Steine sich nur äußerst widerstrebend lockerten. Erst nach fünf Minuten war es so weit. Der erste Stein löste sich und gab ein schmales Guckloch preis.

Von Neugier überwältigt, schob Clibo den Hatzi einfach beiseite und zwängte neben seinem Gesicht noch eine Taschenlampe in die kleine Öffnung. So stand er mit dem Rücken zu Hatzi und brabbelte irgendetwas, was der, wegen der Tauchermaske, nicht verstehen konnte.

Wie zwei Zwölfjährige um das einzige Guckloch zum FKK-Gelände rangelten Hatzi und Clibo um das Guckloch zum Rattengelände. Hatzi obsiegte, und was er sah, war erfreulich.

Die toten Ratten mussten alle kamerageil gewesen sein, denn fast alle lagen dort, wo ihre kleine Kamera am Montag gelandet war. Dadurch hatte sich ihnen ein völlig falscher Eindruck von der Zahl der Kadaver vermittelt.

Da sieht man es wieder, dachte Hatzi und wusste wohl selbst nicht, was genau er damit meinte.

Mit Gesten verabredete man, ein paar Stufen hinaufzugehen und dort die Masken abzunehmen.

»Schaut gut aus«, war das Erste, was Hatzi feststellte.

»Ja, find ich auch«, bestätigte Clibo.

In ihrer Einschätzung stimmten die beiden völlig überein. Der Raum war sehr groß. Tote Ratten waren es vielleicht vierzig bis fünfzig. Nicht mehr. Der Gestank zog aber jetzt schon bis zu ihnen die halbe Treppe hinauf.

An Hatzi, dem technischen Leiter, war es, den Startschuss zu geben: »Gemma's an!«

Als hätte man sich abgesprochen, heulte in dem Moment die Kreissäge der Tischlerei auf. Wenn das kein gutes Omen war.

An der Spitzhacke wechselte man sich ab. Immer zehn Schläge, dann der andere. Die Tauchermasken und die schweren Sauerstoffflaschen machten Clibo und Hatzi mächtig zu schaffen. Nach etwa zehn Minuten waren sie schweißgebadet, hatten aber den Durchbruch geschafft. Sie konnten sich trotz der Sauerstoffflaschen in den neu requirierten Raum zwängen. Mit ihren kräftigen Taschenlampen schauten sie sich um und staunten.

Als sie einander ansahen, hielten beide die Daumen hoch, und trotz der Tauchermasken konnte man das Lachen dahinter erkennen. Verständlich. Der Raum hatte locker hundert Quadratmeter, war aber seltsam verwinkelt. Es gab mehrere Vorsprünge. Möglich, dass das zugemauerte Eingänge zu anderen Kellern waren. Clibo wollte noch mit seinem Handy

Fotos machen, aber Hatzi hielt ihn mit einer seltsamen Pantomime, die Clibo nicht recht verstand, davon ab.

Und wieder war es Hatzi, der kraft seines Amtes die Initiative ergriff, dem Clibo eine Schaufel und ein Fass in die Hände drückte und selbst damit begann, die Kadaver in das Fass zu werfen. Als man alle Ratten, es waren siebenundfünfzig, in das Fass geschaufelt hatte, drängte Hatzi ans Tageslicht.

Schnell hatte man sich der Schutzanzüge entledigt und war an der frischen Luft.

»Warum hab ich keine Fotos machen dürfen?«, war das Erste, was Clibo nach so langer Zeit des Schweigens wissen wollte.

»Pass auf, Clibo«, interpretierte Hatzi seine Pantomime. »Der Lipo ist traumatisiert. Richtig?«

»Richtig.«

»Wegen der Ratten. Wenn du ihm jetzt Fotos von unserem Keller mit den Ratten zeigst, dann hat er einen Grund mehr, dass er selbst nicht nach unten geht. Verstehst?«

»Na.«

»Pass auf, Clibo. Wenn der Lipo vom Keller grundsätzlich traumatisiert ist, heißt das, dass wir zwei die ganze Arbeit machen, weil der Lipo wegen seinem Trauma ja überhaupt nicht mehr in den Keller gehen kann. Das müssen wir unbedingt verhindern. Wir bringen erst die Ratten weg, und dann kann der Lipo seinen Keller selbst angstfrei entdecken. Er freut sich und bekommt kein neues Trauma. Verstehst?«

»Logo. Und jetzt?«

»Jetzt rufen wir den Lipo an und sagen ihm, dass alles nach Plan gelaufen ist.«

Und das tat der Hatzi dann auch.

Baff war der Lipo, dass Hatzi ihm so schnell Vollzug meldete. Das Ganze hatte gerade mal eine Stunde gedauert. Über die Fässer mit den Ratten wollte er noch mit ihnen reden. Er fand, dass man das am besten in einem schattigen Schanigarten bei einem anständigen Mittagessen machen könnte. Seine Helden, wie er sagte, seien natürlich herzlich eingeladen. Er stellte einige Lokale in der Nähe zur Auswahl, die man als nicht gerade preiswert, aber sehr gut bezeichnen konnte. Lipo hatte wohl seine Spendierhose an.

Man entschied sich für die »3 Hacken«, Wiener Küche. Für jeden was dabei. Wirklich gut. Auch das Bier. Und trotzdem wurde es dem Lipo irgendwann zu bunt. Auf alle Fragen, die er in Bezug auf die Ratten oder den Raum stellte, bekam er unzureichende Antworten.

»Jetzt lasst euch doch nicht alles aus der Nase ziehen. Wieso habt ihr keine Fotos gemacht? Was ist denn da unten? Der Eingang zur FPÖ-Zentrale? Das Bernsteinzimmer?«

Jetzt begann der Lipo sarkastisch zu werden, und das war kein gutes Zeichen.

Der Hatzi musste, als Freund und technischer Leiter, nun Tacheles reden: »Lipo, wir wissen, dass du traumatisiert bist. Das ist sicher nicht leicht für dich, aber sobald wir die Ratten weggeschafft haben, musst du dir deinen schönen Keller selbst anschauen. Du musst lernen, mit deiner Angst umzugehen. Du musst dir deinen Keller selbst erobern, Lipo.«

Kurz war der Lipo ratlos, ging dann aber doch auf die Sorgen von Clibo und Hatzi ein.

»Kein Thema. Sicher gehe ich in den Keller. Die Fässer mit den Ratten lasst aber noch stehen. Die brauchen wir noch. Wie viele Fässer sind es denn geworden?«

»Siebenundfünfzig«, gab Hatzi Auskunft.

»Fässer?«

»Ratten«, stellte Hatzi richtig.

»So wenig?« Der Lipo schien enttäuscht.

Und mit der nächsten Ansage verblüffte sie der Lipo wieder. Er bat Hatzi und Clibo, ihm noch einen Gefallen zu tun. Er bräuchte das für eine Präsentation, die er morgen abzuhalten gedenke. Diese Präsentation werde den versprochenen Lohn für die beiden einbringen.

Der Gefallen sollte darin bestehen, dass Hatzi und Clibo drei Fässer mit Schaumstoff auffüllten. Auf den Schaumstoff sollten sie dann eine Schicht Ratten legen, sodass die Fässer den Eindruck erweckten, voll mit toten Ratten zu sein. Außerdem sollten die beiden den Durchbruch zum neuen Keller mit einem Vorhang oder irgendetwas anderem abhängen. Die Schutzanzüge und Tauchermasken sollten sie im Keller lassen, weil sie die für die Präsentation auch noch bräuchten.

Mehr als ein kryptisches Lächeln und ein köstlicher Nachtisch war dem Lipo nicht mehr zu entlocken. Morgen um zwölf würden Clibo und Hatzi seine Idee verstehen, versprach er ihnen.

6

Das obligatorisch abendliche Treffen beim Häusler, ein paar Stunden später, währte nicht lange. Die Aufregungen des Tages und die ungewohnte körperliche Arbeit hatten Clibo und Hatzi erschöpft. Lipo war erst gar nicht erschienen, er habe was Wichtiges zu erledigen, und die beiden sollten die morgige Verabredung nicht vergessen, ließ er ihnen übers Telefon ausrichten.

Pünktlich um zwölf am nächsten Tag traf man sich wieder an der Kellertreppe. Lipo schloss auf und ging, zum Erstaunen seiner Freunde, voran in die Tiefe. Wie gestern von ihm erbeten, standen die drei Fässer mit den toten Ratten in der Mitte des alten Kellers. Der Durchbruch zum neuen war von einem weißen, mit rosa Blümchen verzierten Leintuch verdeckt. Die blauen Fässer vor dem geblümten Leintuch erinnerten ein wenig an ein Mädchenzimmer, wenn die Ratten nicht gewesen wären.

Nun baute sich Lipo wichtig vor seinen Mitarbeitern auf, achtete aber darauf, dass er die Rattenfässer nicht im Blick hatte.

»In etwa einer halben Stunde beginnt eine von mir einberufene außerordentliche und dringende Mieterversammlung. Dafür zieht ihr euch jetzt die Schutzanzüge und Taucher-masken an und geht nach nebenan. Und wenn ich dann sage: ›Igor und Igor‹, ziehe ich das Leintuch weg, und ihr kommt in der ganzen Maskerade heraus. Reden tut ihr nichts, weil ihr Russen seid. Alles klar?«

»Na!« Da waren sich Hatzi und Clibo einig.

»Das ist jetzt auch wurscht. Hauptsache, ihr merkt euch, dass ihr bei ›Igor und Igor‹ rauskommen müsst. Ich habe noch Sachen vorzubereiten. Gleich werden die Mieter von mir im Hausflur zusammengerufen, und wir kommen dann geschlossen runter. Bevor wir eintreten, klopf ich laut an die Tür, damit ihr wisst, dass es losgeht und ihr nach nebenan müsst.«

Und ehe Clibo und Hatzi, als gleichberechtigte Partner, Details zu Lipos Plan einfordern konnten, war dieser bereits hektisch wieder nach oben entschwunden. Murrend taten sie wie ihnen geheißen und legten ihre sogenannte Maskerade an.

Die Zeit für Lipo drängte wirklich. Hastig nahm er seinen Zettel, auf dem die Eckpunkte seiner Rede notiert waren, zur Hand und ging den Text noch einmal durch. Später würde er die Rede frei halten müssen. Pünktlich versammelten sich die Mieter im Hausflur. Neugierig fragten sie Lipo nach dem Grund dieses Treffens. Dieser bat um etwas Geduld, er wollte warten, bis alle da waren. Zum Befremden seiner Mieter bekam jeder von ihnen einen Mundschutz aus dem

Baumarkt, wie er beim Abschleifen von alten Brettern verwendet wurde. Den sollten sie unbedingt anlegen, wenn es nach unten ging.

Dann waren alle da. Jede Wohnung hatte zumindest einen Vertreter geschickt. Nun bat Lipo die Hausbewohner in den Keller. Der Letzte sollte die Tür zumachen, da das, was Lipo ihnen zu sagen hatte, auf keinen Fall an die Öffentlichkeit gelangen dürfe. So erhöhte Lipo geschickt die Spannung auf seinen Vortrag. Verunsichert durch die Masken, die sie tragen mussten, gingen die Delinquenten, denn so fühlten sie sich, nach unten.

Das Erste, was sie in dem Keller, den sie vermutlich noch nie betreten hatten, zu sehen bekamen, waren die Fässer voller toter Ratten. Das Entsetzen war groß, und alle versuchten, so weit wie möglich Abstand zu ihnen halten.

Wie ein Schauspieler vor einem großen Monolog sammelte sich Lipo, räusperte sich und hob an: »Verehrte Mieterinnen und Mieter, ich danke Ihnen von Herzen, dass Sie so zahlreich und vollständig erschienen sind. Ich kann Sie nur dringend auffordern, dass nichts von dem, was ich Ihnen nun berichten muss, jemals diesen Keller verlässt. Wir alle haben schöne Wohnungen. Aber diese sind massiv bedroht. Kennen Sie Neapel? Die wohnen dort auf einem Vulkan, der jederzeit ausbrechen kann. Aber die Neapolitaner wissen seit Jahrtausenden um diese Gefahr. Sie schützen sich dagegen. So weit es eben in ihrer Macht steht. Was das mit unserem Haus zu tun hat? Auch wir leben seit Jahren, vielleicht Jahrzehnten, auf einem Vulkan. Doch wir haben das bis vor wenigen Tagen nicht gewusst. Der Vulkan von Neapel hat einen Namen. Vesuv. Auch unser Vulkan hat einen Namen. Ratten! Von allen unbemerkt haben diese Viecher sich hier unten ein eigenes Imperium geschaffen. Eine für Menschen unzugängliche Aktionsbasis, von der aus sie ihre mörderischen Streifzüge in unser Leben organisieren. Wir sind von

Heerscharen dieser abscheulichen Nager unterwandert. Im wahrsten Sinn des Wortes. Hier unten, in unserem Keller, ist ihr Rückzugsraum, hier ziehen sie ihre Brut auf und bilden sie zu Schädlingen aus. Mit Rattengift kommen wir gegen diese Armee nicht mehr an. Warum meine Geheimniskrämerei? Auch andere Häuser haben Ratten, natürlich. Aber hier ist die Rattenhauptzentrale der ganzen Stadt. Hier in diesem Keller ist der Ursprung allen Übels. Woher ich das weiß? Dazu komme ich noch. Deshalb ist es so wichtig, dass diese Tatsache nicht an die Öffentlichkeit kommt. Man würde das ganze Haus abreißen, weil das für unsere abgebrannte Stadtverwaltung die kostengünstigste Form der Schädlingsbekämpfung wäre. Weil diese Bürokraten immer den scheinbar einfachsten Weg gehen und es ihnen an Kreativität mangelt, auch andere, innovative Methoden in Betracht zu ziehen. Also, wenn Sie sich keine neue Wohnung an der Peripherie Wiens suchen wollen, bewahren Sie bitte Stillschweigen. Nur so verhindern Sie den Abriss unseres geliebten Hauses.«

Lipo ließ diese erschreckende Information ein paar Augenblicke wirken und räusperte sich. Dann fuhr er fort: »Wie bin ich auf diese Katastrophe aufmerksam geworden? Vor ein paar Tagen kam ich hier runter, um nach dem Rechten zu sehen. Da stieg mir dieser unglaubliche Gestank in die Nase. Hinter dieser Wand hörte ich seltsame Geräusche. Ich bohrte ein kleines Loch in die Wand und schob eine Kamera hindurch. Ich wollte wissen, was sich hinter dieser Wand befindet.«

Gott sei Dank hatten Clibo und Hatzi beim ersten Besuch alles aufgenommen. Jetzt führte Lipo die Aufnahme vor, als die kleine Kamera von der Ratte gefressen wurde. Ein entsetztes Aufstöhnen ging durch die Reihen der geschockten Hausparteien.

Diese Stimmung geschickt nutzend, fuhr Lipo fort: »Der

erste professionelle Schädlingsbekämpfer riet mir sofort zum Abriss. Ich musste eine andere Lösung finden. Im Internet stieß ich auf eine russische Firma, die versprach, den Kampf gegen die Rattenplage aufzunehmen, auch wenn die Lage hoffnungslos schien. Seit drei Tagen arbeiten unbemerkt von Ihnen russische Spezialisten an der Rettung unseres Hauses. Sie werden in den nächsten Tagen immer wieder Baulärm aus dem Keller vernehmen. Das sind die Arbeiten unserer Retter.«

Wie ein Zirkusdirektor zog Lipo nun das rosa geblümte Leintuch von der Öffnung.

»Igor und Igor!«

Clibo und Hatzi, die Lipos Rede bewundernd gelauscht hatten, zwängten sich nun etwas linkisch durch die schmale Öffnung. Es war schließlich ihr erster öffentlicher Auftritt, der aber mächtig Eindruck erweckte. Die weißen Schutzanzüge, die Tauchermasken und Sauerstoffflaschen ließen an eine Katastrophe denken ähnlich der von Tschernobyl.

»Diese beiden Herren«, sprach Lipo weiter, »sind weltweit gefragte Spezialisten, wenn es um die Vernichtung von Rattenburgen geht. Sie sind eigens aus Moskau angereist, um uns an ihrer jahrelangen Erfahrung teilhaben zu lassen und dem ganzen Spuk ein Ende zu bereiten. Ihr Mut und ihre Kampfkraft sind legendär. Wir schaffen das! Dass diese gefährlichen Arbeiten äußerst kostenintensiv sind, versteht sich von selbst. Igor und Igor haben natürlich ihren Preis. Dazu kommen die Flüge. Die Hotelzimmer. Essen und Trinken müssen sie auch etwas. Sie wissen sicher alle um meine angespannte finanzielle Situation, und deshalb möchte ich Sie bitten, dass jeder von Ihnen einen kleinen Teil der Last mitträgt. Ich dachte da an hundert Euro pro Bewohner. Am besten gleich und in bar. Sollten Sie gerade nicht genug dabeihaben, kann ich es Ihnen gerne auslegen und mit der nächsten Miete verrechnen.«

Besser hätte man es wirklich nicht inszenieren können. Gerade als sich eine gewisse Nachdenklichkeit breitmachte, kotzte Frau Blaha aus dem dritten Stock vor sich auf den Kellerboden. Dadurch brachen auch beim Herrn Rustic aus dem vierten Stock alle Dämme, und er tat es der Frau Blaha gleich. Für die anderen gab es jetzt kein Halten mehr. Sie sicherten Lipo ihr Stillschweigen und die hundert Euro pro Nase zu und verließen fluchtartig den Keller.

»Wie war ich?«, warf sich Lipo nach dem angeekelten Abgang seiner Mieter in Pose.

»Der Hammer, Lipo! Echt stark. Echt!« Clibo und Hatzi waren begeistert. »Jetzt können wir hier in Ruhe arbeiten, weil alle denken, dass der Igor und der Igor gegen die Rattenplage kämpfen. Genial.«

»Dann schlag ich vor, dass ihr euch umzieht. Währenddessen hol ich euer Geld. Zwanzig Mieter mal hundert macht zweitausend. Also tausend für jeden. Hab ich euch zu viel versprochen?« Eine rhetorische Frage, Lipo wusste sehr wohl, dass die Bezahlung für diese kurze Arbeitszeit schon sehr großzügig ausfiel. Aber was soll's, ihn kostete es ja nichts, und er bekam motivierte Mitarbeiter.

Clibo und Hatzi sahen es auch so. Keine zehn Minuten später hielten sie ihr Geld in den Händen und berieten, was sie aus diesem angebrochenen Tag nun machen könnten. Clibo hatte eine Vertretung in seine Geisterbahn gesetzt und sie schon für den ganzen Tag bezahlt. Also musste er heute nicht mehr in den Prater. Hatzi hatte ohnehin keine weiteren Verpflichtungen. Die Fässer konnte man erst nach Einbruch der Dunkelheit abholen und irgendwo entsorgen. Das hieß, dass man den ganzen restlichen Tag zur freien Verfügung hatte, und, nicht zu vergessen, man war um tausend Euro reicher.

Lipo schloss sich ihnen nicht an. Er hatte einen Laserentfernungsmesser erstanden, mit dessen Hilfe er einen Plan des gesamten Kellers anfertigen wollte.

Hatzi und Clibo entschieden sich für einen Touristentag, wie sie es nannten. Sie wollten einfach durch die Innenstadt flanieren. Hier und da ein kleines Bier trinken. Hatzi stellte den eventuellen Ankauf einer neuen Hose in Aussicht. Es war kurz nach ein Uhr mittags. Die Sonne schien. Der Himmel war wolkenlos und Wien schön wie immer. Beschwingt machten sich die beiden auf den Weg.

Etwas weniger beschwingt, aber bester Laune kehrten Hatzi und Clibo um zehn Uhr abends zurück zum Keller. Ihren kleinen Transporter, der den gesamten Fuhrpark von Clibos Gruselbahnunternehmen ausmachte, hatten sie unweit geparkt.

Es waren dann doch ein paar kleine Biere mehr geworden, und so beschloss man, dass Hatzi fahren würde. Sollten sie in eine Polizeikontrolle kommen, wäre ein vorübergehender Führerscheinentzug für Hatzi weniger geschäftsschädigend als für Clibo, der das Auto jeden Tag brauchte. Man hätte die toten Ratten auch gut in einem Fass zusammenlegen können, aber das erschien den beiden zu unappetitlich. Also legten sie erneut ihre Schutzanzüge und Taucherbrillen an und trugen die Fässer nach oben in ihren Laster.

Kurz bevor Hatzi den Zündschlüssel umdrehte, wurde den beiden klar, dass sie sich noch gar nicht überlegt hatten, wo sie denn die Fässer abzuladen gedachten.

»Pass auf, Hatzi. Wir müssen eh beide in Richtung Favoriten. Dann können wir die Fassl ja in der Löwygrube irgendwo abladen.«

Im Prinzip keine schlechte Idee, weil in diesem weitläufigen Naherholungsgebiet im zehnten Wiener Gemeindebezirk drei Fässer nicht so schnell auffallen würden. Aber das Bier, die Sonne, der nahende berufliche und finanzielle Aufstieg, das alles waren Hatzi und Clibo zu Kopf gestiegen. Sie wurden übermütig. Als sie dann von der Stadtautobahn in Favoriten runterfuhren, kamen sie eher zufällig vorbei an der Geschäftsstelle der Veilchen, wie die Fußballer von Austria Wien wegen ihrer violetten Vereinsfahne genannt wurden. Dem erklärten Feind.

Seit Kindertagen.

»Da hätten wir doch ein feines Geschenk für die violetten Arschlöcher«, feixte Clibo.

Hatzi, der wie Clibo immer schon ein glühender Verehrer von Rapid Wien, dem Stadtrivalen der Austria, war, entschied: Ein sehr schönes Geschenk!«

Was sie dann machten, konnte man schon am nächsten Tag in groben Zügen dem Titelblatt der Kronen Zeitung entnehmen.

Anschlag auf die Geschäftsstelle der Austria

Gestern Abend um exakt zweiundzwanzig Uhr vierunddreißig luden zwei unbekannte Terroristen direkt vor der Geschäftsstelle des FAK Austria Wien, Horrplatz 1 in Wien-Favoriten, drei Fässer mit toten Ratten ab. Die Fässer wurden erst gegen Mitternacht von einem Sicherheitsangestellten entdeckt. Die eilig alarmierte Bombenentschärfungstruppe des Innenministeriums konnte aber nur noch den Tod der Ratten feststellen. Die Täter wurden bei ihrer Tat von einer Überwachungskamera aufgezeichnet. Die Polizei bittet um Ihre Mithilfe bei der Identifizierung der Terroristen.

Das Fahndungsfoto, mit dem die Polizei um die Mitwirkung der Bevölkerung bei der Aufklärung dieser verruchten Tat bat, ging über die halbe erste Seite. Das Bild war stark verpixelt. Man konnte aber Hatzi und Clibo darauf erkennen, die jeder ein großes blaues Fass trugen. Um genau zu sein, erkennen konnte man zwei Menschen in weißen Schutzanzügen, die bis über die Haare reichten. Anstelle der Gesichter, die für die Sicherheitskräfte interessant gewesen wären, sah man ovale Tauchermasken. Das Foto trug also nicht zur Identifizierung der Täter, wohl aber zur guten Stimmung in Wiens Gasthäusern bei. Dort begannen sich die Gäste gegenseitig der Tat zu bezichtigen beziehungsweise zu rühmen. Die wahren Täter wurden nie gefasst.

Trockenfleisch

1

Die Ermittlungen der Ullrich laufen, wie Ermittlungen eben so laufen. Recherche. Zurzeit ist sie an den drei Stammtischbrüdern vom Häusler-Heurigen dran.

Da erreicht sie ein aufgeregter Anruf von der jungen Schnabel: »Frau Ullrich, die Frau Wrbal hat Chinesen gesehen. Mit der Mama!«

Nach Dienstschluss fährt die Ullrich natürlich gleich zum Schnabel-Heurigen, um diese Frau Wrbal zu befragen. Mit Speis und Trank hatte man der Frau Wrbal die Wartezeit verkürzt. Gestärkt und gut gelaunt gibt sie bereitwillig Auskunft.

»Wissen Sie, mein Mann und ich sind ja geschieden, aber wir haben das gemeinsame Sorgerecht für den Bladschi. Das war die Bedingung von dem alten Trottel, sonst hätt er nicht in die Scheidung eingewilligt. Der Bladschi ist unser Hund. So eine Dackelart. Und am Montag, Mittwoch und Freitag geh ich mit dem Bladschi Gassi. Und wenn ich mit dem Bladschi Gassi geh, trink ich beim Schnabel immer ein Achterl. Und da sind mir zweimal Chinesen aufgefallen, die mit der Schnabel geredet haben.«

»Wie haben die ausgesehen?«, fragt die Ullrich, obwohl sie die Antwort schon kennt.

»Wie Chinesen halt.«

»Haben die sich ruhig unterhalten, oder war es mehr so ein Streit?«

»Ganz ruhig. Kein Streit.«

»Und dann sind die Chinesen ganz ruhig wieder gegangen?«, will die Ullrich wissen.

»Keine Ahnung. Ich bin ganz ruhig wieder gegangen. Mit dem Bladschi.«

»Wie viele Chinesen waren es denn?« Gut, dass ihr die Frage noch eingefallen ist.

»Drei Chinesen waren es. In grauen Anzügen. Klein. Ich wüsste jetzt gar nicht, wo ich in Wien solche grauen Anzüge in so einer kleinen Größe kaufen könnte. Vielleicht in der Kinderabteilung vom ›Kleiderbauer‹. Was meinen Sie dazu?«

Die Ullrich meint dazu gar nichts. Was sie gehört hat, findet sie aber bemerkenswert. Warum sollte die alte Schnabel Kontakt zu Chinesen haben? Die Chinesen müssen, laut Wrbal, mindestens zweimal hier gewesen sein. Wozu? Was haben drei Chinesen mit einer siebzigjährigen Wiener Heurigenbesitzerin zu besprechen?

Ob die Chinesen eine echte Spur sind, kann die Ullrich nur beim Häusler-Heurigen eruieren.

Der Herr Häusler ist wieder sehr freundlich, obwohl er heute keiner Buchhaltung entkommen muss.

»Ja, jetzt, wo Sie es sagen. Da waren Chinesen hier. Zwei. Die haben auf den Wutz gewartet und sind dann mit ihm weggegangen. Aber das war alles ganz freundlich. Und am nächsten Tag war er ja wieder da. Ich misch mich nicht in das Privatleben meiner Mitarbeiter.«

Am nächsten Tag sind die Ullrich und der Kruppa zu weiteren Recherchen gemeinsam mit der Straßenbahn nach Grinzing gekommen. An der Schleife haben sie sich getrennt. Die Ullrich ist zum Schnabel, der Kruppa zum Reimpold. Dort soll er in Sachen verschwundener Quetschn-Joe ermitteln.

Durben und Gerti haben sich für heute entschuldigt. Der Durben ist für sein Engagement gegen Tauben inzwischen über die Bezirksgrenzen hinaus als Experte bekannt und gefragt. Heute Abend hält er im Janecek-Hof im zwanzigsten Wiener Gemeindebezirk Brigittenau einen Vortrag zum Thema »Taubenscheiße muss nicht sein«. Er hat sich tagelang darauf vorbereitet. Anschauungsmaterial zusammengestellt. Zum Beispiel Fotos ertappter Taubenfütterer, an denen er allerdings aus Datenschutzgründen die Augenpartie geschwärzt hat. Außerdem hat er mit Taubenkot verunreinigte Kleidung dabei, um seinem Publikum die wirksame Reinigung mit den unterschiedlichsten Lösungsmitteln vorzuführen. Ein weiterer Schwerpunkt seines Vortrages wird die allgemeine Abwehr von Tauben sein. Dafür hat er einen kleinen Stacheldraht vorbereitet, der die Landung von Tauben auf Fenstersimsen und Balkonen verhindern soll. Der Draht erinnert an die Miniaturausgabe des NATO-Stacheldrahtes, der unser kleines Österreich vor der großen Flüchtlingsflut schützen soll.

Vor seinen Auftritten ist der Durben immer sehr aufgeregt. Auf der Fahrt füttert ihn die Gerti deshalb immer mit Baldrian- und Salbeipastillen. Der Baldrian stärkt sein Nervenkostüm, und der Salbei schmiert die Stimmbänder.

Da Gerti und Durben aber noch einige Zeit mit der U6 unterwegs sein werden, schauen wir doch, was der Kruppa beim Reimpold in Erfahrung bringt.

2

Um Gottes willen, was ist denn hier los?, denkt der Kruppa als Erstes, wie er die Tür zum Reimpold aufmacht. Alle Tische und Plätze scheinen besetzt zu sein. Der Lärm ist infernalisch und fremd. Wenn Wiener beim Heurigen laut werden, dann kennt man das. Da wird gegrölt, laut gelacht, oder es werden über die Tische hinweg Unflätigkeiten ausgetauscht. Doch das hier hört sich anders an. Und das liegt sicher daran, dass der Reimpold-Heurige voller Japaner ist.

Der Lärm erinnert an eine streitende Spatzenschar oder an einen aufgescheuchten Hornissenschwarm, aber sicher nicht an einen Wiener Heurigen. Einzig die Musik, die sich manchmal in Fetzen über den Lärm legt, erinnert im weitesten Sinn an die Wiener Schrammelmusik.

Der Kruppa ist so irritiert, dass er sich an einen Stehtisch in der Nähe der Ausschank stellt und ein Viertel Veltliner bestellt, der aufgrund des kurzen Weges auch gleich vor ihm steht. Jetzt will sich der Kruppa über das seltsame Treiben bei diesem Heurigen erst ein Bild machen.

Auch hier tragen die Bedienungen Dienstdirndl. Diese hier sind aber eine krude Mischung aus traditionellem Dirndl und Kimono. Aus Seide, bunt, zu lang und mit einem vermutlich japanischen Schriftzug auf Brust und Rücken. Wenn die Kellnerin einen Teller oder ein Glas serviert, macht sie immer eine kleine Verbeugung. Das kennt man sonst eigentlich nur von japanischen Staatsbesuchen im Fernsehen, wenn sich alle dauernd voreinander verbeugen. Diese für Wiener ungewohnte Bewegung muss ganz schön in den Rücken gehen, denkt der Kruppa. An der Wand über der Ausschank hängt eine Speisekarte. Auf Japanisch!

Jetzt fühlt sich der Kruppa wie ein Ausländer im eigenen Land. Nicht mal die Speisekarte kann er lesen. Ein Glück, dass seiner Bestellung nach einem Viertel Wein entsprochen wurde. Ein Geschnatter und Gewimmel ist in dem Raum, kaum vorstellbar.

Gerade trägt eine Serviererin eine große Platte an einen Tisch, direkt vorbei am Kruppa. Was ist das denn? Auf der Platte liegen fein säuberlich so kleine Teilchen nebeneinander. Das soll wohl was zum Essen sein.

»Fräulein, eine Frage. Was haben Sie da gerade an den Tisch gebracht?«, fragt der Kruppa die Kellnerin, die auf ihrem Rückweg wieder an ihm vorbeikommt.

»Tut mir leid. Sie sehen ja, was ich zu tun habe. Dahinten,

an unserem Buffet, gibt man Ihnen sicher Auskunft, verehrter San.«

San denn die hier alle deppert?, fragt sich jetzt der Kruppa, obwohl er sehr gut weiß, dass »San« im Japanischen so viel wie »Herr« heißt. Mühsam kämpft er sich durch den Saal zur Speisentheke durch. Dabei muss er höllisch aufpassen, dass er nicht einen dieser wuseligen Japaner aus Versehen niedertritt und womöglich zerquetscht.

Hinter der Theke steht eine Frau um die fünfzig. Vielleicht die Frau Reimpold. Aber was macht die da? Kruppa beobachtet, wie sie ein grünes Blatt auf eine Bastmatte legt. Auf das Blatt legt sie etwas Reis und darauf eine Käsekrainer. Das ist eine Bratwurst mit Käsefüllung, die beim Erhitzen unschön austritt, weshalb sie im Volksmund auch »Eitrige« genannt wird. Auf die Käsekrainer streicht sie süßen Senf. Den Abschluss bildet wieder eine Schicht Reis. Jetzt beginnt die Frau Reimpold mit Hilfe der Bastmatte, eine Rolle aus dem Ganzen zu formen. Fertig. Die etwa zwanzig Zentimeter lange und drei Zentimeter dicke Rolle teilt sie nun in drei Zentimeter lange Stücke und legt diese auf eine Platte.

»Guten Tag, Frau Reimpold. Mein Name ist Kruppa. Was, bitte, is des?«, fragt ein sehr verunsicherter Gruppeninspektor a. D.

»Das sind unsere Würstel-Sushi. Meine Erfindung. Die Gäste lieben es. Hier, schauen Sie, hab ich noch Schweins-Sushi. Das ist mit Streifen vom Schweinsbraten und kleinen Essiggurkerln. Wir haben auch noch Schnitzel-Sushi, Liptauer-Sushi oder Mozartkugel-Sushi. Das wird gerne als Dessert genommen, obwohl der Japaner an sich ja gar kein Dessert isst. Aber im Ausland probiert er gerne mal was aus. Wollen Sie was probieren, Herr Grappa?«

»Kruppa. Nein, erst mal lieber nicht. Vielleicht später, aber ich bin gerade auf Diät.«

»Wird eh Zeit«, ist die knappe, aber unfreundliche Antwort der Heurigenwirtin, die sich jetzt wieder auf die Herstellung von echtem Wiener Sushi konzentriert.

Es dauert lange, bis der genervte Kruppa in dem ganzen Gewusel aus Japanern und Heurigen-Geishas den Herrn Reimpold in einem kleinen Bürokabuff aufgespürt hat. Kruppa klopft höflich, stellt sich höflich vor und wird höflich empfangen. Als Grund seines Besuches gibt der Kruppa an, dass er Mitarbeiter einer Privatdetektei sei und Informationen über das Verschwinden von Herrn Josef Halaschka suche.

»Sehr gut. Bravo«, zeigt sich Herr Reimpold begeistert. »Das würde mich auch interessieren, wo der Quetschn-Joe ist. Der haut doch nicht einfach ab. So was macht der Quetschn-Joe nicht. Da muss was passiert sein, glauben Sie mir. Wollen S' was trinken, Herr Kruppa?«

Kruppa wollte. Reimpold auch.

Drei Menschen aus Grinzing werden seit sieben Tagen vermisst. Alle am selben Tag verschwunden. Das erzählt der Kruppa dem Reimpold. Der ist fassungslos, weil die Menschen weg sind, aber auch, weil die Polizei nichts machen kann, wenn es keinen Hinweis auf ein Verbrechen gibt. Vor seiner wichtigen Frage gießt der Kruppa erst einmal nach.

»Das ist jetzt wichtig, Herr Reimpold, erzählen Sie mir alles, was Sie über den Quetschn-Joe wissen.«

Der Ton vom Kruppa ist jetzt schlagartig offiziell geworden, und die Routine dahinter spürt auch der Reimpold.

»Ja, also, sein richtiger Name ist Josef Halaschka. Aber das wissen Sie ja schon. Er ist circa vierzig und schwul. Das weiß ich, weil er es mir erzählt hat. Gemerkt hätte ich es wahrscheinlich nicht. War mir aber auch wurscht. Der Quetschn-Joe war … ist ein hervorragender Musiker. Der kann Ihnen alles spielen, was man hier in Grinzing braucht. Eine musikalische Perle, die ich selbst entdeckt habe. In der

Fußgängerzone im Zehnten. Er ist der musikalische Leader vom Reimpold-Schrammeltrio. Ohne den geht gar nichts. Haben Sie seinem Ersatzmann zugehört? Haben Sie den singen gehört? Nicht? Dann haben Sie Glück gehabt. Aber wissen Sie, Herr Kruppa, die Japaner merken es eh nicht, und ich muss ja nicht zuhören.«

»Hatte der Herr Halaschka Feinde?«

»Schmarrn.«

Das ist dem Kruppa jetzt peinlich, sein Handy klingelt. Kein Kunde seiner Devotionalienhandlung, es ist die Ullrich, sieht er am Display. Er entschuldigt sich und geht ran.

Die Frage der Ullrich an den Wirt ist schnell übermittelt und auch gestellt.

»Herr Kruppa, Sie sind lustig«, erwidert Herr Reimpold. »Würden Sie aus diesem Meer an Japanern drei Chinesen rausfinden? Stecknadeln im Heuhaufen. Nein, da kann ich leider nicht dienen.«

»Sie haben viele Japaner hier, Herr Reimpold.«

Jetzt platzt es aus dem frustrierten Heurigenwirt geradezu so heraus.

»Viele? Ich habe nur Japaner hier! Ich habe in meinem Existenzkampf einen Vertrag mit einer japanischen Firma unterzeichnen müssen, die Reisen für japanische Firmen organisiert. Diese Firmen schicken dann ihre Angestellten auf Europareise. Nur die verdienten Angestellten. Also die alten. Junge Japaner hab ich hier noch keine gesehen. Und der Reimpold-Heurige in Wien ist eine Etappe dieser Reise. Hier sollen sich die Europareisenden in gemütlicher Wiener Atmosphäre vom Stress erholen. Weil ihr Bus schon am nächsten Tag um halb sechs Uhr früh nach Salzburg fährt. Und damit wir den total überforderten Altjapanern hier nicht den Rest geben, haben wir uns vertraglich dazu verpflichten müssen, ihnen, was das Japanische angeht, ein wenig entgegenzukommen, um den Kulturschock abzufedern. Deshalb die ganzen Sushi von meiner Frau und die komischen Dirndlkimonos. Meine Eltern würden sich im Grab umdrehen.«

»Eine Frage noch, Herr Reimpold, dann lasse ich Sie in Ruhe. Hat der Quetschn-Joe irgendwas Persönliches mitgenommen? Hat er hier vielleicht einen Schrank?«

»Mitgenommen? Nix. Nur seine Quetschn, also sein Akkordeon, aber das hat er immer mitgenommen.«

Viel ist es nicht, was der Kruppa rausbekommen hat, und so fährt er nach diesem doch erstaunlichen Ausflug zu einem japanischen Heurigen wieder nach Hause. Morgen um zwölf Uhr in der Kaingasse würde er hören, was die Ullrich in Erfahrung gebracht hat.

3

»Ein durchschlagender Erfolg!«, berichtet Durben ganz aufgewühlt von seinem gestrigen Vortrag. »Acht Leute waren da. Alle sehr interessiert. Der Janecek-Hof ist aber auch ein Brennpunkt. Wo man hinschaut, überall Taubenscheiße.«

»Na ja, ganz so schlimm ist es nicht«, versucht die Gerti zu relativieren.

»Weil du in deiner Gutmütigkeit das nicht siehst. Überall Taubenscheiße!«, ereifert sich Durben. »Die Menschen leiden. Der Dreck. Die Ansteckungsgefahr. Im Janecek-Hof sind die Viecher völlig enthemmt, weil ihnen niemand ihre Grenzen aufzeigt. Aber das hat jetzt ein Ende. Drei engagierte Bürger haben sich bereit erklärt, der neu gegründeten ›Tauben-Wehrgruppe Durben‹ beizutreten. Treffen sind im Gemeinschaftsraum vom Janecek-Hof. Jeden Dienstag von fünfzehn bis siebzehn Uhr. Ich werde da zu den unterschiedlichsten Themen Vorträge halten. Mein erstes Thema wird sein: Kostüm- und Maskenkunde. Da lernen die Wehrpflichtigen, wie ein anständiges, glaubwürdiges Inkognito zur Ergreifung illegaler Taubenfütterer zu gestalten ist. Dass man nur Echthaarperücken verwenden soll. Dass eine Sonnenbrille sinnvoll sein kann, bei Bewölkung aber auffällig wirkt. Die Grundlagen halt. Dann kommen die Ausbildung am Fotoapparat und natürlich auch das Verfassen von wirkungsvollen Drohbriefen. Ich konnte auch gestern noch eine Sammelbestellung für den Taubenabwehr-Stacheldraht aufgeben. Ihr seht, Kollegen, es geht voran.«

»Schön.« Kruppa wirkt wenig enthusiastisch.

»Also, Kollegen, es gibt eine Spur im Fall ›Schnabel‹«, führt die Ullrich sie auf den eigentlichen Grund ihres Treffens zurück. »Sowohl beim Schnabel-Heurigen als auch beim Häusler sind zwei bis drei Chinesen beobachtet worden, die zu den Vermissten Kontakt hatten. Beim Reimpold-Heurigen kann man das wegen der vielen Japaner, die sich dort aufhalten, nicht verifizieren, berichtet Kollege Kruppa.«

»Chinesen! Mein Gott«, bemerkt Gerti erschüttert.

»Dann müssen wir also von chinesischen Serienmördern ausgehen«, schließt Durben, »und das ist kein Honigschlecken. Das kann ich euch sagen. Zweitausenddreizehn, im Jänner, haben die Chinesen den Herrn Zhang Yongming hingerichtet. Der hat jahrelang junge Männer abgeschlachtet, ihre Augäpfel in Alkohol eingelegt und ihr Fleisch als getrocknetes Straußenfleisch am Markt verkauft. Immer hatte er ein Hackbeil dabei. Selbst dann, wenn er im Park mit anderen Männern Schach gespielt hat. Nur dass man bei so was in China anscheinend nicht stutzig wird. Erst als der Herr Zhang den Neffen von einem chinesischen Staatsanwalt gefressen hat, ist man ihm auf die Schliche gekommen. Wenn wir es hier mit Nachahmungstätern zu tun haben, hängen unsere Vermissten schon in irgendeinem Hinterhof zum Trocknen an Fleischerhaken.«

»Wolfi!« Das wird der Gerti jetzt doch etwas zu viel.

»Geh, Durben, mal bitte nicht den Teufel an die Wand.« Kruppa bemüht sich um eine Versachlichung des Gesprächs, und die Gerti macht sich selbst Mut: »Man soll die Hoffnung nie aufgeben.«

Diese Devise greift die Ullrich dankbar auf. »Richtig, und deshalb werden wir weiter ganz sauber recherchieren. Noch wissen wir zu wenig, um in eine bestimmte Richtung zu ermitteln. Ich schlage vor, dass ich mich um die drei Verdächtigen vom Häusler kümmere. Und Sie, Herr Gruppeninspektor Kruppa, verteilen in Grinzing unsere Visitenkarten, falls jemand eine Aussage machen will. Die Spesen werden natürlich übernommen.«

Das hört der Kruppa gerne. Da wird er sicher ein paar nette Heurigen mitsamt ihrem Speisenangebot kennenlernen. Auf Kosten der Detektei Ullrich. Es gibt schlimmere Jobs.

»Und Sie, Herr Gruppeninspektor Durben ...«, möchte die Ullrich eigentlich fortfahren, wird aber von Durben unterbrochen.

»Ich werde alle chinesischen Restaurants in Wien anrufen und fragen, ob sie vielleicht getrocknetes Straußenfleisch im Angebot haben.«

»So machen wir es«, beschließt die Ullrich ein wenig resigniert die Sitzung.

Horror

1

Drei Monate zuvor

An diesem Abend beim Häusler, zwei Tage nach ihrem bescheuerten Anschlag auf die Wiener Austria, konnten sich der Clibo und der Hatzi was anhören.

»Bsoffene Vollpfosten« war noch das Freundlichste, was Lipo ihnen an den Kopf warf. Und sie konnten nur mit den Achseln zucken und schuldbewusst nicken. Er hatte ja recht, der Lipo. Sie wussten selbst nicht mehr, welcher Teufel sie geritten hatte, die Fässer mit den toten Ratten vor der Austria-Geschäftsstelle abzuladen. Dass sie dabei auch noch gefilmt worden waren, machte die Sache nicht besser.

Am Tag nach dem Erscheinen des Artikels hatten sie wie auf Nadeln zu Hause gesessen und auf das Eintreffen der Polizei gewartet. Als dann erstaunlicherweise niemand kam, hatten sich Hatzi und Clibo wie üblich auf den Weg zum Heurigen nach Grinzing gemacht. Lipo war nicht da gewesen. Auch am Telefon ging nur der Anrufbeantworter ran. Sollte er sich die ganze Sache wegen ihres Ausrutschers anders überlegt haben? Schuldbewusst, trübsinnig und schweigend saßen sie sich am Stammtisch gegenüber. Nach ein paar Vierteln schlich dann jeder wieder deprimiert in sein trostloses Zuhause zurück.

Als nach zwei Tagen klar war, dass die Mieter vom Lipo, wahrscheinlich aus Angst vor Repressalien durch ihren Vermieter, dichtgehalten hatten, entspannte sich die Lage zusehends. Die Mieter waren die Einzigen, die Clibo und Hatzi mit Schutzanzug und Taucherbrille gesehen hatten und hätten identifizieren können. Wenn Lipo einen seiner Mieter zufällig am Gang traf, grüßte dieser zwar freundlich, konnte sich aber ein blödes Grinsen nicht verkneifen. Nur der alte Herr Holubek aus dem dritten Stock hatte ihm ungebührlich lange wortlos in die Augen geschaut. Dann hatte er ihm prononciert den Vogel gezeigt und war weiter zum Aufzug gegangen. Das war zwar nicht angenehm, aber damit konnte Lipo leben.

Lipo hatte die zwei Tage genutzt, um den gesamten Keller auszumessen und einen detaillierten Plan anzufertigen. Diese Arbeit hatte ihn auch von seiner Sorge vor der Entlarvung seiner Freunde und um das ganze Projekt abgelenkt.

Erleichtert atmeten Hatzi und Clibo auf, als Lipo endlich seinen Plan auf dem Stammtisch ausbreitete und damit wohl zur Tagesordnung zurückkehrte. Eifrig wie zwei Schüler, die beim Rauchen auf dem Pausenhof ertappt worden waren, lauschten sie demütig der Stimme ihres verstimmten Hausbesitzers.

»Zwa Tag hab ich alles allein machen müssen, weil ihr Volltrottel ja nicht raus habts können. Zwa Tag bin ich auf allen vieren durch den stinkerten Keller gekrochen und hab alles ausgemessen. Allein! Weil die Herren Vollpfosten ja lieber angesoffen Blödsinn machen mussten. Über hundert Quadratmeter hat der Keller. Mit Nischen und zwei tragenden Säulen. Und der Dreck überall. Habts ihr Idioten überhaupt eine Ahnung, was für eine Drecksarbeit des war? Und wie ich nachher ausgeschaut hab?«

»Sorry, 'tschuldigung.« Mit schuldbewusst hängenden Köpfen ließen Hatzi und Clibo die Standpauke über sich ergehen.

Wobei man sagen muss, dass Lipo bei der Beschreibung seines Arbeitsaufwandes maßlos übertrieben hatte. Die Messdaten, die ihm ein Laser lieferte, wurden am PC in ein spezielles Softwareprogramm eingegeben und dann ausgedruckt. Effektive Arbeitszeit: nicht ganz eine Stunde. Stehend. Nix auf Knien und so. Und so fiel es dem Lipo leicht, sich generös zu zeigen.

»Deppen alle zwei. Aber gut, ihr habts noch mal Glück gehabt. Meine Mieter halten dicht. Das war aber euer letzter Blödsinn. Verstanden?«

»Jawoll«, kam es militärisch knapp von den zerknirschten Alkoholsündern.

Erleichtert beugten sich Hatzi und Clibo über den Plan und gingen damit praktisch wieder zur Tagesordnung über.

»Hundert Quadratmeter. Fast quadratisch. Drei Nischen. Zwei Säulen, fast mittig. Stromanschluss einer. Wasseranschlüsse erstaunlicherweise zwei«, fasste Lipo kurz zusammen.

»Des is sehr gut«, meldete sich Hatzi als wiedereingesetzter technischer Leiter zu Wort. »Ein Stromanschluss reicht völlig, und dass wir zwei Wasseranschlüsse haben, ist ein Riesenvorteil. So können wir zwei voneinander unabhängige Wassersysteme einrichten. Sehr gut.«

»Was, bitte, ist daran sehr gut?«, wollte Clibo wissen, weil eine Verdopplung der Wassersysteme auch logischerweise eine Verdopplung der Arbeit bedeutete.

»Schau, Clibo, wenn unsere Gäste gespannt auf ihrem Bett liegen und auf die nächste Horroraktion warten, kannst du nicht einfach so pieseln gehen, weil die das ja an der Wasserspülung hören würden. Und wenn sie nichts hören würden, weil gerade Aktion ist, kannst du wieder nicht pieseln, weil du ja die Aktion machst. Logisch?«

»Logisch.« Bei der Vorstellung, dass er trotz der zu erwartenden erheblichen Flüssigkeitsaufnahme nicht pinkeln könnte, zeigte Clibo sich einsichtig.

Lang ging dieser Abend beim Häusler. Entscheidungen mussten getroffen werden. Das heißt, erst mussten die richtigen Fragen gestellt werden.

Wie groß musste das Gruselzimmer sein, um als luxuriös durchzugehen? Wie groß das Badezimmer? Wie viel Platz brauchte die technische Einrichtung der Horrorkomponenten? Wo hielten sich die unsichtbaren Mitarbeiter auf? Wie kamen die Gäste möglichst ungesehen in ihr Zimmer und wie wieder raus? Was würde was kosten? Fragen über Fragen.

Ihr Kellnerfreund Wutz lief an diesem Abend oft zwischen Schank und Stammtisch hin und her, um kalten Veltliner für die erhitzten Köpfe heranzuschaffen. Den Plan auf dem Tisch beachtete Wutz nur insofern, als er darauf bedacht war, keinen Wein darüber zu verschütten.

2

Zwei Wochen zuvor

Leicht war es der Ullrich nicht gefallen, die drei Verdächtigen vom Häuslerwirt zu identifizieren.

Der Häusler, freundlich wie immer, konnte der Ullrich nur die Spitznamen seiner Stammtischgäste sagen: Lipo, Hatzi und Clibo. Viel wusste er nicht über sie zu erzählen.

»Alle stier, aber net nadig.« Was für den bedauernswerten Nichtösterreicher so viel heißt wie: pleite, aber nicht geizig.

Aber dann erzählte der Häusler doch etwas, was die Ullrich hellhörig werden ließ.

»In letzter Zeit, also so im letzten Monat, ist der Wutz öfter an ihrem Tisch gesessen. Einmal, glaub ich, haben sie einen Termin gemacht. Der Lipo hat in seinen Kalender geschaut und den Wutz was gefragt. Was, hab ich nicht verstanden. Dann ist der Wutz zu mir gekommen und hat mich gefragt, ob er an einem bestimmten Tag früher gehen kann. Und wie ich Ja gesagt hab, ist er zum Lipo, und der hat dann was in seinen Kalender eingetragen. Ja, und einmal hab ich gesehen, wie der Wutz vom Lipo ein Kuvert bekommen hat. Später hab ich gesehen, wie der Wutz in das Kuvert geschaut hat. Da war Geld drin. Nicht wenig. Aber das geht mich ja nichts an, net?«

Dieses Gespräch war der Auftakt zu einer groß angelegten Observation durch die Detektei Ullrich.

Man hatte die Einsatzkräfte Ullrich, Kruppa und Durben nebst Gattin aufgeteilt und war jedem der drei Zielobjekte nach einer Stammtischsitzung nach Hause gefolgt. Jetzt hatte man also alle Namen und Adressen der Verdächtigen. Ullrich hatte sie natürlich sofort in der polizeilichen Datenbank überprüft, aber keine Einträge gefunden.

»Das sind die Schlimmsten!«, stellte Durben sachkundig fest, obwohl er nach wie vor die chinesische Spur für die vielversprechendere hielt.

Und dann, vor etwa zwei Wochen, passierte etwas Erstaunliches. An diesem Tag wollte man sich schon morgens, wenn sie die jeweilige Wohnung verließen, getrennt an ihre Fersen heften, um zu eruieren, was die drei eigentlich machten, wenn sie nicht beim »Häusler« am Stammtisch saßen.

Der Kruppa sollte den Herrn Reinhold Lipowetz beschatten, Durben und Gerti den Herrn Franz Josef Reitmayer und die Ullrich den Herrn Gerald Hatz. Der Kruppa, dem Bewegung am wenigsten geschadet hätte, schob die ruhigste Kugel. Er hatte es sich in einem Schanigarten, von dem aus er die Eingangstür zum Haus vom Lipowetz im Auge hatte, gemütlich gemacht. Da der aber den ganzen Tag das Haus nicht verließ, erfreute sich der Kruppa an seinem ruhigen Job, dem schönen Wetter und der freundlichen Bedienung, die ihm frisch gekühltes Bier kredenzte. Das Schnitzel um die Mittagszeit war nicht gerade preiswert, aber wirklich zu empfehlen.

Ja, was soll man lange rumreden, um sieben Uhr abends

saß die komplette Detektei Ullrich um einen Tisch in besagtem Schanigarten. Denn sowohl Hatzi als auch Clibo betraten um Punkt neunzehn Uhr unabhängig voneinander Lipos Haus.

»Öha!«, bemerkte Kruppa. Und dem war erst mal nichts hinzuzufügen.

Zähneknirschend bezahlte die Jungunternehmerin Ullrich die Rechnung über sieben Bier, ein Wiener Schnitzel und drei Apfelsaftschorlen. Nachdem man die Namen der anderen Mieter des Hauses aufgenommen hatte, verabredete man sich für den nächsten Tag in der Kaingasse und verließ nachdenklich das neue Zielobjekt. Die Ballgasse 8. Hier, in diesem Haus, musste der Schlüssel zur Aufklärung dieses Verbrechens liegen. Darüber war man sich einig. Fast. Nur Durben hing doch noch sehr an seiner Theorie vom chinesischen Serienkiller.

3

Hatzi war in seinem Element. Es machte ihm Spaß, nach Jahren hinter dem Verkaufstresen wieder als Elektriker arbeiten zu können. Die einzelnen Kabelgänge in das massive Mauerwerk zu bohren, hatte etwas Archaisches, Männliches. Es war laut, dreckig und gefährlich. Gegen die herumspritzenden Steinsplitter trug er eine Schutzbrille und feste Kleidung. Gegen den infernalischen Lärm hatte er einen Lärmschutzkopfhörer, aber gegen eine dünne Wand hatte er nichts. Und so fiel er ungebremst und schmerzhaft gegen die harte Mauer, als sein Bohrer völlig unerwartet butterweich durch die Wand rutschte. Hatzi hatte einen zweiten Zugang gefunden.

Eilig wurde Lipo aus dem vierten Stock hinzugezogen.

Das Loch des Bohrers war breit genug gewesen, um auf der anderen Seite einen intakten Keller erkennen zu können. Lipo wollte aber, bevor er einem Durchbruch zustimmte, herausfinden, wo denn dieser zweite mögliche Zugang endete. Er vermutete, dass es sich um einen Keller des Eckhauses am Franziskanerplatz handeln müsste. Also machte er sich auf Erkundung.

Keine zehn Minuten später sahen sich Hatzi und Lipo durch das frisch gebohrte Loch in die Augen. Lipo hatte recht behalten. Er stand in einem intakten, aber unbenutzten Keller des Hauses Franziskanerplatz 5. Von dem aus konnte man ungehindert in den begrünten Innenhof gelangen, der an allen vier Seiten von großen Mietshäusern eingerahmt war.

»Hatzi, du bist der Größte!«, sagte Lipo begeistert.

Und so kam das Gruselzimmer zu seinem Notausgang, der zwar die Gesamtkonzeption erheblich bereicherte, aber auch noch zu dramatischen Missverständnissen führen sollte.

4

Brauchen können hätte die Ullrich die zehntausend Euro, die bei der Übergabe der unversehrten alten Schnabel fällig geworden wären, schon. Was die frischgebackene Privatdetektivin aber wirklich wurmte, war, dass sie in dem Fall, ihrem ersten Fall wohlgemerkt, nicht von der Stelle kam. Sicher, diese drei Suffköpfe vom Häusler waren mehr als verdächtig, aber sie konnte weit und breit kein Motiv ausmachen. Es gab keinen Zusammenhang zwischen den dreien und der alten Schnabel oder dem Quetschn-Joe. Nur der Wutz, als einer der drei Vermissten, war mit ihnen bekannt. Laut Häusler hatte es zwischen den dreien und Wutz aber niemals Streit gegeben. Nicht einmal einen bösen Blick. Die würden den Wutz doch nicht einfach aus Jux und Tollerei abmurksen. Und selbst wenn es so war, wo waren dann die alte Schnabel und der Quetschn-Joe?

Von einem irren Chinesen gemeuchelt und dann getrocknet als exotisches Fleisch angeboten, wie Durben meinte? Blödsinn. Wozu sollte der irre Chinese dafür ausgerechnet nach Grinzing fahren, wo er doch zu Hause eine viel reichhaltigere Fleischtheke hatte. Es war deprimierend.

Gut, dass die Ullrich das Ritalin mit seiner stimmungsaufhellenden Wirkung hatte. Sie wäre sonst in ein sehr tiefes Loch gefallen.

5

Zwei Tage zuvor

»Wir müssen unsere Gäste bei ihren eigenen Ängsten abholen.« So hatte Marketingleiter Lipo die Konzeption nach langen Diskussionen auf den Punkt gebracht. Das war vor fast drei Monaten gewesen. Auslöser für diese Schlussfolgerung war ein leidenschaftlicher Vortrag von Clibo über eine zeitgemäße Horrorproduktion.

»Schauts, mit Geistern, Hexen und beleuchteten Totenköpfen machst heute keinen Stich mehr. Meine Geisterbahn im Prater ist ein Relikt vergangener Zeiten. Die paar Leute, die noch reingehen, erinnern sich dabei an ihre Kindheit. An Oma und Opa, die es schon lang nimmer gibt. An die Zuckerwatte, die niemals wieder so schmecken wird wie damals. Eine Fahrt in meiner Geisterbahn erinnert doch viel mehr an eine nostalgische Kutschfahrt als an einen Horrortrip. Heute haben wir ganz andere Möglichkeiten. Technisch sowieso, aber auch die Psychologie spielt doch heute eine viel größere Rolle. Früher hatten die Kids Angst vorm schwarzen Mann. Heute ist des Schlimmste, was ihnen passieren kann, ein Shitstorm auf Facebook. So schaut's aus. Und wir müssen mit der Zeit gehen, wenn wir im Horrorgewerbe einen Stich machen wollen.«

Des Weiteren erklärte Clibo, dass man sich dem perfekten Horror langsam annähern müsse. Geradezu behutsam müsse man den Gast erst irritieren, dann etwas ängstigen, dann etwas mehr und noch mehr, bis man ihn schlussendlich in einen unvergessenen temporären Wahnsinn treibe.

Clibo, Hatzi und Lipo waren in den letzten Wochen über sich selbst hinausgewachsen. Jeder von ihnen hatte Qualitäten an den Tag gelegt, die die anderen nie für möglich gehalten hätten. Alles, aber auch wirklich alles hatten sie in ihr Projekt gebuttert. Lipo hatte noch eine Hypothek auf sein Haus aufgenommen. Hatzi hatte sich bei seiner mittelständigen Verwandtschaft einen nicht unerheblichen Betrag geliehen. Das größte Opfer hatte aber wohl Clibo gebracht, der seine Geisterbahn für zehn Jahre verpachtet hatte. Die Bauarbeiten im Keller waren aufgrund der hervorragenden Planung von Hatzi und unter Zuhilfenahme von zehn eritreischen Hilfskräften zügig und weitestgehend problemlos vorangeschritten. Und das Ergebnis konnte sich sehen lassen.

In dem einhundert Quadratmeter großen Keller hatte man auf ein dreißig Zentimeter hohes Podest ein luxuriöses Apartment gebaut. Die Gesamtfläche der Wohneinheit betrug circa sechzig Quadratmeter. Ein großer Raum mit exquisiter kleiner Sitzgruppe, einem Bett, das mehr einer Spielwiese glich, und einer geschmackvollen Bar mit geschmackvollen Getränken. An diesen Raum schloss sich ein blütenweißes Badezimmer mit blitzenden Armaturen an.

Die Besonderheit an diesem Apartment war, dass alle Wände, Böden und Decken beweglich waren. Wie bei einem Haus im Haus war der gesamte Kubus von Glaswänden umhüllt, wo man beliebig erschreckende Szenerien abbilden konnte. Zog man also eine Apartmentwand zwei Meter zur Seite, erhielt man eine zwei Meter breite, zimmerhohe Leinwand, auf die man nach Lust und Laune projizieren konnte.

Besonders stolz war Lipo auf seine »After-Koitus-Idee«.

Der Plan dazu war so: Nach dem befriedigenden Liebesspiel ist es meist die Dame, die als Erste den Weg zum Badezimmer sucht. Sie will also ihre Hausschuhe anziehen, um sich auf den Weg zu machen. Ihre Hausschuhe stehen aber nicht vor dem Bett, weil der Boden weggezogen wurde und nun die Projektionsfläche freiliegt. So sieht die frisch Beglückte also nicht ihre Schlapfen, sondern sie starrt in das weit aufgerissene Maul eines Krokodils, das vermeintlich nach ihren Füßen schnappt. Sie wird also panisch quietschen und sich zurück aufs Bett in die Arme ihres Galans werfen. Wahrscheinlich wird sie noch etwas stammeln wie: »Krokodil … vor dem Bett ein Krokodil, das mich fressen will.« Ihr Beschützer, noch befangen von seiner postkoitalen Trägheit, wird sie beruhigen und nach dem Rechten sehen. Und siehe da, die Hausschuhe stehen entspannt an ihrem Platz. Weit und breit kein Krokodil. Die paar Schrecksekunden reichen nämlich locker, um den Boden wieder zurechtzurücken.

So ein Vorfall führt zu einer ersten Irritation, eventuell sogar zu einer ersten leichten Missstimmung. Auch wenn die beiden wissen, dass sie eine Nacht in einem Horrorzimmer gebucht haben.

Sollte, entgegen jeder Regel, der Mann als Erster aufstehen wollen, könnte er zum Beispiel in eine Hunderte Meter tiefe Schlucht blicken, in die er abzustürzen droht. Sein Schreckensschrei wäre dann für seine Gespielin völlig unverständlich und für ihn extrem peinlich.

Aber auch Hatzi hatte sich etwas sehr Schönes einfallen lassen.

Der Spiegel über dem Handwaschbecken im Bad gibt nur vor, nichts als ein Spiegel zu sein. Er ist ein Spiegel, aber er ist auch ein Monitor. Und mit Hilfe dieses Monitors und einer Software, die künstlich altern lässt, wird der sensiblen jungen Dame vorgegaukelt, dass sie in den letzten dreißig Minuten um dreißig Jahre gealtert ist. Was für ein Horror, unversehens in sein von weißen Haaren umrahmtes und von Falten zerfurchtes Antlitz sehen zu müssen. Beim Herrn der Schöpfung reicht es völlig, sein Haupthaar, so er denn eines hat, wegzuretuschieren. Das kann selbst ein gestandenes Mannsbild aus den Patschen hauen.

Dazu kommen weitere perfide Angriffe auf alle anderen Sinnesorgane, wie Ton und Gerüche. Also Krach und Gestank.

Aufgrund der ausgeklügelten Technik ist die Palette der Horrormöglichkeiten geradezu unbegrenzt und kann auf jedes Pärchen individuell abgestimmt werden. Wobei die Vorbereitung eine große Rolle spielt, aber auch spontane Einfälle umgehend umgesetzt werden können.

Die Einsatzzentrale, wie sie den kleinen Raum hinten links nennen, ist Clibos Reich. Von hier beobachtet er über mehrere Monitore die Gäste und greift unter Zuhilfenahme eines gewaltigen Mischpultes ins Geschehen ein. Nein, er bestimmt das Geschehen.

Lange hatte man darüber diskutiert, wer von ihnen die persönliche Betreuung der Gäste übernehmen soll. Jemand musste die Herrschaften schließlich empfangen. Eventuelle Bestellungen annehmen und ausführen. Und letztendlich mussten die zerrütteten Kreaturen auch wieder zurück in die Wirklichkeit, also auf die Straße, gebracht werden.

Clibo fiel aus, da er die Anlage steuert.

Lipo erklärte sich für diese Aufgabe als völlig unbrauchbar, da er schon bei den Theatervorstellungen seiner Pfadfindergruppe als unheilbare Lachwurzn kläglich versagt hätte. Zur Erklärung: Der Begriff »Lachwurzn« kommt aus der Theaterwelt. So werden Schauspieler genannt, die selbst in den tragischsten Szenen aus unerklärlichen Gründen von heftigen Lachanfällen geplagt werden.

Und Hatzi fiel eigentlich von vornherein aus. Sein Erscheinungsbild war mit dem eines distinguierten Butlers absolut inkompatibel. Ein Prolo eben. Durch und durch.

Nach langem Hin und Her, nach dem Abwägen aller Für und Wider hatte man sich schweren Herzens entschlossen, den Wutz in die ganze Sache einzuweihen und ihn um seine Mitarbeit zu bitten. Die in Aussicht gestellte generöse Bezahlung führte zu einer schnellen Entscheidung. Seit einer Woche war der Wutz mit von der Partie.

Die Generalprobe gestern Abend war technisch einwandfrei über die Bühne gegangen. Lipo und Hatzi hatten die Gäste gespielt, die es zu erschrecken galt. Es war ein sehr unterhaltsamer Abend geworden. Lipo und Hatzi kannten natürlich alle Tricks und Effekte und begrüßten jeden neuen Horror mit begeistertem Grölen, das schließlich in erleichtertes Lachen überging. Alle Projektionen, Monitore, Geräusche und Wände hatten funktioniert. Rechtzeitig.

Morgen um zweiundzwanzig Uhr wurden die ersten Gäste erwartet. Ein alter, fetter Immobilienmakler nebst »Gattin«. Wer's glaubt.

6

Es war kurz vor zehn Uhr abends. Wutz stand im Schwübogen, der von der Ballgasse zum Franziskanerplatz führt, um sich vor dem warmen Sommerregen zu schützen. Sehr seriös sah er aus in seinem eleganten grauen Anzug mit der dezent gestreiften Krawatte. Bewaffnet war er mit einem überdimensionalen Regenschirm, unter dem er die ersten Gäste trockenen Hauptes zum Apartment des Schreckens geleiten sollte. Er würde sie mit »Herr und Frau Huber« anreden, obwohl er längst den richtigen Namen des Mannes wusste. Dieser Herr Jebarek hatte sich bei seiner Bestellung zwar als Herr Huber vorgestellt, die Rechnung aber mit einer Kreditkarte bezahlt, die auf den Namen Jebarek ausgestellt war. So war es dem Lipo möglich gewesen, seinen ersten Gast zu googeln. Sogar ein Bild von der Frau Jebarek hatte Lipo im Netz gefunden. Ein wichtiger Fund. Aber dazu später. Dass die Frau Jebarek mit der tatsächlichen Begleitung identisch sein könnte, war nicht zu erwarten gewesen.

Als das Taxi mit den Gästen am Franziskanerplatz hielt, war Wutz sofort zur Stelle, begrüßte das Ehepaar Huber im Namen der Direktion und zeigte ihm den Weg zum Hauseingang. Die paar Meter bis dahin ging Wutz knapp hinter dem Paar und schützte sie mit seinem Gigaschirm gegen das nun heftiger gewordene Sommergewitter. Im Hausflur blickte sich das Paar irritiert um. Ein völlig unauffälliger Hausflur in einem sehr alten Haus. Keinerlei Anzeichen für einen gewerblichen Übernachtungsbetrieb. Nun hielt Wutz ihnen formvollendet die Tür zum Keller auf und bat sie, vor ihm hinabzugehen. Wohl war es den Hubers nicht dabei, als sie die enge, staubige Wendeltreppe hinunterstiegen.

Am Fuß der Treppe wurden sie von Wutz überholt, der an der rohen Mauer einen unauffälligen Schalter bediente. Wie in einem alten Agentenfilm schob sich die Wand zur Seite und gab den Blick auf eine sanft ansteigende Rampe mit rotem Teppich frei. Wutz ging voran. Das Paar folgte ihm. Erstaunt, aber durchaus beruhigt. Das sah schon mehr nach einem luxuriösen Abenteuer aus.

Auch hier betätigte Wutz einen kleinen Schalter, und die

Schiebetür zum eigentlichen Apartment glitt lautlos zur Seite. Kurz sah man sich um.

»Na, gfallt's dir, Mausi?«, fragte Herr Huber, respektive Herr Jebarek, das Befinden seiner wohlgeformten, erheblich jüngeren Begleiterin ab.

»Eh, schee«, bemerkte diese mit unverkennbarem Wiener Idiom.

Wutz wies noch auf die Bar hin, deren gesamter Inhalt im Preis inbegriffen sei, und erkundigte sich nach weiteren Wünschen. Da es im Moment keine gab, machte er auf den Klingelzug neben der Tür aufmerksam, nach dessen Betätigung er unverzüglich zur Stelle sein werde, und zog sich diskret zurück.

Eng war es in der Einsatzzentrale, die eigentlich dem Clibo vorbehalten sein sollte. Aber heute war Premiere. Da ließ es sich Lipo nicht nehmen, den Verlauf des Abends selbst an den Monitoren zu verfolgen. Als sich auch noch Hatzi in die kleine Kammer zwängen wollte, wurde er von Lipo aus Platzmangel des Raumes verwiesen.

Also blieb Hatzi mit Wutz nervös in dem schmalen Gang stehen, der zwischen dem Keller und dem Apartmentbau geblieben war. Sehen konnten er und Wutz nichts. Zu hören gab es auch nichts, zumal das ganze Apartment mit einer dicken Schallschutzschicht umhüllt war. Die erhofften Angstschreie sollten unter keinen Umständen bis ins Treppenhaus zu hören sein.

»Des hab ich vergessen. Du brauchst hier auch irgendwo einen Monitor. Eine Totale aufs Zimmer. Du musst ja auch wissen, was da drinnen grad los ist. Wie hab ich des vergessen können?«, flüsterte Hatzi selbstkritisch.

»Wurscht. Net schlimm«, kam es von Wutz ebenso leise zurück. Wobei sie sich das Flüstern wegen der Schallschutzschicht hätten sparen können.

Gespannt, aber auch etwas unsicher standen nun Mausi und Bärli, wie sie sich gegenseitig nannten, im Apartment und schauten sich um.

»Apartment des Schreckens«, »Gruselzimmer«.

Eigentlich sah es hier aus wie in einem ganz gewöhnlichen Hotelzimmer. Nicht schlecht, aber auch nichts Besonderes, wenn man bedachte, dass die beiden sonst ausschließlich in den besten Hotels eincheckten. Auch heute wartete eine Suite im Hotel Imperial auf sie. Dass sie hier die ganze Nacht verbringen würden, hatten sie bezweifelt und sicherheitshalber noch im Imperial gebucht.

Auf den ersten Blick war auf jeden Fall nichts von irgendwelchen Manipulationen, die auf ein Erschrecken abzielen könnten, zu bemerken. Bärli hatte sich schon einmal mit Karacho auf das Bett plumpsen lassen und balancierte ein kleines »Palmers«-Sackerl auf seinem gewaltigen Bauch.

»Ziehst des an, Mausi? Für mich?«, bat jetzt das Bärli sein Mausi.

»Glei, ich will erst was trinken.« Mausi versuchte, das wohl Unvermeidliche etwas hinauszuzögern.

Wie das »Mausi« wirklich heißt, ist nicht so wichtig. Nicht ganz unwichtig ist, dass sie sich ihr Bärli ganz zielgerichtet aufgerissen hat. Sie war Studentin der Betriebswirtschaftslehre und führte einen recht aufwendigen Lebenswandel. Und Wien ist teuer. Das sollte man nicht vergessen, ehe man sich über die junge Dame ein abschließendes Urteil erlaubt. Wohnen, Auto, Partys. »Wer soll das bezahlen, wer hat so viel Geld?«, um mit einem bekannten Liedtext zu sprechen. Bärli, also Herr Jebarek, hatte so viel Geld. Das kluge Mausi hatte also in Jebareks Immobilienfirma eine Praktikumsstelle angenommen und ihr Ziel, sich den Chef zu angeln, offensiv verfolgt. Jebarek war vermögend, in ihren Augen uralt, aber nicht ungustiös, was die ganze Sache doch erheblich erschwert hätte. Kurz und gut, vor einem halben Jahr war der Herr Jebarek zu Mausis Sugardaddy geworden. Zum Bärli eben. Dass sie ihm, so einmal die Woche, für ein paar Minuten das Gefühl geben musste, ein leidenschaftlicher und begehrenswerter Liebhaber zu sein, gehörte zum Jobprofil. Gott sei Dank hatte ihm ein Internist wegen seiner Herzschwäche dringend von potenzsteigernden Mitteln abgeraten, sodass Mausi wirklich nur einmal pro Woche, mit starrem Blick aufs Konto, das Unvermeidliche über sich ergehen lassen musste.

»Whisky? Mit Eis?«

»Erst ziehst des an. Dann stoßen wir auf dich und deine neue Verpackung an«, bestimmte das Bärli und warf seinem Mausi die Tüte mit den sündteuren Dessous zu.

»Wenn's der Sache dient«, meinte das Mausi lakonisch und ging mit ihrem Dessoussackerl nach nebenan ins Badezimmer.

Jetzt begann für Clibo die eigentliche Arbeit. Von den beeindruckenden Formen der jungen Dame durfte er sich nicht ablenken lassen. Er musste durch den Badezimmerspiegel ein möglichst scharfes Foto von Mausis Gesicht machen, dieses Foto dann bearbeiten und für den nächsten Badezimmerbesuch der jungen Dame auf den Monitor, der sich quasi in dem Spiegel befand, hochladen.

Sie sah in den neuen Dessous umwerfend aus, und das wusste sie. Aufreizend langsam betrat sie wieder das Apartment und drehte für das Bärli eine gekonnte Pirouette in Slow Motion. Mit hochrotem Kopf und schwerer Atmung, die am Auf und Nieder seines Bauches deutlich abzulesen war, winkte er Mausi zu sich aufs Bett.

Diese goss erst noch zwei Whiskys ein, wobei sie ihrem Galan gekonnt ihre Rückfront präsentierte. Wie ein Verdurstender griff sich der Jebarek erst den Whisky und dann das Mausi. Nachdem man so einige Zeit wild auf dem Bett rumgekugelt war und sich der Herr Jebarek Manns genug fühlte, sein Mausi zu beglücken, passierte das, was vom Veranstalter als sicher angenommen worden war. Mausi wollte erst noch einmal kurz ins Bad. Sie schob ihr Bärli, der schon halb über ihr hing, zur Seite und wollte gerade in ihre Hausschuhe schlüpfen. Mit den Füßen tastend hatte sie die Schuhe nicht finden können, also schaute sie auf den Boden.

Auf dem Boden, mitten im Apartment, schwamm ein riesiger Alligator auf sie zu und schnappte mit weit aufgerissenem Maul nach ihren zarten Füßchen.

»Ahhhhhhhhhh!«, gellte es nun aus Mausis Maul, und mit einem Satz warf sie sich auf den jetzt ebenso erschrockenen Herrn Jebarek.

»Was is denn? Bist deppert, Mausi? Du kannst mich doch net so erschrecken!«, blaffte er viel lauter als eigentlich beabsichtigt.

»Ein Krokodil! Vor dem Bett! Das will mich fressen!«, stammelte jetzt unser geschocktes Mausi in Jebareks Bauch, den sie schutzsuchend wild umklammerte.

Vorsichtig löste sich Bärli aus der Umklammerung und rollte sich vorsichtig an die gegenüberliegende Bettkante, um dem Krokodil seine Meinung zu sagen. Aber da war kein Krokodil. Da waren, wie von ihm vermutet, zwei Hausschuhe und sonst nichts.

Clibo und die Technik hatten ganze Arbeit geleistet und den Boden wieder in seine ursprüngliche Position zurückgeschoben.

»Da is nix, Mausi. Schau doch selbst. Das hast du dir nur eingebildet. War das heute dein erster Whisky?« Ganz langsam und vorsichtig schob sich nun auch das Mausi an die Bettkante und erkannte, dass sie wohl einer Illusion aufgesessen war. Langsam beruhigte man sich wieder und fragte sich, wie es den Betreibern des Gruselzimmers technisch möglich war, so eine echte Täuschung zu bewerkstelligen.

Nach dem zweiten Whisky, dieser auf den Schreck, kam

man dann doch recht schnell zur Sache, was Mausi eigentlich sehr recht war. Dann hatte sie das hinter sich und einen schönen Abend vor sich. Denn eine zweite Runde war angesichts des fortgeschrittenen Alters und der Herzschwäche vom Bärli nicht zu erwarten.

Mausi tat sehr leidenschaftlich, und Herr Jebarek war wie berauscht von seiner eigenen Anziehungskraft, die er offensichtlich auf diese so junge und attraktive Frau ausübte.

Das Licht war, wie von Geisterhand, in eine warme und gedämpfte Atmosphäre übergegangen. Der Spiegel über dem Bett breitete einen romantischen Sternenhimmel wie eine kuschelige Decke über die Liebenden.

»Geil!«, befand Mausi, was Herrn Jebareks Selbstwertgefühl ungemein schmeichelte. Dass sich Mausis Begeisterung eigentlich auf den Sternenhimmel über ihr bezog, konnte der Jebarek ja nicht wissen. Er lag auf dem Mausi und ahnte nichts von dem Kosmos, der sich über ihm auftat.

Was das Bärli aber ahnte, war, dass diese physische Anstrengung ihm auf Dauer nicht guttun würde, und so veranlasste er umgehend einen Stellungswechsel, der ihm plötzlich den Blick in ferne Galaxien eröffnete.

»Schön, unser Himmel, gell? Net so schnell! Lass dir Zeit, Mausi.«

Das hörte der Clibo in der Einsatzzentrale gerne. So hatte er nämlich genügend Spielraum, um den Sternenhimmel ganz langsam und künstlerisch behutsam in ein anderes Motiv zu transformieren.

Herr Jebarek genoss die jetzt sanfteren Bewegungen seines Mausis und vor allem die beglückende Perspektive, die ihm die jetzt aufrecht reitende Studentin der Betriebswirtschaftslehre zuteilwerden ließ.

Obwohl sich Bärli ausschließlich auf seine momentane Aufgabe konzentrierte, entging es ihm nicht, dass Wolken aufzogen, die sich nach und nach vor die Sterne schoben.

Auch das Licht im Raum schien fast unmerklich schwächer zu werden. Bald hatten die Wolken die Überhand gewonnen, und Jebarek schaute in eine wolkenverhangene, stern- und mondlose Nacht.

Aber noch ehe dieser Wetterumschwung ernste Auswirkungen auf seine Erregung haben konnte, gab es in den Tiefen des Weltraums eine Art Supernova. Das letzte gewaltige Aufleuchten eines sterbenden Sterns. Diese Explosion schleuderte dessen Einzelteile in alle Richtungen. Dort formierten sie sich zu einem neuen Sternbild, welches langsam Gestalt annahm. Der Jebarek kannte zwar ein paar Sternbilder wie Kleiner oder Großer Wagen, aber dieses war ihm vorerst unbekannt. Interessiert beobachtete er die Metamorphose des Weltraums, bis sich ein Bild herauszukristallisieren begann, welches er nur zu gut kannte.

Es war das Sternbild der Frau Jebarek, das Clibo nun auf den Spiegel projizierte.

Voller Hass und Verachtung schaute diese ihrem ungetreuen Gatten bei seinem verabscheuungswürdigen Treiben zu. Von oben herab. Von ganz oben. Denn die rhythmische Mausi turnte ja noch zwischen ihnen. Eine ungewöhnliche und auch erschreckende Perspektive, die sich dem armen Bärli da bot. Die schon etwas erhitzte Mausi über ihm und die hasserfüllte Gattin eine Etage darüber.

Natürlich wusste der Herr Jebarek, dass ihm hier ein vermutlich digitaler Streich gespielt wurde. An seiner aufkeimenden Panik änderte das aber wenig. Die sich aufdrängenden Fragen, woher die seinen Namen wussten oder wieso die ein Bild von seiner Frau hatten, verbat sich Herr Jebarek. Zu groß war die Gefahr, dass dieses erschreckende Sternbild auch seinen Stern zum Sinken bringen könnte. Für den abermals abgenötigten Stellungswechsel war Mausi durchaus aufgeschlossen, da sich auch bei ihr langsam Ermüdungserscheinungen bemerkbar machten.

Mit starrem Blick auf Mausi, die Erscheinung seiner hassverzerrten Gattin so weit wie möglich verdrängend, konzentrierte sich Herr Jebarek nun einzig und allein darauf, seine persönliche Supernova zu vermeiden. Doch dieser Liebesakt stand im wahrsten Sinne des Wortes unter keinem guten Stern.

Kaum hatte sich Herr Jebarek wieder einigermaßen in die Materie vertieft, wurde nun der Himmel, dem Clibo wieder blitzschnell seine romantische Aura verliehen hatte, für Mausi zum Problem.

Dazu muss man sagen, dass sich alle am Projekt Beteiligten intensiv mit der Frage beschäftigt hatten, was denn für den weiblichen Part ein passendes Sternbild sein könnte. Schwierig war dabei die Tatsache, dass man den Herrn recherchieren konnte, die Dame aber nicht. Rasende Ehemänner, Mütter oder Verlobte fielen somit als Schreckensbilder aus. Nicht einmal die Nationalität der Dame konnte man vorhersagen, was die Suche nach dem wirkungsvollsten Schrecken erheblich erschwerte.

Bei einer Polin zum Beispiel hätte ein vorwurfsvoll blickender Papst Wojtyla sicher nicht seine Wirkung verfehlt.

Was aber, wenn des Herrn Gespielin einer anderen oder gar keiner Konfession angehörte? Die religiöse Schiene fiel daher definitiv aus.

Man entschied sich für ein brachiales Vorgehen, das eigentlich jede junge Liebesdienerin in Angst und Schrecken versetzen müsste. Interessiert beobachtete nun auch Mausi den Wetterumschwung über sich, während Bärli, hörbar nach Atem ringend, sein Bestes gab.

Auch bei Mausi war die sternenklare Nacht bald einer deprimierenden Finsternis gewichen. Was dazu führte, dass Mausi ihr Bärli noch intensiver umschlang, um dem aufkeimenden Gefühl tiefer Einsamkeit keinen Raum zu geben. Herr Jebarek, der diese ungewöhnliche Anhänglichkeit falsch interpretierte, legte in seinen Bemühungen noch einen Zahn zu, wovon ihm sein Internist mit Sicherheit abgeraten hätte.

Doch auch diese Finsternis hatte ein Ende. Quälend langsam schälte sich ein Bild aus dem verhangenen Nachthimmel. Um genau zu sein, ein Ultraschallbild. Erst nur schwach erkennbar, wurden die Konturen eines Fötus sichtbar. Die Füßchen, die Händchen, dann das Köpfchen, das immer größer und deutlicher zutage trat. In der verschrumpelten Visage begannen sich klare Gesichtszüge abzuzeichnen. Zweifelsohne, es war eine Miniaturausgabe von Herrn Jebarek, die dem Mausi mit seinen winzigen Händchen freudig aus ihrem Uterus zuwinkte.

Diesen spitzen Schrei, den Mausi angesichts ihrer erschreckenden Zukunftsperspektive nun ausstieß, missinterpretierte der Herr Jebarek als überfälligen Zieleinlauf und beendete erschöpft den schweißtreibenden Liebesakt. Mit rasendem Puls und nach Luft ringend, rutschte er von der Dame und versuchte in der stabilen Seitenlage wieder die Kontrolle über sein vegetatives Nervensystem zu erlangen. So lagen nun Mausi und Bärli Rücken an Rücken gemeinsam und doch einsam auf den zerwühlten Leintüchern.

Ja, ja, ich weiß. Ein Euro ins Phrasenschwein.

Das Schluchzen und Zucken in seinem Rücken hielt Herr Jebarek für die Ausläufer eines multiplen Orgasmus, den er wohl ausgelöst hatte.

7

Als sich nach wenigen Minuten der Kreislauf vom Bärli und die Psyche vom Mausi wieder einigermaßen stabilisiert hatten, beriet man über den weiteren Verlauf des Abends.

Als ob sie darauf Einfluss gehabt hätten.

Denn das war Firmenphilosophie: »Wann der Abend endet, bestimmt der Veranstalter.«

So stand's im Vertrag. Normal gedruckt. Nicht groß, nicht klein, normal eben. Für Clibo und Hatzi war dieser Passus nicht verhandelbar.

»Schau, Lipo«, so hatte der Clibo den Lipo überzeugt, der eine weniger rigide Behandlung der Gäste bevorzugt hätte, »schau, der Hatzi und ich reißen uns hier seit Wochen den Arsch auf, damit wir einen gepflegten Horror hinkriegen. Und dann kommen womöglich so Weicheier, die schon bei der zweiten kleinen Panik nach der Mama schreien. Wenn wir die gehen lassen, sind sie frustriert, weil das, wofür sie so viel geblecht haben, gar nicht so horrormäßig war. Und wir sind frustriert, weil wir die Kundschaft nicht zum Höhepunkt des Horrors gebracht haben. Ein Ejaculatio praecox, verstehst? Unbefriedigend. Für beide Seiten.«

Das verstand der Lipo.

»Wollen wir nicht lieber ins Imperial fahren? Ich hab mich genug gegruselt«, meinte Mausi in Bärlis Rücken.

»Was hat dich denn gegruselt? Ich hab gar nichts gesehen.«

»Im Spiegel, wie du oben warst. Ich mag nicht drüber reden.«

»Okay.«

Das verstand der Jebarek nur zu gut. Er hätte auch nicht über das reden wollen, was oder wer ihm im Spiegel erschienen war. Und was das Mausi so erschreckt hatte, wollte er gar nicht wissen.

»Dann geh ich noch duschen, und du machst uns zwei Whiskys. Und dann lass ich uns ein Taxi kommen«, entschied der Jebarek gewohnt bestimmt.

»Danke, Bärli, aber duschen muss ich auch noch.«

Somit war alles geklärt, und Bärli ging duschen.

Jetzt wurde es hektisch in der Einsatzzentrale.

Statistisch gesehen duschen Männer nach dem Liebesakt wesentlich kürzer als Frauen. Warum das so ist, wusste der Clibo zwar nicht, aber es war ihm auch wurscht. Entscheidend war, dass er sich bei der Bearbeitung von Bärlis Nacktfotos ranhalten musste.

Lipo, dessen Anwesenheit in der Einsatzzentrale eigentlich nicht vorgesehen war, starrte gebannt auf die Monitore. Das Mausi im Zimmer tat wie ihm geheißen. Sie schenkte zwei Whiskys ein. Sehr langsam, wie unter Valium. Vielleicht könnte man auch sagen, wie in ein sehr tiefes Gespräch mit sich selbst versunken. Wohingegen das Bärli sich im Bad sehr misstrauisch verhielt. In allen Ecken suchte er nach Kameras oder irgendwas. Fast schamhaft – er vermutete, dass er Darsteller einer Peepshow war, und lag damit völlig richtig – ging er unter die Dusche.

Wie von Clibo befürchtet und von der Statistik richtig vorhergesagt, begnügte sich das Bärli mit einer besseren Katzenwäsche. Eilig schlang er dann das Badetuch um seine Hüften und gesellte sich wieder zum Mausi, die ihm sogleich seinen Whisky kredenzte.

»Aber schön war's trotzdem. Gel, Mausi?«, wollte das Bärli seine gezeigte Leistung bestätigt wissen.

»Was? Ach so. Ja, eh. Schön. Wie immer, Bärli.« Wirklich überzeugend klang das nicht, aber dem Bärli reichte das.

»Jetzt geh ich noch schnell duschen. Kannst ja schon ein Taxi rufen. In fünf, nein, zehn Minuten bin ich fertig.«

Das Rauschen der Dusche im Ohr, begann sich der Herr Jebarek anzukleiden. Dann ging er zur Eingangstür und zog am Klingelzug. Keine fünf Sekunden später stand Wutz in der Tür. Jebareks Wunsch, ihm in einer Viertelstunde ein Taxi zu holen, nahm Wutz bedauernd zur Kenntnis, versprach aber, der Bestellung nachzukommen. Mit seinem Wunsch, das Gruselzimmer zu verlassen, zündete Herr Jebarek, ohne es zu ahnen, die letzte Horrorstufe.

Jetzt lag es an Clibo, rechtzeitig die richtigen Knöpfe zu betätigen. Jetzt musste alles wie geschmiert laufen, um dem Bärli und seinem Mausi kunstvoll die Hölle auf Erden zu bereiten. Alle Bild- und Toneinspielungen waren auf Anfang gespult. Der Apartmentboden war entriegelt, sodass das gesamte Apartment durchgerüttelt werden konnte. Damit konnten glaubhaft Erschütterungen vom leichten Seegang bis zu einem Erdbeben der Stärke acht auf der Richterskala simuliert werden. Des Weiteren leuchtete am Standort vom Wutz eine Lampe rot auf. Diese signalisierte ihm, dass er sich für seinen letzten Auftritt am heutigen Abend bereithalten müsse. In dem Augenblick, in dem das Licht erlosch, sollte er losstürzen, um Bärli und Mausi zu »retten«.

Der Herr Jebarek hatte es sich vollständig angekleidet auf dem Bett bequem gemacht. Etwas ungeduldig hatte er sich halb aufgesetzt und trank seinen Whisky mit kleinen Schlucken. Und wieder wurde das Licht unmerklich gedrosselt.

In der Einsatzzentrale klopfte Clibo dreimal auf Holz. Dann drückte er auf einen kleinen Knopf, der Großes bewirken sollte. Jetzt!

Auf der Projektion an der gegenüberliegenden Wand sah sich der Herr Jebarek unversehens selbst beim Duschen zu. Plötzlich zischte eine Messerschneide wie aus dem Nichts über seine Kehle. Aus schreckensweiten Augen beobachtete Jebarek nun sein eigenes Ausbluten. Langsam füllte sich die ganze Wand mit Blut, das rhythmisch aus der Kehle spritzend, nach unten abfloss. Noch bevor Jebarek seinem Schrecken Ausdruck verleihen konnte, begann das Mausi im Bad wie ein angestochenes Schwein zu quietschen.

»Ihhhhhhhhhhhhhhh!«

Die von Clibo vorhin gemachte Aufnahme vom Mausi war so manipuliert worden, dass dem Mausi ihr künstlich gealtertes, jetzt siebzigjähriges Gesicht entgegenstarrte. Eindeutig zu viel für das Mausi.

»Ihhhhhhhhhhhhhhhh!«

Ehe jetzt Mausi ins Zimmer oder Jebarek ins Bad eilen konnte, kam über einen unsichtbaren Lautsprecher die fast geflüsterte Durchsage: »Achtung! Wir werden angegriffen. Verhalten Sie sich absolut ruhig. Es kann Ihnen nichts passieren.«

Hastig begann sich auch das Mausi anzuziehen, wobei sie den nun laufenden Fernseher fest im Auge behielt. Darauf war der Außenbereich des Apartments zu sehen.

Auch Jebarek starrte wie gebannt auf den Monitor, während er das Mausi leise zischend zur Eile antrieb. Es waren vier maskierte Männer zu sehen, die wohl die Eingangstür von der Straße schon überwunden hatten. Auch durch die Kellertür waren sie bereits gekommen. Rasch waren sie die Wendeltreppe nach unten gelaufen und standen nun beratend im Vorkeller zum eigentlichen Apartmentkeller.

Mausi und Bärli ging der Arsch auf Grundeis. Angezogen und eng umschlungen standen sie panisch vor dem Monitor, auf dem die vier Maskierten zu sehen waren, die irgendetwas an die steinerne Mauer montierten.

Aus dem Lautsprecher, geflüstert: »Achtung! Verhalten Sie sich ruhig. Wir haben alles unter Kontrolle. Bei dem Angriff handelt es sich wohl um einen Entführungsversuch. Die Trennwand ist massiv und kann von außen nicht geöffnet werden. Die Polizei ist informiert und wird in Kürze eintreffen.«

Das war das Stichwort für Clibo, um den nächsten kleinen Knopf zu bedienen.

Krawumm!

Ein mörderisches Explosionsgeräusch, das auch den Apartmentboden erschütterte. Staub rieselte vom Plafond. Mausi und Bärli brüllten.

An der Apartmenttür wurde wild gerüttelt. Laute Befehle in einer unverständlichen Sprache drangen durch die noch verschlossene Tür. Das Bärli machte sich fast in die Hose, während das Mausi sich auf das Bett gesetzt hatte und dort in eine Art Schockstarre verfallen war.

»Hierher! Zu mir! Wir müssen raus!« Wutz stand mit einem Mal in der Badezimmertür und drängte zur Flucht. Die Eingangstür drohte bereits unter den wütenden Schlägen nachzugeben. Sofort eilte der Herr Jebarek neben den Wutz und forderte den eiligen Abzug. Dass sein Mausi noch immer wie gelähmt am Bett saß und den Monitor anstierte, interessierte den Herrn Jebarek in seiner Panik nicht im Mindesten.

»Was ist mit der Frau Huber? Sollten wir die nicht mitnehmen?«, gab Wutz trotz der verständlichen Hektik zu bedenken.

»Was? Welche Frau Huber?« So durcheinander war der Jebarek. »Ach, die hat doch kein Geld. Die Schweine haben es auf mich abgesehen. Na, kommen S'! Worauf warten S' denn noch?«

Jetzt fasste der Wutz den Jebarek an den Schultern und schüttelte ihn richtig durch, damit der wieder einigermaßen zu Verstand kam. »Wollen Sie das liebe Mausi nicht retten? Ein Held sein? Herr Jebarek!« Wutz sah ihm dabei tief in die Augen und zwinkerte dazu verständnisheischend.

Endlich hatte der Jebarek begriffen. Er grinste den Wutz blöde an und lief zurück zu seinem Mausi.

»Niemals würde ich dich im Stich lassen. Mein Engel!«

Damit warf er sich die lethargisch erstarrte Frau über die Schulter. Das hatte zur Folge, dass ihm sein Mausi den Rücken vollkotzte. Über einen schmalen Spalt, der sich in der Wand des Badezimmers aufgetan hatte, verließ man eilig das Apartment. Durch einen engen Gang kam man in den Hinterhof eines anderen Hauses und durch den Hauseingang auf den Franziskanerplatz. Fast genau an die Stelle, an der vor einiger Zeit das Taxi gehalten hatte. Nur dass jetzt dort der Lipo mit einer abgedunkelten Limousine auf seine Gäste wartete.

Kaum waren die Wagentüren geschlossen, fuhr Lipo los. Sein Sakko hatte der Jebarek dem Wutz überlassen. Er würde es später gereinigt im Hotel Imperial abgeben. Ein paar Meter vor dem Hotel fand Lipo einen Parkplatz. Die Situation hatte sich beruhigt, und auch das Mausi war wieder ansprechbar. Sie hatte ihren Kopf auf Jebareks Schulter gelegt.

»Geil! Das war so geil. Und wie du mich gerettet hast! Das werd ich dir nie vergessen. Du bist ein Held, Bärli, weißt du das?«

»Das war doch selbstverständlich«, wehrte Herr Jebarek bescheiden ab und sah dabei, wie ihm der Lipo durch den Rückspiegel lächelnd zunickte.

»Hier«, damit drehte sich Lipo zu seinen Fahrgästen und überreichte dem Herrn Jebarek ein Kuvert, »hier ist meine eidesstattliche Erklärung, dass alle Bild- und Tonaufnahmen, die wir von Ihnen gemacht haben, unwiderruflich gelöscht sind.«

Mausi und Bärli ließen den vielleicht aufregendsten Abend ihres Lebens im Imperial ausklingen, während auf Lipo, Wutz, Clibo und Hatzi eine formidable Premierenfeier beim Schnabel wartete.

Blind

1

Trotz intensivster Recherche blieben die alte Schnabel, der Wutz und der Quetschn-Joe wie vom Erdboden verschluckt.

Während Durben jede Hoffnung, die Vermissten noch lebend zu finden, aufgegeben hatte, blieben Ullrich und Kruppa optimistisch. Wenn es nach Durben ging, müsste man lediglich einen Durchsuchungsbefehl für alle chinesischen Restaurants erwirken. Dann würde man die Gesuchten irgendwo auf einer Speisekarte finden. Als Spezialität des Hauses. Durben erinnerte auch an eine Geschichte von Roald Dahl, in der eine Frau einen Mann mit einer tiefgekühlten Lammkeule erschlägt und im Anschluss zusammen mit den ermittelnden Kriminalbeamten das Corpus Delicti verspeist.

Als erfahrener Kriminalist, wie sich Durben gerne selbst bezeichnete, wusste er aber auch, dass man in alle Richtungen ermitteln musste. Auch wenn es seiner Meinung nach gar keine anderen Richtungen gab. Aus diesem Grund standen Durben und Gerti der Detektei Ullrich weiterhin als Observierungsteam zur Verfügung. Auch Kruppa blieb an Bord, und so hatten sie das Haus Ballgasse 8 an den letzten zehn Abenden abwechselnd beobachtet.

An acht der zehn Abende hatte es keine besonderen Vorkommnisse gegeben. Man war dem Lipowetz dann lediglich bis zum Schottentor gefolgt, wo er in die 38er-Straßenbahn nach Grinzing gestiegen war. Ein weiteres Beschatten hielt man für überflüssig, da man annehmen musste, dass sich Lipowetz schnurstracks an seinen Stammtisch im Häusler begeben würde, um da seine Komplizen zu treffen.

An zwei Abenden waren die Beobachtungen durchaus

relevant, wenn nicht sogar beängstigend gewesen. Beide Male hatte der Herr Hatz, ungewohnt elegant gekleidet, das Haus verlassen und war wenige Minuten später mit jeweils zwei Menschen, die er nicht zu kennen schien, wieder im Haus verschwunden. Das Alarmierende daran war, dass die Herren Hatz und Reitmayer das Haus nach wenigen Stunden in ihrer gewohnten Kleidung verließen, während der Herr Lipowetz und die beiden Unbekannten, jeweils eine Frau und ein Mann, im Haus blieben.

»Gäste vom Lipowetz vielleicht?«, meinte der Kruppa, und die Ullrich schloss sich dieser Lesart nur zu gerne an.

»Tot!« Da war sich der Durben sicher, und seine Gattin nickte traurig dazu.

Die Ullrich hatte sich an der Gegensprechanlage als Postlerin maskiert Zugang zum Haus verschafft und konnte einen Hinterausgang mit an Sicherheit grenzender Wahrscheinlichkeit ausschließen. Das wiederum hieß, dass die insgesamt vier Unbekannten, es dürfte sich um zwei Österreicher und zwei Amerikaner gehandelt haben, noch im Haus sein müssten. Seit Tagen.

Diese Ungewissheit über den Verbleib von vier Menschen ließ die Ullrich zu einem recht gewagten Manöver greifen. In Uniform klingelte sie unter dem Vorwand einer Zeugenbefragung bei Lipowetz und wurde von diesem nicht nur höflich empfangen, sondern sogar in die Wohnung gebeten. Einen fingierten Toilettengang nutzte sie zu einem schnellen Wohnungsrundgang. Von den vier Vermissten keine Spur.

Der Herr Lipowetz wirkte freundlich und ausgeglichen. Es fiel der Ullrich schwer, sich diesen durchaus sympathischen Mann als siebenfachen Mörder vorzustellen. Aber das sind ja bekanntlich die Schlimmsten, wie Durben niemals müde wurde zu betonen.

Kurz und gut, man hatte einen schlimmen Verdacht, aber nicht mehr. Als Privatdetektei hatte man natürlich Möglichkeiten, die den staatlichen Ermittlern aus rechtlichen Gründen verwehrt waren, und so plante man einen verdeckten Lauschangriff auf den Stammtisch beim Häusler. Vielleicht machte der dort übliche Alkoholkonsum die Verdächtigen unvorsichtig, löste ihre Zungen und lieferte so wichtige Erkenntnisse.

Für die Durchführung dieser verdeckten Ermittlung kamen nur Durben und Gerti in Frage. Kruppa und Ullrich waren beim Häusler bekannt. Also verbrannt, wie man das in Fachkreisen nennt.

Da sich Gerti und Durben schwerlich mit an den Stammtisch setzen konnten, um das Gehörte mitzuschreiben, suchte man nach anderen Optionen. Natürlich dachte man sofort an den Einsatz eines Richtmikrofons und suchte im Internet nach einem passenden und kostengünstigen Modell. Wirklich geeignet erschien ihnen keines der Angebote. Zu auffällig. Große Parabolspiegel oder auch riesige Mikrofone, womöglich noch mit so einem rosa Puschel darauf.

In dieser verzwickten Lage machte es sich bezahlt, dass Durben über eine jahrelange Erfahrung in der Verkleidungstechnik verfügte. Zur Überraschung aller stellte er plötzlich fest: »Ich bin blind.«

»Auch nichts Neues«, kam erwartungsgemäß eine unqualifizierte Bemerkung vom Kruppa.

Diese Spitze souverän ignorierend, fuhr Durben mit der Entwicklung seines Planes fort.

»Wenn ich blind bin, brauche ich einen Blindenstock. Der hat unten so eine weiße Kugel. In die Kugel bauen wir das Mikrofon. Die Kabel gehen durch den Stock nach oben und von dort in unsere Ohrstöpsel. Ich leg den Stock so auf den Tisch, dass das Mikrofon direkt auf den Stammtisch zeigt, und du, Gerti, schreibst mit. Wir müssen nur einen Platz am Nebentisch finden.«

Dieser Plan wurde einstimmig angenommen. Die Frage,

ob Durben der richtige Mann für diese heikle Aktion war, stellte sich aufgrund der begrenzten personellen Möglichkeiten erst gar nicht.

Mit der Erkenntnis, ein gutes Stück weitergekommen zu sein, hob Ullrich diese Sitzung auf. Sie selbst bestellte im Netz ein geeignetes Mikrofon. Kruppa ging zu seinem Wirten, während Durben und Gerti noch auf dem Heimweg mit einer ersten Kostümbesprechung begannen.

2

Es lief wie am Schnürchen mit dem »Apartment des Grauens«, wie sich das Unternehmen jetzt nannte. Die anfängliche Nervosität der drei Betreiber und ihres Mitarbeiters Wutz hatte einer Spiel- und Schadenfreude Platz gemacht, die sie zu Höchstform auflaufen ließ.

So nervös Clibo vor wenigen Wochen noch gewesen war, bevor er einen seiner kleinen Knöpfe drückte, so sehr liebte er es inzwischen, seine Gäste psychisch zu quälen. Nach der jahrelangen stupiden Arbeit, wie er selbst sagte, in der antiquierten Prater-Geisterbahn konnte er hier endlich seine Ideen für einen zeitgemäßen Horror in die Tat umsetzen. Sachkundig unterstützt vom technikverliebten Hatzi, der nicht eher ruhte, bis er eine machbare Lösung für ein scheinbar unlösbares Problem ausgetüftelt hatte.

Der Rubel rollte. Die Arbeitszeit war überschaubar und machte einen Heidenspaß. Selbst die Mundpropaganda schien bereits zu greifen, als ein Freund vom Herrn Huber – der alte Jebarek, Sie erinnern sich – nach einem freien Termin fragte. Davon gab es freilich noch genug, aber mit zwei bis drei Abenden pro Woche hätten sich die Investitionen in etwa sechs Monaten amortisiert.

Alles hätte so schön sein können, wenn nicht der Wutz plötzlich verschwunden wäre. Das war noch keine zwei Wochen her. Man hatte ein japanisches Pärchen genüsslich in den temporären Wahnsinn getrieben, bis Wutz drehbuchgerecht als »Retter« erschienen war und die beiden in die friedliche Wiener Nacht entlassen hatte. In Lipos Wohnung hatte sich der Wutz dann noch umgezogen und seine Dienstkleidung, den grauen Anzug, fein säuberlich über einen Bügel gehängt. Den Vorschlag, noch etwas trinken zu gehen, hatte Wutz dankend abgelehnt.

Ja, und seit diesem Tag war der Wutz verschwunden. Befürchtet hatten es die drei schon am nächsten Abend. Da lag für das Apartment des Grauens keine Reservierung vor, also traf man sich wie gewöhnlich beim Häusler. Dort brachte der Chef höchstpersönlich den Grünen Veltliner an ihren Tisch, weil sein einziger Kellner unentschuldigt dem Dienst ferngeblieben war.

Unvorstellbar. Wutz arbeitete seit nun vierzehn Jahren beim Häusler, und so etwas war noch nicht vorgekommen. Nur einmal in all den Jahren war Wutz krank gewesen, und selbst da hatte er sich mit vierzig Fieber zu seinem Arbeitsplatz geschleppt und serviert, ehe der Chef ihn nach Hause ins Bett geschickt hatte.

Sofortige Nachforschungen verliefen im Sande. Wutz ging nicht ans Telefon, nicht ans Handy, und zu Hause war er auch nicht. Eine Vermisstenanzeige war sinnlos, weil die Polizei unter diesen Umständen gar nicht ermitteln durfte. Wutz war volljährig, im Besitz seiner geistigen Kräfte und nicht suizidgefährdet. Es gab auch keinerlei Anzeichen, dass er einem Verbrechen zum Opfer gefallen war. Kurz, man war machtlos und Wutz weg.

Schon in zwei Tagen wurden die nächsten Gäste erwartet, und so blieb Hatzi nichts anderes übrig, als in den sauren Apfel zu beißen. Trotz völliger Talentfreiheit musste er den Part vom Wutz übernehmen. Natürlich hatte er nicht dessen Eleganz und Souveränität, aber man wusste sich zu helfen mit einem etwas zu engen schwarzen Smoking, einem scharf geschnittenen Mittelscheitel und einem antrainierten Sprachfehler, mit dem sein ordinärer Wiener Dialekt kaschiert werden sollte. Die wenigsten Probleme machte sein Schlussauftritt als »Retter«. Da hätte er auch mit einem pinkfarbenen Tütü in der Badezimmertür stehen können, man wäre ihm widerspruchslos gefolgt.

3

Es würde ein schwerer Tag für die Gerti werden. Aber das hatte sie schon vorher gewusst. Ein Krachen auf dem Gang riss sie eine Stunde früher als geplant aus dem Schlaf. Die Tür zum Gang stand offen, so konnte die Gerti vom Bett aus sehen, dass der Durben mit verbundenen Augen gegen die Badezimmertür gerannt war.

Interessiert setzte sie sich auf und beobachtete ihren Gatten. Gedämpft Flüche zischend, suchte er mit der einen Hand die Klinke der Tür, während er sich mit der anderen die schmerzende Stirn rieb. Als er endlich die Klinke gefunden hatte, fehlte nicht viel, und er hätte sich die Tür ein zweites Mal gegen den Kopf geschlagen. Aber das konnte er ja nicht sehen. Dann hörte die Gerti erst mal nichts mehr. Schließlich rauschte die Klospülung, und kurz darauf tanzte der Zahnputzbecher über die Fliesen.

Den ganzen Vormittag ging das so. Durben war Perfektionist, und das schätzte die Gerti an ihm.

Vielleicht hätte es ja gereicht, sich für den Lauschangriff eine schwarze Brille aufzusetzen und die Binde mit den drei Punkten anzulegen. Vielleicht. Aber das war nun wirklich nicht die Einstellung von Gruppeninspektor a. D. Wolfgang Durben. Er wollte eben nicht hinter einer Sonnenbrille hervorlinsen müssen, wenn er einen Regler am Mikrofon verstellen wollte.

Durben hatte als Panzergrenadier beim Bundesheer gedient. Er konnte das Sturmgewehr 58 und das Maschinengewehr 42 zerlegen und wieder zusammenbauen. Blind! Und so saß er bis zum Mittagessen am Küchentisch und übte das blinde Ein- und Ausschalten des Geräts, das Regulieren von Laut und Leise, das ... ja, mehr war es eigentlich nicht. Aber auch das wenige wollte gekonnt sein.

Durben, am Küchentisch sitzend und mit dem Mikrofon rumfuchtelnd, teilte Gerti permanent ihren Standort sowie die eben von ihr ausgeführte Tätigkeit mit. Gertis Aufgabe bestand nun darin, die von Durben akustisch empfangenen Informationen als richtig zu bestätigen. So versuchte er, seine Sinne blindenmäßig zu schärfen. Das fand Gerti teils interessant, teils lustig, hauptsächlich aber nervig.

Zum Mittagessen gab es dann Ravioli, die sie oft aßen. Durben eigentlich immer. Und trotzdem, so behauptete Durben, würden diese heute, obwohl sie vom selben Dosenhersteller kamen, irgendwie intensiver schmecken.

Durben war sich sicher, dass die Hirnregionen, die nach dem Ausscheiden der Augen nicht mehr benötigt werden, als Verstärkung den Hirnregionen zugeteilt werden, die noch was zu tun haben.

Nach dem Essen, bei dem Durben ein tomatensoßengetränktes Basilikumblatt vor seiner Nase zerrieben hatte und damit in völlig neue olfaktorische Dimensionen vorgedrungen war, hielt man ein Mittagsschläfchen.

Den Umbau des Blindenstockes hatte der Kruppa organisiert. Er kannte wegen seiner Tätigkeit als Devotionalienhändler viele Leute mit vielen verschiedenen Fähigkeiten.

Der Weg zum Häusler, vier Stunden später, war anfangs nicht leicht. Durben hasste es, geführt zu werden. Er verstand sich als Leader. Das legte sich aber, als Gerti versuchsweise drei Schritte von ihm wegging und er orientierungslos wie ein Trottel in der Gegend herumstand.

Viel zu früh, aber besser als zu spät sicherten sich Gerti und Durben beim Häusler den Platz direkt neben dem Stammtisch. So hatte Durben genügend Zeit, seinen Blindenstock, der eigentlich ein Abhörstock war, bestens auszurichten. Zu justieren, wie Durben es nannte. Da sie nicht wussten, wann das »Trio Infernale« auftauchen würde, ließen sie es bei der ersten Bestellung langsam angehen. Zwei kleine Obi Gspritzt.

Kurz darauf bestellten sie noch ein kleines Obi Gspritzt, weil Durben sein erstes Glas eigentlich sofort umgestoßen hatte. Eine Kellnerin trocknete den Tisch ab und meinte, dass so was jedem passieren könne.

»Jo, aber nicht jedem passiert es«, giftete der Durben nicht ganz in ihre Richtung.

Zur völlig perplexen Bedienung meinte die Gerti entschuldigend: »Seit er schlechter sieht, ist er oft so grantig.«

Zum Zeitvertreib, es sollten dann doch zwei Stunden Wartezeit werden, schlug Durben ein neues Spiel vor. In Anlehnung an das altbekannte »Ich seh, ich seh, was du nicht siehst« hieß das neue Spiel »Ich hör, ich hör, was du nicht hörst«.

Durben konzentrierte sich auf einen ihm unbekannten Gast in seiner Nähe. Das tat er mit Hilfe seines Abhörstockes, den er unauffällig in dessen Richtung justierte. Dann beschrieb er diese Person. Alter, Aussehen, Kleidung, vermutlicher Berufsstand und vieles mehr. Gertis Aufgabe war es nun, dem Durben Rückmeldung über seine Erkenntnisse zu geben.

»Ein junger Mann. Etwa fünfundzwanzig. Halblange, gepflegte dunkle Haare. Jeans, Hemd. Vor ihm auf dem Tisch liegt ein Handy …« So in etwa muss man sich das vorstellen.

Der Mann, den Durben da ins Visier genommen hatte, war fünfzig, fast glatzköpfig, in einem verdreckten Blaumann. Vor ihm auf dem Tisch standen ein Viertel und ein Grammelschmalzbrot. Natürlich ließ Gerti dem Durben seinen Spaß und korrigierte nur Kleinigkeiten, um ihn nicht zu verunsichern.

So korrigierte sie etwa: »Da liegt nicht nur ein Handy vor dem jungen Mann. Da liegen auch noch Schlüssel.«

»Schlüssel? Schlüssel habe ich keine gehört«, erklärte Durben seinen Fauxpas.

Die Gerti war froh, dass der Durben sie und sich beschäftigte. Es half gegen die Nervosität, die bei ihr immer stärker wurde. Immerhin bestand der dringende Verdacht, dass in nächster Zeit drei Massenmörder – nein, Gerti erinnerte sich an die korrekte Definition: drei Serienmörder – am Nebentisch Platz nehmen würden. Jetzt erst wurde der Gerti die Gefahr, in der sie möglicherweise schwebte, wirklich bewusst. Doch die bloße Anwesenheit ihres Gatten machte ihr Mut. Mut, und das hatte sie schon vorher gewusst, wie man ihn als Mitarbeiterin einer Privatdetektei haben musste.

Sie konnte dem Durben zwar nicht in die Augen schauen, denn er hatte sie sich mit einem Paketband überklebt und trug zusätzlich eine sehr dunkle Brille, aber seine Körpersprache strahlte höchste Konzentration und Ermittlungswillen aus. Die Atmung war ruhig.

»Der Lipowetz kommt!«, raunte die Gerti endlich dem Durben zu.

»Einsatz! Stöpsel ins Ohr und mitschreiben. Wiederholen!«, zischte Durben.

»Ich soll mir jetzt den Stöpsel ins Ohr stecken und mitschreiben, was gesagt wird«, kam Gerti Durbens Befehl nach.

»Verstanden. Ende!« Damit beendete Durben die eheliche

Konversation, da er sich auf seine Zielobjekte konzentrieren musste.

»Guten Abend, Herr Häusler.«

»Abend, Herr Lipo. Ein Viertel wie immer?«

»Bitte. Nix Neues vom Wutz?«

»Na, leider.«

»Ich versteh das nicht.«

»Ich auch nicht.«

»Pharisäer!«, zischte Durben.

»Soll ich das aufschreiben?«, fragte Gerti.

»Was?«, fragte Durben.

»Pharisäer«, sagte Gerti.

»Nein«, entschied Durben genervt.

»Jetzt kommen die anderen!«, meldete die Gerti mit leicht zittriger Stimme.

»Verstanden. Ende.« Auch Durben war die Anspannung deutlich anzumerken.

»Schön, wenn man sich nach so vielen Jahren noch so viel zu sagen hat«, flachste ein Scherzbold vom Nebentisch. Es war schon sehr auffällig, wie bewegungslos, ja geradezu erstarrt das Ehepaar Durben an seinem Heurigentisch saß. Umgeben von weintrinkenden, gut gelaunten, aber vor allem völlig ahnungslosen Mitmenschen. Denn was Gerti und Durben jetzt mitanhören mussten, verschlug, ach was, raubte ihnen den Atem.

»War das ein Theater, gestern Abend!«

»Der Wahnsinn. Ich hab gebrüllt vor Lachen. Gut, dass wir den Schallschutz haben.«

»Norweger?«

»Na, Finnen.«

»Und, wer hat gspiebn?«

»Beide. Gleichzeitig. Da waren wir aber schon auf der Gassn.«

»Bingo! Ich hab ja gesagt, dass beide speibn werden. Zahltag!«

Gerti (flüstert): »Reitmayer und Lipowetz geben dem Hatz einen Hundert-Euro-Schein. Jeder. Also beide geben ihm jeweils einen Hundert-Euro-Schein.«

Durben (ungeduldig, zwischen den Zähnen): »Ja, ja, ich hab's schon verstanden. Ende!«

»Das Blut an der Wand. Das geht noch schöner.«

»Des rinnt doch schön runter. Mir gefällt's so. Und der Kundschaft ja auch.« (lacht)

»Ich möchte dieses pulsierende Rausspritzen noch verstärken. Vielleicht könnte die Messerschneide so einen Halbkreis machen. Verstehst? Oben durch die Halsschlagader und unten in einem Rutsch durch beide Pulsadern.«

»Deine Phantasie möchte ich haben, Clibo. Oder nein, besser nicht.« (lacht)

»Den Uterus würde ich gerne noch etwas mehr, wie soll ich sagen, herausschälen. Dann tritt der Fötus schöner zutage. Was meint ihr?«

»Wolfi! Mir is so schlecht. Ich muss aufs Klo. Jetzt!«

»Ich auch.« Durben schloss sich dem Wunsch seiner Gattin an.

Wie sie aus dem Häusler rausgekommen sind, geschweige denn, ob sie ihre Rechnung beglichen haben, hätten beide nicht sagen können. Sie sind einfach weggerannt. Vor den grauenhaften Visionen, die das belauschte Gespräch dieser gut gelaunten Monster in ihnen entfesselt hatte.

Die Gerti hatte den Durben an einem Handgelenk gepackt und war losgelaufen. Na ja, eigentlich mehr losgetorkelt. Durben, blind wie er war, stolperte willen- und orientierungslos hinterher. Er hatte wenigstens noch so viel Weitsicht, dass er seinen »Blindenstock« steil nach oben hielt, um das kostspielige Mikrofon nicht zu beschädigen. So hetzten sie durch die laue Grinzinger Sommernacht.

Entgegenkommende Passanten wichen ihnen schon von Weitem aus. Vorneweg eine ältere Frau mit irrem Blick, die einen Blinden hinter sich herschleifte. Fasziniert und ratlos schaute man dem seltsamen Paar noch lange nach. Besonders verwirrend war der Umstand, dass der Blinde seinen Blindenstock nicht, wie man es hätte erwarten können, am Boden einsetzte, sondern ihn wütend nach oben hielt. Fast so, als wollte er damit den Mond bedrohen.

Nach ein paar hundert Metern, als bei Durben die Angst, dass es ihn gleich auf die Goschn hauen könnte, über das Grauen seiner inneren Bilder obsiegte, blieb er ruckartig stehen, zog die Gerti dicht an sich heran, legte ihr die Hände auf die Schultern und sprach: »Ruhig jetzt, Gerti. Schau mich an!«

Die Suggestionskraft, die Durbens Blick auf seine Gattin ausübte, hielt sich auch bei klarer Sicht durchaus in Grenzen. Mit einem Paketband über und einer tiefschwarzen Sonnenbrille auf den Augen ging da suggestionsmäßig gar nichts mehr.

»Auahhhhhhhhhhhhhh!«

Durbens energischer Versuch, sich mit einer beherzten Bewegung das schwarze Klebeband von den Augen zu reißen, stellte sich sofort als schmerzliche Fehlentscheidung heraus. Dieser jämmerliche Schrei ließ nicht nur die wenigen Nachtschwärmer, die noch unterwegs waren, erschrocken innehalten, er brachte auch die Gerti wieder einigermaßen zur Besinnung.

»Ich bin blind. Ich bin blind«, jammerte Durben weinerlich in einem fort.

Für die Nachtschwärmer, die das Paar aus sicherer Entfernung beobachteten, war Durbens Feststellung äußerst irritierend. Der alte Mann trug deutlich sichtbar eine Armbinde, die ihn als Blinden erkennbar machte. Des Weiteren hielt er einen Führstock, das ist die korrekte Bezeichnung für den weißen Stock, in der Hand, den er aber seltsamerweise statt auf den Boden in den Himmel hielt.

»Dass du aber auch immer so übertreiben musst, Wolfi. Die Brille hätt doch auch gereicht. Nicht reißen! Das muss man wegschneiden. Du reißt dir ja sonst deine ganzen Wimpern und die Augenbrauen aus. Soll ich vielleicht die Rettung rufen?«

»Rettung? Bist blöd? Hier ist eine kleine Schere dran. Schneid's weg. Na los! Worauf wartest denn noch?«

Damit reichte der Durben der Gerti sein Schweizermesser, in dem sich auch eine kleine Schere versteckte. Den nächtlichen Zuschauern bot sich nun ein seltsames Schauspiel.

Unter einer Straßenlaterne, Gerti brauchte Licht für diesen diffizilen Eingriff, stand eine alte Frau und versuchte einem alten, blinden Mann ein Klebeband von den Augen zu schneiden. Der alte, blinde Mann hielt der alten Frau sein Gesicht entgegen, wobei er seinen Hintern weit herausstreckte. Dass er dabei seinen Blindenstock über den Kopf hielt, vervollständigte diesen rätselhaften Anblick.

»Ich schneid jetzt des Klebeband direkt unter deinen Augenbrauen ab. Wahrscheinlich werden auch ein paar Wimpern dran glauben müssen, aber auf die Schnelle geht das nicht anders«, erklärte die Gerti ihr weiteres Vorgehen.

»Ja, ja, mach schon. Wir müssen einen Alarmruf absetzen. Ullrich. Kruppa. Alle. Sieben Leichen. Mindestens. Schneid schneller! Scheiß auf die Wimpern!«, drängte Durben Gerti zur Eile.

Kurz darauf hatte Durben, nach einem letzten mutigen Schnitt, sein Augenlicht wiedererlangt und musste nun feststellen, dass sie erstens bei ihrer Flucht in die falsche Richtung gelaufen waren und zweitens kein Handy dabeihatten. Gerti besaß nämlich wegen der gefürchteten Strahlung, also Verstrahlung, keines, und Durben hatte seines, wegen der einsatzbedingten Erblindung, zu Hause nicht finden können. Endlich in der Straßenbahn – sie wollten ihren Alarmruf schnell und vom heimischen Festnetz absetzen – sorgte Durben für mächtiges Aufsehen, denn das schwarze Klebeband reichte von einer bis zur anderen Schläfe. Ein paar vermutlich bekiffte Halbstarke konnten sich an Durbens vermeintlicher Augenbraue gar nicht sattsehen.

»Boa, Alter, echt krasse Braue, was d' da hast.«

»Cool. Kann man des wo kaufen?«

Unter normalen Umständen hätte sich der Gruppeninspektor Durben a. D. sicherlich Respekt verschafft, aber heute hielten ihn einerseits seine Erschütterung über das Gehörte und andererseits das beruhigende Handtätscheln seiner Gattin von weiteren Maßnahmen ab.

Den Kruppa erreichten sie dann nicht, aber die Ullrich. Auch sie war ob des detaillierten Berichts fassungslos. Entsetzt. Angeekelt und was weiß ich noch alles. Schon um sieben Uhr morgens wollte man sich in der Kaingasse treffen und alles Weitere veranlassen. Den Kruppa wollte die Ullrich informieren. Dann wünschte sie noch eine gute Nacht.

Von wegen. Durben und Gerti kamen nicht zur Ruhe. Immer wieder schoben sich die grauenhaften blutigen Bilder vor die unzähligen gezählten Schäfchen. Die Gerti hatte sich rücklings an ihn geschmiegt und schluchzte immer wieder in ihren Polster. Hin und wieder lief ein Schauer über ihren Rücken. Dagegen gab es nur ein Mittel, und das kannte der Durben. Und er tat, was ein Mann manchmal tun muss.

So wurde es dann doch noch eine gute Nacht.

Neu-Hallstatt

1

Natürlich gab es Hinweise auf Chinesen. Sowohl im Umfeld der alten Schnabel als auch beim Wutz hatten glaubwürdige Zeugen von Chinesen berichtet. Beim Quetschn-Joe konnte das, wegen der vielen Japaner, die beim Reimpold-Heurigen verkehrten, nicht bestätigt werden. Aber man konnte nicht ausschließen, dass auch der Quetschn-Joe von Chinesen aufgesucht worden war.

Die Ullrich erinnerte sich aber noch an den Fall, als ein fundamentalistischer Katholik fast eine Staatskrise ausgelöst hatte, indem er Chinesen beschuldigte, gefährliche Riesentauben nach Wien eingeschleppt zu haben. Der katholische Extremist hatte es den Chinesen nicht verziehen, dass diese in Boluo, einer Kleinstadt in der Provinz Guangdong, nicht nur sein Heimatdorf Hallstatt nachgebaut hatten, sondern auch die dazugehörige Dorfkirche.

»Ein an Blasphemie kaum noch zu übertreffender Akt der Barbarei«, wie Oberst a. D. Mitterhuber, so der Name des Fundis, angeekelt festgestellt hatte.

Später erwies sich dann, dass … aber lesen Sie das doch selbst in »Tod vor dem Steffl«.

Aber warum sollten sich Chinesen an drei Grinzinger Heurigenmitarbeitern vergreifen?

»Um sie zu trocknen und als exotische Fleischspeise zu verhökern.« Das war Durbens Theorie.

»Ein totaler Schwachsinn«, wie Kruppa meinte. Und Ullrich schloss sich dieser Meinung an, wenn auch nur im Stillen. Durben konnte äußerst eingeschnappt reagieren, wenn man seine Theorien nicht ausreichend würdigte.

Die Ullrich dachte nach, warf sicherheitshalber noch eine Ritalin ein, dachte wieder nach und kam zu dem Schluss, dass die Chinesen mit der ganzen Sache nichts zu tun hatten.

Falsch!

2

Natürlich hatten die Chinesen damit zu tun. Die Hallstatt-Chinesen aus Boluo, um genau zu sein. Ein Konsortium aus reichen Chinesen hatte die Hallstatt-Kopie als exquisite Wohnanlage für den gehobenen Mittelstand aus der nahen Millionenstadt Huizhou geplant und gebaut. Man hatte umfangreiche Marktforschungen betrieben, um es den zahlungskräftigen Eigenheimbesitzern an nichts fehlen zu lassen.

Als Erstes hatte man dreiundzwanzigtausend Chinesen, die alle irgendwann an einer Europareise teilgenommen hatten, nach deren positiven und negativen Erfahrungen befragt. Dabei hatte man sein Augenmerk besonders auf die gastronomischen Vorlieben der Landsleute gelegt.

Der Aufbau und das Aussehen von … nennen wir es »Neu-Hallstatt« war ja durch Alt-Hallstatt vorgegeben. Frei war man jedoch in der Auswahl der gastronomischen und kulturellen Einrichtungen in der Wohnanlage. Dafür hatte man die Probanden mit einer Wisch-und-weg-App ausgestattet, einer Technik, die auch bei der Dating-App Tinder zur Anwendung kommt. Mit dieser App konnten die Befragen anhand von Fotos zügig ihr Ge- oder Missfallen ausdrücken.

Mit großem Abstand wurde der Wiener Heurige als erstrebenswerteste gastronomische Einrichtung genannt, oder besser: gewischt. Weit vor den Pizzerias, Bistros und Pubs.

Selbst das Münchner Hofbräuhaus hatte gegen den Wiener Heurigen keine Chance. Also gaben die Investoren die Planung eines Heurigen für Neu-Hallstatt in Auftrag.

Jetzt wurde diese Marktforschungs-App bei den Neubürgern von Neu-Hallstatt installiert. Zur Auswahl standen mehrere hundert Fotos von Heurigen und deren Gärten. Sehr bald schon kristallisierte sich der Schnabel-Heurige als die begehrteste Gastronomieeinrichtung heraus.

Damit stand der Entschluss des Investorenkonsortiums fest: »Schnabel nachbauen! Mit alles! Und pronto!« oder so ähnlich. Ich kann kein Chinesisch.

Schon drei Tage später saßen zwei Chinesen beim Schnabel in Wien.

Beim Militär würde man sagen: der erste Aufklärungstrupp. Ihr Auftrag bestand darin, die Struktur und das Konzept des Heurigen auszuspähen. Außerdem sollten die Ursache und das Ausmaß der emotionalen Bindung der Gäste an diesen Heurigen entschlüsselt werden. Aus gesundheitlichen Gründen – Herr Li hatte sich beim Mittagessen in einem Chinarestaurant den Magen verdorben – war es nun an Herrn Lo, das Speisenangebot zu testen und zu dokumentieren. Inhalt, Menge, Preis, Verkaufsfrequenz und vieles andere. Wohingegen Herr Li den undankbareren Part erledigen musste, er war nämlich komplett verkabelt. Ohrstöpsel, Mikro und eine Brille mit versteckter Kamera. Und online.

Ihr Chef im fernen Boluo verfolgte auf seinem Monitor jeden seiner Blicke und lenkte über den Ohrstöpsel die Blickrichtung von Herrn Li.

»Da hätte er doch auch selbst kommen können!«, machte Herr Li seiner Verärgerung Luft, natürlich mit zugehaltenem Mikrofon. Bestimmte Ereignisse vergisst ein Chinese nämlich nicht. Gerade als er von seinem Wein trinken wollte, war der heimatliche Befehl gekommen: »Nach rechts schauen!«

Gehört und getan, aber das hatte, als Li prompt seinen Wein verschüttete, zu einem peinlichen Fleck auf seiner hellgrauen Anzughose geführt. Herr Lo hatte das ziemlich lustig gefunden und zu einem kleinen Exkurs über die Inkontinenz bei vierzigjährigen Chinesen angesetzt.

Herr Li, der die Häme seines Kollegen einige Zeit stumm ertragen hatte, freute sich dann doch, dem Herrn Lo mitteilen zu können, dass sein Chef in Boluo, der Herr Lu, diesen Schwachsinn nicht mehr mitanhören wollte. Was Herr Lo nicht bedacht hatte: Auch er war über Lis Mikro in der Heimat zu verstehen. So aß er sich fortan schweigend durch das schnabelsche Angebot.

»Was isst der Lo da?«, kam es ungeduldig von Herrn Lu aus dem fernen China.

Sofort starrte Herr Li mit seiner Brille auf Los Teller, um Herrn Lus Neugier zu befriedigen.

»Mehr Licht, Li. Ich seh nichts. Was ist das? Mehr Licht!«, kam es so laut aus Lis Ohrstöpsel, dass der schmerzhaft das Gesicht verzog.

»Moment bitte!«, entgegnete Li viel zu laut, weil ihn Lus Gebrüll angesteckt hatte. Jetzt fielen die eigentlich ruhigen und unauffälligen Chinesen einem älteren Pärchen am Nebentisch auf.

»Warum schreit denn der so? Streiten die?«, wollte die Dame wissen.

»Glaub ich nicht«, entgegnete ihr Begleiter. »So wie es ausschaut, schreit der sein Liptauerbrot an.«

»Na, wenn's ihm nicht schmeckt, dem Herrn Chinesen, dann soll er es halt stehen lassen. Des bringt doch auch nichts. Glaubt der, dass er mit dem Geschrei aus seinem Liptauerbrot ein Chopsuey machen kann? Trottel, chinesischer!«, zischte die Dame, die über den plötzlich aufschreienden Asiaten erschrocken war. Man konnte ja nie wissen, nicht?

»Also wenn ich der Wirt wär, das würd ich mir nicht gefallen lassen. So eine Frechheit. Was suchen die denn im Liptauer? Schimmel? Mäuse?«, empörte sich nun der Herr vom Nebentisch, als er sah, wie Li und Lo sich mit einer starken Stabtaschenlampe, die ein Aufklärungsteam immer am Mann trug, über das nun grell erleuchtete Liptauerbrot beugten. Jetzt konnte endlich auch der Herr Lu das Liptauerbrot sehen, aber es schien ihn nicht sonderlich zu interessieren.

»Schauen Sie jetzt auf die Speisekarte, Li. Aber nicht wackeln, ich mach einen Screenshot«, befahl Lu.

»Es gibt hier keine Speisekarte. Man muss an die Theke gehen und dort auf die Speisen zeigen, die man haben will«, erklärte Li dem Lu die Gebräuche beim Wiener Heurigen.

»Ja, dann gehen Sie an die Theke. Nicht wackeln. Ich mache einen Screenshot«, ließ Lu nicht locker.

Also erhob sich Li und ging an die Theke.

»Mehr Licht, Li«, schallte es aus China.

So holte sich Li den Herrn Lo zu Hilfe, der die Theke aus nächster Nähe ausleuchtete, während Li diese bewegungslos anstarrte. Immer nach drei Sekunden machten Li und Lo einen Schritt zur Seite, um die nächsten Köstlichkeiten zu beleuchten beziehungsweise ins Bild zu bekommen.

Die alte Frau Schnabel hinter der Theke hatte in ihrem Heurigen schon einiges erlebt, aber das war jetzt doch neu. Da standen zwei kleine Chinesen vor ihrem Verkaufstresen. Der eine leuchtete mit einer Taschenlampe auf die Ware, während der andere bewegungslos wie blöd daraufglotzte. Dann machten sie einen Schritt nach links und leuchteten und glotzten weiter.

»Ich hab alles«, kam es aus China. »Die Servicekraft, wie schaut die aus? Was hat die an? Zeigen! Ruhig stehen wegen Screenshot!«

Jetzt ist es bei den Chinesen auch nicht anders als bei uns. Wenn man wie Li und Lo befristete Verträge hat, macht man einfach, was einem angeschafft wird. Der Li gab dem Lo ein

Zeichen und starrte dabei regungslos die alte Schnabel an, worauf der Lo seine Stabtaschenlampe auf die alte Schnabel richtete, damit der Lu in China auch was sehen konnte.

Was die alte Schnabel in dem Moment, als der gleißende, schmerzhafte Lichtstrahl auf ihre alte Netzhaut traf, erfasste, war eine Mischung aus Wut und Entsetzen. Die Chinesen!, dachte sie noch, bevor sie zu kreischen anfing. Sie hätte eigentlich lieber gebrüllt, aber in ihrem Alter reicht die Kraft nur noch zum Kreischen.

»Hilfe! Ich werde geblendet! So helfts mir doch!«

Der Herr vom Nebentisch, der das seltsame Treiben der zwei kleinen Chinesen schon geraume Zeit argwöhnisch beobachtet hatte, sprang auf und stürzte zu Lo, dem er die Stabtaschenlampe schwungvoll aus der Hand schlug.

Erschrocken wich Lo zurück. Er hatte Angst vor dem sehr großen und sehr dicken Mann.

Li hingegen, der sich voll und ganz auf die alte Schnabel konzentriert hatte, bemerkte erst einmal nichts von dem Tohuwabohu, das sich keine drei Meter neben ihm abspielte. Fasziniert beobachtete er ihre Tirade und übertrug diese live nach Boluo zu Herrn Lu, der aber wieder »Mehr Licht, Li!« einforderte. Jetzt erst fiel dem Li das plötzliche Fehlen seiner Lichtquelle auf, und er sah nach Lo. Und was er sah, war beängstigend.

Lo stand geradezu paralysiert in der Mitte des Raumes. Die Stabtaschenlampe brannte, lag aber auf dem Boden. Und, das war das Beängstigendste, ein sehr großer, dicker Mann kam schnaubend auf ihn zu. Auch Lu, der das alles mit den Augen von Li an seinem Monitor mitansehen musste, bekam Angst. Angst um seinen Spähtrupp, aber auch um das wertvolle Equipment, das der Spähtrupp am Körper trug.

Wie diese Geschichte in Nordkorea ausgegangen wäre, weiß man. Wie sie in Wien ausgegangen ist, kann man sich denken. Unblutig.

Um das nun folgende Gespräch in seiner ganzen Tragweite nachvollziehen zu können, muss man wissen, dass dies der erste Auslandsauftrag von Li und Lo war.

Li und Lo waren Absolventen einer Privatuniversität in Huizhou, die ihre Studierenden für derlei Einsätze vorbereiten und fit machen sollte. Li und Lo waren für den deutschsprachigen Raum geschult worden. Sie hatten Deutsch gelernt. Deutsche Geschichte und Lebensweise gepaukt. Li hatte sein Examen vor Kurzem bestanden, während Lo das seine erst nach seiner Rückkunft ablegen wollte.

Vor drei Tagen erst hatte sie Herr Lu, der gleichzeitig ihr Mentor war, in sein Büro bestellt und sie gefragt, ob sie schon in der Lage seien, zu Recherchezwecken nach Wien in Österreich zu fahren. Man hatte sich geehrt gefühlt, sich kurz über das kleine, friedliche Österreich informiert und erleichtert festgestellt, dass die Amtssprache in diesem Teil Europas Deutsch war. Schon eine Stunde später standen Li und Lo wieder vor Lu.

»Wien ist in Österreich. Dort spricht man Deutsch. Wir können Deutsch. No problem.« Ja, von wegen!

»Seids ihr übergschnappt? Wos schauts denn so bled auf die alte Schnabel? Leuchtets ihr mitten in die Goschn. Wos wollts denn da? Ihr Hirnederl. Ihr Zwergrattler, ihr depperten?«

Aber der Zorn des Herrn vom Nebentisch verrauchte, verpuffte, als er in dieses zarte, fast bartlose, ängstliche und verstörte Gesicht mit der sehr dicken Brille schaute. Man war ja kein Unmensch.

Einige, ganz wenige Worte hatte Li verstanden. Das ließ ihn hoffen, dass die Sprache der Einheimischen und die von ihnen erlernte Sprache zumindest den gleichen Sprachstamm haben könnten. Li versuchte also sein Glück. Überdeutlich und sehr langsam. Vielleicht verstanden die Menschen hier ja Deutsch, wenn sie es schon nicht sprachen.

»Wir drehen einen Film.«

»Mit einer Taschenlampe?«

Li war erleichtert. Der Mann konnte auch Deutsch.

»Die Kamera ist in der Brille. Schauen Sie.«

»Drum hat der so blöd geschaut«, folgerte die alte Schnabel.

»Auch die Kuh sieht die Morgenröte«, meinte Lo, der doch noch ein, zwei Semester brauchen würde.

Die Dame vom Nebentisch, bass erstaunt über das entschlossene Eingreifen ihres sonst eher schwerfälligen Gatten, wurde hellhörig, als dieser süße, sympathische Chinese von Filmaufnahmen sprach. Ganz wohl war dem Li nicht, als sich ihm die dralle Dame mit einem breiten Lächeln und einem ebensolchen Hüftschwung näherte.

»Sie machen hier einen Film? Eine internationale Produktion oder nur für Chinesen? Sehr interessant. Ich bin nämlich zufälligerweise auch ein Medienmensch.«

Das hörte der Herr vom Nebentisch mit Befremden. Schließlich war er seit Jahrzehnten mit dieser Frau verheiratet und konnte sich beim besten Willen nicht vorstellen, was sie zu einem Medienmenschen machte.

Ihren Gatten mit keinem Blick würdigend, fuhr die Dame nur an Li gerichtet fort: »Ich betreibe einen erfolgreichen Blog für Damen während und nach dem Klimakterium. Beschwerden, Wünsche, Bedürfnisse. Die ganze Bandbreite des weiblichen Reifens. Sie verstehen, Herr …?«

»Li«, antwortete Herr Li und lächelte hilfesuchend in die Runde, die freundlich zurücklächelte. Nur der Herr vom Nebentisch fixierte seine Gattin misstrauisch.

»Ich heiße Silvia Vidatsch. Sie können aber Silvi zu mir sagen, Herr Li. Nur Li? Sonst nix? Ist das Ihr Vorname? Na, egal. Und da ja die Frau Schnabel auch eine reife Dame ist, die Wünsche und Bedürfnisse hat – stimmt's, Frau Schnabel? –, könnte ich Ihren Film natürlich auf meinem Blog posten. Dann, Herr Li, stünde Ihre Reportage auch österreichischen Frauen in den Wechseljahren zur Verfügung. Eine Art hormonelle Völkerverständigung. Das müsste doch auch in Ihrem Interesse sein, Herr Li.«

Was diese Frau nun konkret von ihm erwartete, hätte Li nicht sagen können. Um diese nun entspannte Situation nicht zu gefährden, lächelte er sie an und nickte nachdenklich, was die Dame vom Nebentisch als Zustimmung wertete. Li war einfach dankbar, dass sich diese anfangs gefährlich erscheinende Konstellation allem Anschein nach in Wohlgefallen aufgelöst hatte. Auch Lo war dankbar. Dankbar dafür, dass sie nicht in Nordkorea waren.

3

Aus China klang es unterdessen laut: »Was sagt die Frau? Was ist da los? Wer ist der große Mann?« Fragen über Fragen, die permanent und penetrant an Lis Ohr drangen. Eine unerträgliche Reizüberflutung – erst der schnaubende Dicke, dann diese seltsame Frau, dazu die schwer verständliche Sprache dieser Langnasen und zu allem Überfluss auch noch der aufgeregt japsende Lu im Ohr. Von Lo, der nur debil grinsend herumstand, war auch keine Hilfe zu erwarten.

Ohne über die Konsequenzen weiter nachzudenken, ging Li einfach offline. Mit einer beherzten Bewegung kappte er seine Verbindung in die ferne Heimat. Als er mit der Dame vom Nebentisch Visitenkarten getauscht und mit einem Glas Wein auf die künftige fruchtbare Zusammenarbeit in Sachen völkerübergreifendes Klimakterium angestoßen hatte, gesellte er sich zu der alten Frau Schnabel, die trotz aller Aufregung ungerührt hinter dem Tresen ihre Stellung gehalten hatte.

Li entschloss sich zu einem Frontalangriff, der weit über

seinen eigentlichen Auftrag hinausging. Er spürte, dass hier mehr möglich war als das bloße Dokumentieren der Abläufe vom Schnabel-Heurigen.

»Sehl geehlte Flau Schnabel. Wil sind Abgesandte der Volkslepublik China. Wil blauchen Ihle Hilfe.«

Die chinesische R-Schwäche ist für jedes Rechtschreibprogramm eine Tortur. Ich sollte es vielleicht nicht übertreiben.

Wie sie denn der Volksrepublik China behilflich sein könne, wollte die alte Schnabel wissen, und so fügte sich eins ins andere. Schon am nächsten Vormittag, der Heurige war noch geschlossen und die jungen Schnabels beim Shoppen in der City, kam es zu einem ersten konspirativen Treffen im Wohnzimmer der alten Frau Schnabel. Li trank mit der alten Dame Kaffee und war ganz entzückt über die köstlichen Mehlspeisen, die ihm die alte Schnabel geradezu aufdrängte.

Lo hatte einen Beamer aufgestellt, der nun eine Wand des Wohnzimmers zum Bildschirm machte. Als die alte Schnabel neugierig und zustimmend nickte, fuhr Lo den Imagefilm von Neu-Hallstatt ab.

Die alte Schnabel zeigte sich zutiefst beeindruckt. »Als ob man selbst drinstehen tät!«, schwärmte sie. »Hallstatt! Da war ich schon. Schön is es da schon.« Dann erzählte sie. Viel Zeit zum Reisen hat man im Heurigengeschäft ja nicht, aber Hallstatt musste jeder Österreicher zumindest einmal im Leben besucht haben. Das gehörte dazu zum Österreichersein.

»Und des is in China? Genau so nachgebaut? Der Wahnsinn!« Die alte Schnabel konnte es gar nicht glauben. Was sie aber endgültig aus der Fassung brachte, war, als sie mit einem Mal vor ihrem Heurigen, dem Schnabel-Heurigen, stand. Dann ging die Kamera auch noch hinein und zeigte den Gastraum.

»Des is ja mei Heuriger!«, stellte sie erschrocken, aber auch stolz fest. Li hatte die Aufnahme noch gestern Nacht bearbeitet und ein ansprechendes Potpourri von Walzerklängen unter die Hallstattbilder gelegt. Als die Kamera aber dann auf den Verkaufstresen der alten Schnabel zufuhr, veränderte sich der Impetus der Klänge. Die anfangs heitere, lebensbejahende Stimmung der Musik wechselte immer mehr hin zum Depressiven, je näher die Kamera dem Tresen kam. Als sie dann über die gähnend leeren Auslagen der schnabelschen Verkaufstheke fuhr, brach die schwermütige Musik wie erstorben ab. Und auch der Film endete mit einem unsäglich traurigen Schlussbild. Der leeren Fleischtheke.

Li legte der gerührten alten Frau Schnabel sanft eine Hand auf den Unterarm, während Lo, der sich während der Vorführung zu ihnen gesellt hatte, im Angesicht des deprimierenden Schlussbildes still, aber tränenreich seinem Schmerz Ausdruck verlieh. Auch das ging an der sonst so pragmatischen Heurigenbetreiberin nicht spurlos vorüber.

»Traurig. Sehr traurig. Habts ihr kein Fleisch in China? Nur Tofu, gell?«, zeigte sich die alte Schnabel mitfühlend.

»Wir haben Fleisch. Viel Fleisch. Aber keiner kann es so einzigartig zubereiten, wie Sie das können. Keiner in ganz China«, wechselte nun Li beherzt vom kargen Fleischtopf zum offerierten Honigtopf.

Und er gefiel. Die alte Schnabel war mächtig beeindruckt. Vom Beamer, vom Film, von ihrem Heurigen in China, aber auch davon, welche Unmengen an Mehlspeisen zwei kleine Chinesen in kürzester Zeit wegputzen können. Vor ihrem Aufbruch trug Lo noch die Tassen und Teller in die Küche. Er spülte sie und trocknete fein säuberlich ab. Die Zeit nutzte Li, um mit der alten Schnabel ein nächstes Treffen zu vereinbaren. Dann sollten Nägel mit Köpfen gemacht werden.

Das mit der alten Schnabel ging dann ganz schnell. Li konnte ihr – er hatte von Lu weitgehende Kompetenzen erhalten – einen Vertrag anbieten, den die alte Schnabel nicht ablehnen konnte und auch nicht wollte. Ihre Aufgabe sollte darin bestehen, die qualitative Umsetzung ihrer eigenen Rezepte in Boluo zu überwachen. Weiter wurde von ihr erwartet, dass sie ihre sämtlichen Originalrezepte in ihrer original nachgebauten Küche vor Kameras zubereitete. Diese Aufnahmen würden dann auf Großbildschirmen im Gastraum vorgeführt. Später, nach dem Ende der Geheimhaltungsfrist, sollten sie auch auf Youku, das ist das chinesische YouTube, hochgeladen werden.

Und ebendiese Geheimhaltungsfrist war es, die den Vertrag, trotz einer horrenden Bezahlung, fast platzen ließ. Die alte Schnabel musste sich nämlich für die ersten drei Monate zur absoluten Verschwiegenheit verpflichten.

»Des haaßt, dass ich nach China fahr und keinem was sagen darf?« Die alte Schnabel war fassungslos. »Die machen sich doch Sorgen, wenn ich plötzlich weg bin. Oder?«

Und dieses »Oder?« wusste Li äußerst geschickt zu nutzen.

»Liebe Flau Schnabel, wil können Ihle Kinder unauffällig beobachten und Ihnen übel die Suche Ihlel Kindel nach Ihnen belichten.« Diese R-Schwäche nervt!

»Ich habe nur ein Kind. Das ist der Hermann. Die Hermine ist nicht mein Kind. Die hätt ich sonst gleich nach der Geburt erschlagen. Diese falsche Schlange.« Dass ihr Verhältnis zur Schwiegertochter derart gestört war, kommt jetzt für alle überraschend, aber man kann in so einen Familienbetrieb eben nicht reinschauen. Kurz und gut, die alte Schnabel unterschrieb. Schon aus Neugier, wie ihr Sohn und seine Schlampen (Zitat) wohl auf ihr plötzliches Verschwinden reagieren würden.

Dass er die alte Schnabel so schnell unter Vertrag nehmen konnte, war für Li ein Glücksfall. Auch für dessen Chef Lu, der wiederum seinen Chefs in Boluo in beeindruckend kurzer Zeit den wohl wichtigsten Vertragsabschluss in Sachen »Neu-Schnabel« vermelden konnte. So bekam Lu mehr Handlungsfreiheit, die er an Li weitergab.

Der konzentrierte sich sofort darauf, die beiden verbliebenen Vakanzen zu besetzen. Mit der alten Schnabel hatte man die Küche. Eine Säule des gastronomischen Konzepts. Fehlte noch der Service und, was bei der Erlebnisgastronomie ganz wichtig ist, das Entertainment. Mit der Verpflichtung der alten Schnabel war natürlich der größte Schritt getan. Li sah die Werbung schon vor sich. »Die alte Schnabel im Neu-Schnabel«. Die Chinesen würden strömen. Li kannte seine Landsleute. Auch das Lob aus der Heimat war Musik in seinen Ohren. Aber er durfte jetzt nicht euphorisch werden. Es galt, die beiden anderen Säulen zu finden.

Im Servicebereich hatte der Wutz das Rennen gemacht. Lo hatte an zwei Abenden alle Heurigen in Grinzing aufgesucht, also abgearbeitet. Der Auftrag von Li lautete, dass er nach Bedienungen suchen solle, die einen typisch österreichischen Stil vermittelten. Los Frage, was denn Li damit genau meine, blieb unbeantwortet, zeitigte aber trotzdem ein Ergebnis. Li ordnete an, dass er die zehn Bedienungen, die ihm, Lo, besonders österreichisch vorkamen, fotografierte. Das tat Lo gewissenhaft. Meistens stellte er sich neben die Bedienung und bat um ein Selfie. Im Hotel wurden die Fotos bearbeitet. Also Lo weggeschnitten und die Kandidaten in den Vordergrund gerückt.

Beim Wisch und Weg der potenziellen Neu-Schnabel-Klientel in Boluo gab das Erfahrene, Distinguierte, freundlich Distanzierte, das Wutz auf dem Foto ausstrahlte, den Ausschlag.

Li hatte natürlich auch begonnen, sich nach einem potenziellen männlichen Entertainer umzusehen. Eine Frau kam dafür nicht in Frage. Die Suche war quälend. Aber dazu später. Eins nach dem anderen.

Da staunte der Wutz nicht schlecht, als ihn eines Abends zwei junge Chinesen um ein Gespräch baten. Sie waren höflich, gut gekleidet, und einer sprach ganz gut Deutsch. Was sie ihm anboten, war verrückt. Er sollte in China den Service in einem Heurigen leiten. Fünfzig Bedienungen für tausendfünfhundert Gäste. Täglich. Bezahlung horrend. Auch dem Wutz zeigte man den Neu-Hallstatt-Film. Natürlich erkannte Wutz den Schnabel-Heurigen, an dem er jeden Tag am Weg zur Arbeit vorbeiging. Dann fragte Li, ganz scheinheilig, ob der Wutz denn die alte Schnabel kenne?

»Eine Institution in Grinzing. Eine Goldgrube, der Heurige. Und sie steht seit Jahrzehnten hinter der Budel und verkauft ihre Braten. Die besten von Wien.«

Als ihm Li jetzt mitteilte, dass die alte Schnabel im Neu-Schnabel in Boluo die Küche leiten würde, erbat sich Wutz einen Tag Bedenkzeit, obwohl er seine Entscheidung schon kannte.

Die Arbeit im Gruselzimmer war das Lustigste, was er jemals gemacht hatte. Wutz amüsierte sich hauptsächlich über die Blödheit der Leute, die immens viel Geld ausgaben, um sich erschrecken zu lassen. Vor dem Apartment bekam er ja wenig mit, es war schallgeschützt. Er stand in einer Ecke und wartete auf seinen Auftritt. Ab und zu sah er etwas, wenn Clibo die Tür zur Einsatzzentrale offen ließ. Entscheidend waren für ihn zwei Lichtzeichen. Die rote Glühbirne hieß »Achtung!«, die grüne »Los«. Dann kam er als Retter durch die Badezimmerwand und rettete die Gäste vor irgendwas. Daraufhin führte er sie schnell und leise durch die Hintertür auf den Franziskanerplatz, wo Lipo sie in seinen Wagen lud und in irgendein Hotel brachte. Er hatte viele panische Gäste gerettet, viele seltsame Beobachtungen gemacht und sich seinen Teil gedacht. Aber was der Wutz da jetzt genau gedacht hat, wer weiß das schon?

Wutz dachte pragmatisch. So wie der Rücken und die Füße nach fast dreißig Jahren Kellnerdasein aussahen, war sein Karriereende in Sicht. Er stellte den Chinesen nur eine

Bedingung: Er würde seinen Dienst ausschließlich im Sitzen machen. Dem wurde mit einer Ausnahme entsprochen. Zweimal pro Tag müsse er für eine halbe Stunde in seiner Kellneruniform durch den Neu-Schnabel gehen und alle Gäste und natürlich auch das Personal für irgendwelche unösterreichischen Vergehen rügen. Eine Übersetzerin würde das dann so weiterkommunizieren. Was da jetzt zu rügen sein würde, konnte ihm Li nicht sagen. Mit dessen Antwort, dass man das besser vor Ort besprechen solle, gab sich Wutz zufrieden.

Wutz war begeistert. Sein erster sitzender Job. Die zwei Stunden Rügen erteilen konnte man getrost als Körperertüchtigung nehmen. Um die Gaudi im Gruselzimmer tat es ihm leid. Und so einfach abhauen war schon gar nicht seine Art. Aber er unterschrieb.

Es war der zweite Abend, an dem Li durch Grinzing zog, auf der Suche nach der dritten Säule. Küche war besetzt, Service war besetzt, was fehlte, war das Entertainment. Danach war Li nun seit zwei Abenden auf der Suche. Sein bisheriges Ergebnis war deprimierend. Nur etwa die Hälfte der Heurigen hatte Musik. Und wenn sie Musik hatten, fand das Li noch deprimierender. Da stand dann ein alter Mann, spielte auf einer Harmonika und sang ein Lied dazu. Die Leute an den umliegenden Tischen sangen wehmütig mit oder sahen missgelaunt gen Himmel. Meistens waren es die Jüngeren, die gen Himmel blickten. Diese Konzeption konnte er sich für den Neu-Schnabel in Boluo beim besten Willen nicht vorstellen. Aber dann …

Dann kam er in den Reimpold. Für Li ein Kulturschock. Lauter Japaner, wo er hinsah.

Das war für Li jetzt kein Problem. Er hatte nichts gegen Japaner. Er hatte nur nicht damit gerechnet, hier auf ein Nest zu stoßen. Es war sehr laut. Alle Tische waren besetzt. Viele schienen betrunken. Im Reimpold gab es drei Musikanten.

Aber überall, wo diese Musiker Aufstellung nahmen, hatten sie sofort die Aufmerksamkeit aller Bespielten. Li bat mehrmals höflich um Durchlass und schlängelte sich an das Trio heran, um etwas zu hören. Die Musiker spielten und sangen ohne technische Verstärker. Schon aus ein paar Metern Entfernung konnte Li den Donauwalzer identifizieren. Er hatte sich in der vorbereitenden Recherche auf typische Wienerlieder beschränken müssen, und siehe da: Treffer.

Als Li im Zentrum, also zwei, drei Meter von den Künstlern entfernt, angekommen war, stand er mangels einer Sitzgelegenheit in der Gegend rum und wusste nicht, wie er sich jetzt verhalten sollte. Da bot ihm ein freundlicher Japaner einen Platz an, indem er seinen Gehstock, der diesen Platz besetzt hatte, zwischen seine freundlichen japanischen Beine klemmte. Der Donauwalzer, so aus der Nähe, live, das hatte auf alle Wirkung. Die Japaner liebten es. Li auch.

Li war von diesem Mann mit der Harmonika völlig in den Bann gezogen. Ein Künstler, der sich mit charmanter Leichtigkeit sein Publikum zu Freunden machte. Der nach einem sentimentalen Lied aus seiner Heimat ein witziges japanisches Lied im Repertoire hatte, das alle begeistert mitgrölten. Mit freundlichen Verbeugungen verabschiedete sich der Künstler von seinem Publikum und zog unter Applaus weiter zu den nächsten Tischen, die ihm wiederum sofort ihre Aufmerksamkeit schenkten. Auch hier hatte Li einen Platz im Epizentrum gefunden.

Li war ganz in der Nähe, aber er hörte nichts mehr. Also kein Hörsturz, sondern bildlich. Er sah nur noch. Den Quetschn-Joe. Das war wirklich das Letzte, was Li jetzt gebrauchen konnte, aber Fakt war, er hatte sich in Quetschn-Joe verliebt. Das traf sich gut, weil es dem Quetschn-Joe genauso erging. Nein, der Quetschn-Joe hatte sich nicht auch in den Quetschn-Joe verliebt. Der Quetschn-Joe hatte sich in den Li verliebt.

Bei seinem dritten Ortswechsel war dem Quetschn-Joe der süße Chinese aufgefallen, der immer mitpilgerte. Er hatte ihn mit seiner Quetschn angespielt. Gezwinkert und so. Da ist der rot geworden. Süß.

In der Pause hatte man sich für den Dienstschluss verabredet. Ein geschäftliches Gespräch. Klar. Nach einem Glas Wein wollte der Wirt zumachen. Klar. Man ging heim zum Quetschn-Joe, weil die Vertragsbedingungen noch nicht ganz klar waren. Gleich nach dem Frühstück würde er den Vertrag unterschreiben, schlug Quetschn-Joe vor. Li nahm den Vorschlag an.

4

Reisefieber! Das hatte die alte Schnabel. Und zwar gewaltig. Aber im zarten Alter von sechsundsiebzig Jahren den Arsch in der Hose zu haben und zu beschließen: »Die Kohle aus China hol ich mir«, verdiente absoluten Respekt. Die Reisefiebertherapie übernahm Li. Lo war sowohl sprachlich als auch menschlich noch nicht so weit. Die Medikamentenliste der alten Schnabel hatte Li nach Boluo weitergegeben. Er versicherte ihr, dass alle Pülverchen für oder gegen etwas in Boluo jederzeit und in ausreichender Menge zur Verfügung stünden. Auch um ihre Unterhaltung brauchte sich die alte Schnabel keine Sorgen zu machen. Li garantierte, dass sie in ihrer Wohnung in Boluo alle Fernsehsender empfangen könnte, die sie auch in Grinzing empfing. Und noch ein paar hundert mehr.

Li wusste, dass die alte Schnabel der wunde Punkt war, das schwächste Glied in der Kette. Erst nachdem ihr Li zum wiederholten Male versprochen hatte, sie über die Suchaktivitäten ihres Sohnes und seiner Schlampen (Zitat) auf dem

Laufenden zu halten, stimmte die alte Schnabel zu. Halblaut und auch nur halbherzig, wie es Li schien.

Der Herr Wutz, wie er genannt werden wollte, schien stabil, hatte klare Vorstellungen und tat den Job, nach eigenem Bekunden, wegen des Geldes.

Und der Quetschn-Joe kam mit. Da war sich Li sicher.

Es war ein Donnerstag. Kurz vor drei Uhr morgens. Li und Lo saßen in ihrem Mietauto und warteten auf die alte Frau Schnabel. Diese brauchte nichts, absolut nichts mitzunehmen. Es war an alles gedacht. In Boluo würde sie ihre Grinzinger Wohnung eins zu eins wiederfinden. Sogar die kleinen Biedermeierbilder im Wohnzimmer waren von den Chinesen ordentlich kopiert und an der exakt gleichen Stelle aufgehängt worden. Die Sesselbezüge, die Teppiche, einfach alles war in Boluo wie in Grinzing. Eigentlich musste die alte Schnabel nur ihren Pass nehmen und die Treppe runterkommen, die an der Außenseite des Heurigen direkt von ihrer Wohnung zur Straße führte.

Der Flieger nach Peking, ihre erste Etappe, ging um sechs. Eine halbe Stunde früher oder später spielte keine Rolle, aber trotzdem saß Li wie auf Nadeln. Er kannte die alte Schnabel inzwischen und wusste, entweder sie kommt pünktlich, oder sie kommt gar nicht. Fünf Minuten waren es noch bis drei Uhr.

Li adrenalierte. Logisch. Seine Karriere und seine große Liebe hingen daran, ob die alte Schnabel kam oder eben nicht.

Es war noch nicht ganz drei, da kam sie. Langsam stieg sie die Treppe herab. Langsam, weil sie alt war, und auch, weil sie auf der knarzenden Holztreppe keinen Krach machen wollte. Die jungen Schnabels konnte jetzt wirklich keiner gebrauchen.

Sofort sprang Li erleichtert aus dem Wagen und eilte der alten Schnabel entgegen. Er geleitete sie zum Auto und schloss sanft die Tür, nachdem sie Platz genommen hatte. Kaum wieder im Auto, fiel Li der alten Schnabel um den Hals und küsste sie enthusiastisch auf die Wange. So was war dem Li noch nie und der alten Schnabel schon lange nicht mehr passiert. Die alte Schnabel war beruhigt. Li auch. Lo war wegen der Küsserei zwar etwas irritiert, lenkte den Wagen aber über die fast leeren Straßen vorbei am schier endlosen Wiener Zentralfriedhof zum Flughafen Wien-Schwechat.

Erst beim Aussteigen am Flughafen fiel dem Li eine Lederrolle auf, welche die alte Schnabel fest an sich drückte. Vielleicht eine Nackenrolle für den zehnstündigen Flug, dachte Li. Beim genaueren Hinsehen war er sich nicht mehr so sicher. Als ihm die alte Schnabel aber dann eröffnete, dass es sich bei der Lederrolle um das Reiseetui für ihre sechs sündhaft teuren japanischen Messer handelte, musste Li erst schlucken und dann nachdenken.

Offensichtlich hatte die alte Schnabel eine persönliche Beziehung zu ihren Messern aufgebaut. Das erkannte Li. Er erkannte auch, dass er dieser alten Frau, die dabei war, einen sehr mutigen Schritt zu machen, die Messer nicht wegnehmen konnte. Auch jetzt noch könnte das ihre Mission gefährden. Aber mit sechs Messern im Handgepäck durch den Sicherheitscheck in Schwechat zu kommen, war schlicht unmöglich.

Die alte Schnabel bekam gar nicht mit, was Li alles veranstaltete, damit die Messer wenigstens als scheißteures Gefahrengut mit an Bord durften. Während Li am Flughafen von Pontius zu Pilatus hetzte, hatte Lo den Auftrag, sich um die alte Schnabel zu kümmern.

Ein paar Tage später, schon in Boluo, meinte die alte Schnabel zu Li: »Der Lo, der ist komisch.« Dann berichtete sie, dass der Lo, als sie am Flughafen Schwechat gemeinsam auf den Li gewartet hatten, etwas gesagt hätte, was sie bis heute beschäftige. Lo hätte gesagt: »Li kämpft um die Reisefreiheit

Ihrer Messer nach China. Keine Sorge. Kein Hahn singt zu später Stunde.«

Das sei doch komisch, meinte die alte Schnabel. Das fand Li auch.

Nach zehn Stunden Flugzeit, in denen sich die alte Schnabel und der Wutz so lange angeregt unterhielten, bis die alte Dame einschlief, landete man gegen dreiundzwanzig Uhr Ortszeit in Peking. Glücklich nahm die alte Schnabel ihre Messer in Empfang und bezog noch auf dem Flughafengelände ein komfortables Zimmer für eine Nacht. Schon am nächsten Morgen um neun Uhr sollte es mit einem Privatflieger nach Huizhou weitergehen.

Aus den Gesprächen wusste Li, dass die alte Schnabel vor dem Schlafen zur Entspannung ein Viertel Veltliner trank und dazu ein Schmalzbrot aß. Beides stand in ihrem Zimmer bereit. Im Nebenzimmer freute sich Wutz über Bier und Würste. Für die Entspannung vom Quetschn-Joe übernahm Li die Verantwortung, der er gewissenhaft nachkam.

Drei Stunden dauerte der Flug nach Huizhou. Von da ging es in einem klimatisierten Mercedes Sprinter, es war warm draußen, in dreißig Minuten nach Boluo. Die kürzeste Verbindung von Huizhou nach Boluo führte über die Huibo Ave, eine Schnellstraße, die sich entlang des Dong Jiang nach Norden schlängelte.

»A bissl wie die Donau, net, Herr Wutz?«, fragte die alte Schnabel und bemühte sich, ihre Unsicherheit zu verbergen.

»Ja, eh«, bestätigte Wutz mit Rücksicht auf die alte Schnabel, deren Nervosität ihm nicht verborgen geblieben war, obwohl er fand, dass der Dong Jiang auch aussah wie ein Dong Jiang. Nicht schlecht, aber auch nicht donaumäßig.

Da passierten sie unversehens den Ortseingang von Hallstatt, und es war, als wäre man wie die Enterprise durch ein Wurmloch gefallen.

Eine andere Welt. Das beschauliche Hallstatt im Salzkammergut eben. Der Himmel war blau. In einem See, der im Sonnenlicht glitzerte, spielten ausgelassene Kinder unter den wachsamen Blicken ihrer Eltern, die es sich am Ufer unter Sonnenschirmen gemütlich gemacht hatten. Keine Spur von Smog, der selbst noch in Huizhou in den Straßen hing. Von Peking ganz zu schweigen.

»Da vorne. Da ist ja mein Heuriger!« Ganz aufgeregt war die alte Schnabel jetzt. Für Lu war es das Mindeste gewesen, seine neuen Protagonisten mit einem Empfangskomitee willkommen zu heißen. Neben einem Vorstandsmitglied des Investorenkonsortiums waren alle zukünftigen Service- und Küchenkräfte zur Begrüßung angetreten. In der Schnabel-Dienstuniform. Die Damen in farbenfrohen Dirndln mit einem umgekehrten Ruderboot als Kopfbedeckung und die Herren in ledernen Kniebundhosen, hellgrüner Weste und einem ebensolchen Filzhut auf dem schwarzen chinesischen Haupthaar.

Den Neuankömmlingen wurden Weingläser überreicht. Der Lu hielt eine kurze Rede, die der Li übersetzte. Als man die Gläser zum Anstoßen hochhielt, brachte sich auch das Vorstandsmitglied des Investorenkonsortiums in die Veranstaltung ein.

»Oans, zwoa, dlei!«, brüllte der Herr im blauen Anzug, dessen Scheitel wie mit schwarzer Schuhcreme modelliert war.

»Gsuffa!«, antwortete der Chor der Mitarbeiter lautstark und schüttete den Wein auf ex hinunter.

Jetzt hätte man vielleicht denken können, dass die alte Schnabel eingeschnappt wäre, weil die Chinesen sie mit einem bayrischen Bierzeltklassiker begrüßten, aber da stand sie drüber.

»Des machen die ja net absichtlich. Die haben keine Ahnung. Darum sind wir ja da. Des is die Globalisierung, Herr Wutz. So schaut's aus.«

»Ja, eh.«

Und dann ging die alte Schnabel ganz zaghaft auf ihren Heurigen zu. Die Chinesen standen ungeplant Spalier. Sie machten der alten Dame einfach Platz. Dabei verbeugten sie sich. Das bekam die alte Schnabel aber gar nicht so mit. Ihr Heuriger zog sie an.

Natürlich war das nicht ihr Heuriger, sie war ja nicht blöd, aber es war trotzdem ihr Heuriger. Und was sie sah, ließ sie die Luft anhalten. Der Gastraum war bis zur Küche genau wie in Grinzing. Dort war in Grinzing räumlich Schluss. Hier aber war es so, dass der Nachbau vom Schnabel-Heurigen quasi als Empfang, als pompöser Eingang zum eigentlichen Heurigen diente. An die Originalküche schloss sich eine weitere Küche an. Eine Großküche. Anders konnte man das nicht sagen. Zehn komplette Arbeitsplätze und Technik ohne Ende.

Die Schnabel ging in ihre Küche und schaute durch die Glasscheibe in die Großküche hinunter. Ja, sie hatte sich nicht getäuscht, sie schaute hinunter. Nicht viel, aber merkbar. Dann drehte sich die alte Schnabel um und hatte den gleichen Blick wie in Grinzing. Und wieder zurück: Blick auf die verglaste Großküche und einen riesigen Gastraum. Wieder zurück, Grinzinger Blick.

Gott sei Dank kamen der Wutz und der Quetschn-Joe bald nach. Sie hatten etwas länger gebraucht, weil sie angesichts der Verbeugungswelle ihrer künftigen Mitarbeiter spontan entschieden hatten, mit der Austrifizierung sofort zu beginnen. Heißt, sie hatten allen Mitarbeitern die Hand gegeben und sich vorgestellt. Das ging recht schnell, weil die Mitarbeiter sofort verstanden, dass sie die Hand geben und dabei ihren Namen nennen sollten. So stießen sie bald auf die alte Schnabel, die sich im Nachbau ihrer alten Küche staunend immer wieder um die eigene Achse drehte. Quetschn-Joe und Wutz, die beide schon beim Schnabel-Heurigen gewesen waren, konnten die alte Schnabel gut verstehen. Auch für sie war der Perspektivwechsel zwischen Alt und Neu faszinierend. Also drehten sie ein paar Runden mit. Dann machte man sich gemeinsam auf den Weg in die neue alte Wohnung der alten Schnabel.

»Feinstes Biedermeier. Sehr geschmackvoll, Frau Schnabel«, lobte der Quetschn-Joe das Ambiente der kleinen, gediegenen Nobelbehausung. »Das müsste der Hallstätter See sein«, meinte Wutz bei einem Blick aus dem Fenster. »Schön haben Sie es hier.« Das fand auch die alte Schnabel, zumal sie zu Hause aus diesem Fenster nur in einen Hinterhof sah. Auch hier führte eine Tür in der Küche auf die hölzerne Außentreppe, aber anders als in Grinzing endete diese nicht an der Küchentür, sondern lief als schmaler Holzgang um den ganzen Neu-Schnabel herum. Von diesem Holzsteg gingen auch die Wohnungen von Wutz und dem Quetschn-Joe ab. Beide waren nach den Wünschen ihrer zukünftigen Bewohner eingerichtet worden.

Der Quetschn-Joe war begeistert. Zum ersten Mal in seinem Leben konnte er über ein kleines, aber funktionales Tonstudio verfügen. In seiner Wohnung. Aber auch für Wutz ging ein lang ersehnter Wunsch in Erfüllung. Ein Fernsehsessel aus weichem schwarzem Leder. Mit Fernbedienung. Im Zentrum einer Heimkino-Anlage. Ein äußerst vielversprechender Anfang. Da waren sich die drei Säulen des Neu-Schnabels absolut einig.

5

Die Woche vor der offiziellen Eröffnung des Neu-Schnabels war für unsere drei Heurigen-Säulen höchst turbulent. Tagsüber sah man sich kaum, weil jeder in seinem

Arbeitsbereich voll eingespannt war. Und abends war man zu müde, um sich noch miteinander zu unterhalten. Aber der Reihe nach.

Schon am Tag nach ihrer Ankunft erschienen um acht Uhr zwei junge Chinesinnen in der Wohnung der alten Schnabel. Li erklärte ihr, dass es sich bei den beiden um eine Visagistin und eine Nageldesignerin handelte. Die eine kümmerte sich um das Make-up, während die andere die Fingernägel der alten Schnabel für die Nahaufnahmen beim Kochen in Form bringen sollte. Wie bei einem Star, dachte die alte Schnabel, als an ihr oben rumgezupft und unten rumgefeilt wurde.

So nett und einfühlsam die Damen auch waren, sie machten die alte Schnabel nervös. »Das ist doch nicht dein erster Schweinsbraten!«, versuchte sie, sich selbst zu beruhigen.

Wenig später erschien Li wieder und bat sie ans Set.

»?«

»In die Küche«, fügte er erklärend hinzu.

»Küche haaßt also in China Set? Interessant. Dann haaßt der Koch sicher Setter. Des san bei uns Hund, die Setter.« An diesem hirnrissigen Quatsch erkannte man, wie nervös die alte Schnabel war.

Das legte sich aber bald wieder. In ihrem gewohnten Terrain, mit ihren japanischen Messern in der Hand und einem saftigen Stück Schweinefleisch auf dem Küchenbrett, lief sie umgehend zu ihrer gewohnten Form auf. Ihr Auftrag war, ihren Schweinsbraten zuzubereiten und dabei jeden Arbeitsschritt zu erläutern. Das Gesagte würde später auf Chinesisch nachsynchronisiert werden. Die vier Kameras, die jede ihrer Bewegungen einfingen, waren fest und unauffällig in der Küche installiert. Ebenso die Scheinwerfer, die ein angenehmes, nicht zu grelles Arbeitslicht lieferten.

Schon nach ein paar Minuten waren die Kameras vergessen, und die alte Schnabel fühlte sich wie zu Hause. Der Braten wurde gewaschen, getrocknet, gewürzt, eingerieben, in den Ofen gepackt, begossen, gewendet, und das über drei Stunden.

Eine Klasse der Huizin-Hochschule für Film hatte die Aufnahmen aus der Schnabel-Küche übernommen. Konnten doch die Studierenden so in der Praxis Erfahrung sammeln. Das Equipment und die Kompetenz der Hochschule wurden vom Investorenkonsortium großzügig vergütet. Wem, weiß ich nicht.

Die Studenten der Filmhochschule saßen während der Aufnahme eng gedrängt im Wohnzimmer vom Wutz.

Warum, das ist jetzt schwer zu erklären, aber ich mach's kurz. Der Wutz hatte um eine sitzende Tätigkeit gebeten. Er musste den Service überwachen. Das konnte er hier im Sitzen machen. Das reimt sich.

Die Studenten waren von der alten Schnabel hin und weg. Ihre Ruhe. Ihre Sicherheit. Ihre Messer. Wie sie den Knoblauch mit Salz und Kümmel fast rituell zermanschte, um ihn dann in den Schweinebauch zu massieren. Das sichere Zeitgefühl, wann der Braten innerhalb der drei Stunden Bratzeit umgedreht werden musste.

»Die Hohepriesterin des Schweinsbratens«, ätzte ein Student, der sich sein Studium anders vorgestellt hatte. Und genauso hieß dann der Film. Die drei Stunden wurden auf zwanzig Minuten zusammengeschnitten. Der größte Teil der Aufnahmen zeigte die ruhig sitzende Schnabel, die irgendwann aufsteht und den Braten begießt und sich dann wieder hinsetzt. Ruhig, gelassen und selbstsicher. Voll Zen, you know? Das mag der Chinese.

Aber zurück. Nach drei Stunden hatte die alte Schnabel ihren ersten Schweinsbraten und ihre ersten Knödel fertig. Beides hatte sie natürlich probiert und war zufrieden. Sie richtete zwei Teller her und bat den Lu und den Herrn vom Investorenkonsortium in die Küche.

Die beiden hatten ja am Monitor schon verfolgt, welche

Spezialität auf sie zukommen würde. Und jetzt, da, wie sie wussten, die Kameras noch auf sie gerichtet waren, hatten der Lu und der Herr vom Investorenkonsortium ein Problem: Wie isst der kultivierte Chinese Schweinsbraten und Knödel unter Zuhilfenahme von Stäbchen?

Der Herr vom Investorenkonsortium klemmte beherzt eine Schweinsbratenscheibe zwischen seine Stäbchen, biss ab, und legte den Rest formvollendet wieder auf seinem Teller ab. Er fand den Braten köstlich, was sonst? Schließlich handelte es sich um einen Werbefilm.

Der Knödel hingegen stellte ihn vor eine fast unlösbare Aufgabe. Der Druck der Kameras, die gnadenlos weiterliefen, zwang ihn zum Handeln. Wie ein Torero, ein Stäbchen in der Rechten, ein Stäbchen in der Linken, stach er auf den wehrlosen Semmelknödel ein, hob ihn an den Mund und biss ab. Dann fiel der Knödel runter. In die Soße. Die spritzte auf den schönen neuen blauen Anzug des Herrn vom Investorenkonsortium, und dann war Schluss mit lustig.

Mit hochrotem Kopf und einer herrischen Geste brach er die Filmaufnahmen ab. Dann knöpfte er sich den Lu vor. Brüllte ihn an, fuchtelte mit seinen Stäbchen herum und deutete immer wieder vorwurfsvoll auf Schweinsbraten und Knödel. Letzterer schien es ihm besonders angetan zu haben.

Was der Herr vom Investorenkonsortium jetzt genau an diesem traditionellen Wiener Sonntagsbraten auszusetzen hatte, kann ich, mangels Chinesischkenntnissen, nicht sagen. Es schien aber darum zu gehen, dass der Herr vom Investorenkonsortium das ihm angebotene Essen und die Benutzung von Stäbchen für nicht kompatibel hielt. Lu wäre am liebsten im Boden versunken. So ein Anschiss vor seinen Untergebenen. Seinen Job war er los. So viel stand fest. Er konnte noch von Glück reden, wenn er nicht nach Sibirien in die Verbannung geschickt würde. Ach so, nein, Sibirien ist ja in Russland. Na, irgendwo anders hin eben. Auf jeden Fall in die Verbannung.

»Soll er doch Messer und Gabel nehmen, der Depp«, versuchte sich die alte Schnabel beratend einzubringen, was aber von Li sofort erschrocken abgewürgt wurde. Und da nahte für Lu Hilfe aus einer Richtung, die er niemals erwartet hätte.

Lo war sofort mit einem nassen Tuch zum Herrn vom Investorenkonsortium gestürzt und hatte noch während dessen Schimpftirade begonnen, den blauen Anzug notdürftig zu reinigen. Eine wegen Atemnot einsetzende Brüllpause nutzte Lo geschickt, um dem Herrn vom Investorenkonsortium etwas von unten zuzuraunen. Von unten, weil er gerade vor diesem kniete, um einen fettigen Soßenfleck vom Oberschenkel wegzuputzen.

Erstaunt blickte dieser nach unten und wurde des Lo gewahr, der nun munter drauflosplapperte. Als der Herr vom Investorenkonsortium nickte, stand Lo auf, verließ kurz den Raum und kam dann mit einem Art Gitter wieder. Dann erbat er sich von der alten Schnabel eine Portion Schweinsbraten mit Knödel. Er stellte den Teller auf die Anrichte, legte das Gitter über die Speisen und drückte dieses kraftvoll durch den Braten und den Knödel. Nachdem er das Gitter wieder angehoben hatte, reichte er den so präparierten Teller und einen frischen Satz Stäbchen an den Herrn vom Investorenkonsortium weiter. Das Fleisch war einwandfrei geteilt, ohne seine ursprüngliche Form verloren zu haben. Der Knödel sah etwas ramponiert aus, weil seine runde Form schwieriger zu zerteilen war. Doch auch hierfür fand sich eine Lösung.

»Dann mach ich halt Serviettenknödel. Die schmecken genauso, werden aber in Scheiben serviert. Und die mach ich genauso dick wie das Fleisch«, entschied die alte Schnabel pragmatisch. »Vielleicht sollten wir das Essen in sieben Teile zerschneiden. Jetzt, in sechs Teilen, kommt es mir noch ein bisschen groß vor, oder?«, fragte die alte Schnabel in die Runde. Doch diese Diskussion unterband Lo überraschend energisch: »Das Schwein mag keine Primzahlen!«

6

Sackgasse. Ich bin in einer Sackgasse. Rien ne va Blues. Nichts geht mehr. Wie oft in den letzten Monaten waren diese düsteren Gedanken durch den Kopf vom Quetschn-Joe gewabert.

Äußerlich, für sein Publikum, also die Europa durchreisenden Japaner, war er eine Stimmungskanone. »Der Tono von Grinzing«, dem man huldigte und gerne ein paar Yen in die Tasche schob, den man um Selfies bat und den keine Geisha von der Bettkante gestoßen hätte. Innerlich fühlte sich der Quetschn-Joe traurig und seltsam deplatziert.

Früher hatte er in der Fußgängerzone von Favoriten gespielt. Harmonika, Quetschn halt. Solo. Mit Gesang. Alle hatte er gespielt. Ambros, Dylan, Brauer, Stones, Fendrich, Lehar, Nena. Sogar die »Ode an die Freude« vom Beethoven hat er gespielt und gesungen. Den ganzen Schiller-Text. Auswendig. Dafür wurde ihm in Favoriten noch heute großer Respekt entgegengebracht. Bei der bekannten Stelle hatten dann viele mitgesungen, sogar die Tschuschen. Das hat ihn immer besonders gefreut. Das Verbindende in der Musik.

Als ihn der Herr Reimpold in der Fußgängerzone angesprochen hatte, fand er die Vorstellung, nur für Japaner zu spielen, eigentlich reizvoll. Verbindend eben. Das Fixum, das ihm der Reimpold zahlte, war mehr als okay. Das Trinkgeld so umfangreich, dass er es sich angewöhnt hatte, täglich nach dem Kurs des Yen zu schauen. Aber es ging nichts mehr weiter. Menschlich nicht und musikalisch schon gar nicht.

Seine beiden Mitmusikanten nahmen sich nichts in puncto Talentfreiheit und Trägheit. Ihr Repertoire war übersichtlich. Eine Erweiterung desselben wurde nicht angestrebt, weil es ihrer Meinung nach immer schon genügt hätte. Was stimmte. Da beide einer geregelten Arbeit nachgingen, der eine war Sachbearbeiter in einer Versicherung, der andere Rentner, blieb auch keine Zeit zum Üben.

Der Quetschn-Joe wollte sich weiterentwickeln. Er hatte ein japanisches Volkslied einstudiert. Mit Text. Er war stolz, als ihm die Japaner zujubelten und lauthals mitsangen. Immer und immer wieder musste er es singen. Sehr zur Freude seiner Kollegen. So konnten sie alle halbe Stunde eine rauchen gehen.

Aber jetzt, das spürte der Quetschn-Joe, war er angelangt, wo er niemals hinwollte. In einer Sackgasse. Er hatte keinen Ehrgeiz, ein zweites japanisches Lied einzustudieren. Er hatte auch keine Lust mehr. Warum sollte er jetzt ein zweites Lied einüben, wenn ihm schon das erste nicht gefallen hatte? Außerdem, gestand er sich ein, gingen ihm die Japaner auf die Nerven. Nicht, weil sie Japaner waren, sondern, weil sie nur Japaner waren. Das Leben wäre ein anderes, hatte sich der Quetschn-Joe oft überlegt, wenn an jedem Tag andere kämen. Russen, Araber, Amerikaner und dann natürlich auch Japaner. Aber eben nicht nur. Die Realität aber war nur Japaner.

Und mit einem Mal ging in dieser japanischen Sackgasse ein chinesisches Türchen auf. Ach was, ein Tor. In der Nacht, in der er den Vertrag mit Li besprochen hatte, hatten sich für den Quetschn-Joe Tür und Tor geöffnet. Gut, man könnte nun sagen, weg von den Japanern, hin zu den Chinesen. Aber die Voraussetzungen waren jetzt ganz andere. Der Quetschn-Joe sollte ein Konzept für das Entertainment im Neu-Schnabel erstellen. Traditionell wienerisch, aber auf den dortigen Geschmack rücksichtnehmend. Also in etwa so, wie die Chinesen bei uns kochen. An Musikern standen ihm die Studenten der nahe gelegenen Musikhochschule zur Verfügung. Seine Wohnung war klein, aber gemütlich. Mit einem Tonstudio. Ein Traum. Sein Traum.

Aber das alles war nichts gegen Li. Seinen »Lichtgott«, wie der Quetschn-Joe den Li in sehr verliebten Momenten nannte. Das Zündeln in der Vertragsnacht war zu einem brodelnden Feuer geworden. Sie brannten für die gleiche Sache. Sie wollten den Neu-Schnabel rocken. Li war wegen seiner Erfolge in Wien und wegen seiner Sprachkenntnisse zum Geschäftsführer vom Neu-Schnabel ernannt worden. Sein Mentor Lu protzte seitdem, wie weit es seine Studenten bringen könnten, wenn sie nur seinem Kommando folgten.

Nach zwei, drei diskussionsreichen Tagen, mehr Zeit hatten sie nicht, mussten der Quetschn-Joe und der Li ihre Konzeption vorstellen, Musiker auswählen und mit den Proben beginnen. Schon in einer Woche sollten die ersten Probegäste, Mitglieder des Investorenkonsortiums und deren Gäste, im Neu-Schnabel empfangen werden, um Mängel in der Praxis zu erkennen und zu beseitigen. Stress pur.

Dass er nicht wie in Grinzing zwischen den Tischen rumgehen konnte, um die Trinker mit seiner Harmonika persönlich zu bespaßen, war dem Quetschn-Joe klar. Tausendfünfhundert Gäste in einem Gastraum von etwa dreißig auf fünfzig Meter, an den sich noch eine verglaste Küche mit etwa dreihundert Quadratmetern anschloss, war etwas anderes. Die Küche war leicht abgesenkt, sodass man von jedem Platz im Gastraum das Treiben der Köchinnen verfolgen konnte. Auf einen Verkaufstresen hatte man verzichtet, der Ansturm der Gäste wäre nicht zu organisieren gewesen.

Man kam den Essgewohnheiten der Chinesen entgegen,

wenn man alle Speisen gleichzeitig in der Mitte eines Tisches servierte, wo sich jeder selbst bediente. Allerdings mussten sie aus Platzgründen auf runde Tische verzichten, man sollte es sich auf groben Bierbänken und -tischen gemütlich machen. Das allein würde den meisten Chinesen schon sehr exotisch vorkommen. Die Gäste würden auch nicht, wie in Grinzing, kommen und gehen können, wann sie wollten. Auch das eine Frage der Organisation. Es gab eine festgelegte Einlasszeit und ein gemeinsames Ende. Und für die Unterhaltung dazwischen waren eben der Quetschn-Joe und der Li verantwortlich.

Die zwei waren sich schnell einig, dass man auf eine Hauptbühne an der Stirnseite nicht verzichten konnte. Die wurde schon für die zu erwartenden Reden gebraucht, welche bedeutende Chinesen nun mal gerne hielten. Der Bürgermeister von Neu-Hallstatt hatte ohnehin schon öfter bemängelt, dass es in seiner Stadt keine geeignete Räumlichkeit gab, wo er sich an seine gesamte Bevölkerung richten konnte. Auch für diverse Showeinlagen, die später beschrieben werden, war diese Hauptbühne unverzichtbar. Für den Quetschn-Joe aber war sie keine Option.

»Der Musiker beim Heurigen muss greifbar nah an seinem Publikum sein. Er muss einer von ihnen werden. Jeder einzelne Gast muss das Gefühl haben, dass nur für ihn gespielt wird. Wenn ich da vorne auf einer Bühne in ein Mikrofon singe, wird des nix. Verstehst, Li? Atmosphärisch wird des nix. Wir müssen so nah wie möglich ran an die Leute.« Da hatte der Quetschn-Joe ganz klare Vorstellungen. Weniger klar war, wie man das machen wollte.

»Die Liliputbahn im Prater!«, platzte der Quetschn-Joe heraus. »Des is so eine Miniaturbahn. Eine ganz kleine Lok zieht einen kleinen Wagen, in dem meist Kinder mit ihren Eltern sitzen, gemächlich durch einen netten Park«, fügte der Quetschn-Joe für den verständnislosen Li hinzu. Und damit war die Musikbahn im Neu-Schnabel geboren. Um die Tischreihen herum würde ein schmales Gleis gelegt, über das eine putzige Lok eine kleine offene Bühne ziehen sollte, auf der vier Musiker gerade so Platz fänden. Wie in Grinzing würde man für ein, zwei Musikstücke an einem Platz verweilen, um dann ein paar Meter weiter die nächsten Tische zu bespielen. So wäre die Nähe zum Publikum, die der Quetschn-Joe für unumgänglich hielt, gewährleistet. Natürlich hätte man diese Lok einfach fernsteuern können, aber das hätte ihr viel von ihrem Charme genommen, also musste ein Lokführer her. Hitler wäre schon aufgrund seines Beinamens »der Führer« für diese Rolle prädestiniert. Außerdem sei der auch noch Österreicher gewesen, meinte Li.

Das konnte der Quetschn-Joe mit dem Hinweis auf zu erwartende negative Reaktionen dem Li ausreden. Man einigte sich auf Kaiser Franz Joseph I. Ob man auch noch eine süße kleine Chinesin, die, als Sisi ausstaffiert, huldvoll von der Lok ins Publikum winken könnte, neben dem Kaiser unterbrachte, sollte später geklärt werden. Über das musikalische Repertoire war man sich schnell einig. Ein Potpourri aus alter und neuerer Wiener Musik. Strauß, Fendrich, Falco, Lehar, Brauer, Ambros und noch ein paar. Daraus wiederum ergab sich die Besetzung der Musiker. Neben der Knopfharmonika vom Quetschn-Joe würden eine Geige, eine Klarinette und eine zwölfsaitige Kontragitarre zum Einsatz kommen. Die notwendigen Pausen der Musiker sollten von Showbeiträgen auf der Hauptbühne aufgefangen werden.

Dieses in langen Nächten entwickelte Konzept wurde dem begeisterten Lu vorgetragen. Die Proben mit den hoch motivierten und gut ausgebildeten jungen chinesischen Musikern, zwei Männern und einer Frau, liefen sehr gut. Die kreative Arbeit, die Verantwortung, der Respekt, der ihm entgegengebracht wurde, das alles zusammen ließ den Quetschn-Joe eine große Sympathie für seine chinesischen Gastgeber entwickeln. Besonders für einen.

7

Kurz vor acht Uhr morgens, Wutz war gerade munter geworden, klingelte das Telefon neben seinem Bett.

»Guten Morgen, Herr Wutz. Haben Sie gut geschlafen?«

»Ja, eh«, antwortete der verdutzte Wutz. Am anderen Ende der Leitung war eine Wienerin. Hundertpro.

»Mein Name ist Hui. Ich arbeite hier als Dolmetscherin und bin für die reibungslose Kommunikation zwischen Ihnen und der Geschäftsführung verantwortlich.«

»Aha.«

»In zwei Stunden kommen die Filmleute, dann wird es eng bei Ihnen. Wäre es Ihnen recht, wenn ich Sie in einer Stunde abhole? Wir könnten frühstücken, mit frischen Semmerln, und dann einen kleinen Rundgang über Ihren neuen Arbeitsplatz machen.«

»Ja, eh. In einer Stunde …« Bevor er noch sagen konnte, dass er sich freue, hatte diese reizende Dame mit dem heimatlichen Akzent schon wieder aufgelegt.

Der Wutz war jetzt gut aufgelegt. Und aufgeregt. Er gab sich zwar gerne den Anschein des Kosmopoliten, war aber noch nie weiter als an die Adria gekommen. Und jetzt saß er in seiner neuen Wohnung in Boluo und wartete auf ein Frühstück mit frischen Semmerln. Das Wort »Semmel«, in schönstem weiblichen Wienerisch gesprochen, gab ihm Sicherheit.

Nach einer Stunde, von der Wutz die meiste Zeit im Badezimmer verbracht hatte, um wieder der alte, selbstsichere

Wutz zu werden, was ihm auch gelang, läutete es an der Tür. Pünktlich. Er öffnete.

Vor ihm stand eine überraschend große, resolut wirkende Chinesin in seinem Alter.

»Grüß Gott«, war das Einzige, was Wutz dazu einfiel.

»Herr Wutz, wir haben telefoniert. Ich bin Frau Hui. Das heißt Freundlichkeit und Güte.«

»Was?«

»›Hui‹ heißt auf Deutsch ›Freundlichkeit und Güte‹.«

»Schön.«

Das war hinterhältig, fand der Wutz, und interessant und, wenn er ganz ehrlich war, auch in gewisser Weise komisch. Der Unterschied zwischen der Frau, die er sich nach dem Telefonat ausgemalt hatte, und der Frau, die nun vor ihm stand, hätte kaum größer sein können. Das war das Komische.

»Freut mich, Frau Hui. Von mir aus kann's losgehen.«

Die Stunde im Bad hatte dem Wutz gutgetan. Er war wieder souverän, beherrschte die Formen und fühlte sich gut in Form, während er den forschen Schritten der Frau Hui folgte.

Notgedrungen kam er nach ein paar Metern an der Wohnung der alten Schnabel vorbei. Bei einem schnellen Blick durchs Fenster sah Wutz, dass hier ein kosmetisches Rollkommando am Werk war. Die alte Schnabel wird für ihre Kochshow rausgeputzt, dachte der Wutz und lief der Frau Hui hinterher, die, ohne nach links oder rechts zu schauen, zügig weitergegangen war.

Im vorderen, also alten Teil vom Neu-Schnabel war ein Tisch elegant eingedeckt. An dem wurde für Hui und Wutz das Frühstück serviert. Nobel. Guter Kaffee. Mit den versprochenen frischen Semmerln. Sehr beruhigend.

Eines aber brannte dem Wutz auf der Zunge: »Sie reden Wienerisch.«

»Ja, eh.«

»Aha. Warum?«
»Meine Mutter …«
Wutz unterbricht: »War Wienerin.«
»Na, Chinesin. Mein Vater …«
Wutz unterbricht: »War Wiener.«
»Na, Chines.«
»Aha.« Lange Pause.

»Meine Eltern betreiben in Floridsdorf ein Chinarestaurant. Ich bin in Wien geboren und aufgewachsen. Dann Hotelfachschule. Chinesisch kann ich. Meine Verwandten kommen alle aus der Gegend hier. Ein Cousin hat mir die Stellenausschreibung zukommen lassen. Passt.«

»Ja, wie das Leben so spielt«, bemerkte der Wutz zerstreut. Er dachte an die Eltern der Hui. Die müssten locker achtzig sein und betrieben in Floridsdorf ein Chinarestaurant? Warum musste er jetzt an einen Fernsehbericht über die traditionelle chinesische Küche denken, in dem über die Herstellung hundertjähriger Eier berichtet worden war? Kein appetitlicher Anblick, diese Eier. Eher eklig.

»Schmeckt's Ihnen nicht?«

»Was? Na, eh. Die Semmerl. Der Kaffee. Sehr gut.«

Man smalltalkte sehr entspannt. Nach zwei Minuten hatte er völlig vergessen, dass die Hui Chinesin war. Der Boris Becker hat seinerzeit behauptet, er habe nicht bemerkt, dass seine Babs eine Schwarze war. Also erst viel später. Auf Nachfrage quasi. Wie jetzt beim Wutz. Der hatte auch erst jetzt bemerkt, wie ruhig es bisher gewesen war, als sich die Tür öffnete und die alte Schnabel mit ihrem Gefolge den Neu-Schnabel betrat.

»Frau Schnabel, Sie sehen großartig aus.« Wutz war ein Gentleman der alten Schule, aber sie sah, für ihre Verhältnisse, wirklich gut aus.

Die alte Schnabel lächelte ihm ehrlich dankbar zu und wollte Kurs auf seinen Tisch nehmen, aber sie schaffte es nicht. Es war jetzt nicht so schlimm wie Silvester in Köln, sondern eher so wie ein friedlicher Flashmob aus enthusiastischen Jungkünstlern, der die alte Schnabel einfach mitspülte. In ihre Küche. Wo sie große Dinge leisten würde.

Als sich die Jungkünstler dann absolute Ruhe erbaten, was angesichts ihres hysterischen Rumgeschnatters wie Hohn klang, begann die Erstbesichtigung seines neuen Arbeitsplatzes.

Im Übergang von Alt zu Neu blieb der Wutz erst mal stehen. Faustregel war: ein Quadratmeter pro Platz. Macht tausendfünfhundert Quadratmeter. Logisch. Das kam hin, war aber in echt viel größer, als er sich das vorgestellt hatte.

»Viele Tische«, war die erste Bemerkung, die Wutz im Angesicht seines neuen Arbeitsplatzes einfiel. Sein mühsam wiedererlangtes Selbstbewusstsein begann zu schwächeln. Da er jetzt aber nicht für eine Stunde in einem Badezimmer verschwinden konnte, musste er schnell wieder in Fasson kommen.

»Wie im Schweizerhaus. Im Prater. Da hab ich gearbeitet. Alles eine Frage der Organisation.« Was der Wutz aber nicht erzählte, war, dass er das Schweizerhaus wegen seiner wohl angeborenen Orientierungsschwäche verlassen musste. Ein Kellner, der seine Gäste nicht findet, ist auf Dauer eine Belastung für so einen Betrieb. Er hatte eigentlich nie wieder an das Schweizerhaus denken wollen, und ausgerechnet jetzt, wo er es am wenigsten gebrauchen konnte, dachte er daran. Und Angst stieg in ihm hoch. Eine große und begründete Versagensangst.

Die Hui bekam von dieser Verunsicherung gar nichts mit, es machte ihr offensichtlich Spaß, dem Wutz genau zu erklären, was wo hängen, wo eine Bühne, wo das Tonpult stehen würde. Von überall hatte Wutz einen Blick auf die verglaste Küche. Dort wurde gearbeitet. Man sah alles.

Wenn er der Länge nach durch die neue Küche hindurchschaute, konnte er bis zur Schnabel-Küche sehen. Von dort kam aber nur das Scheinwerferlicht der Filmaufnahmen.

Und jetzt begann es den Wutz zu kribbeln. Alles um ihn war in Bewegung. Den Quetschn-Joe hatte er schon heute früh musizieren gehört. Die alte Schnabel machte ein paar Meter weiter mit viel Tamtam eine Kochshow, und er stand hier mit einer, zugegeben, sehr netten Wiener Chinesin und hatte keine Ahnung, was er hier machen sollte.

Und genau das erklärte ihm jetzt die Hui. Man hatte an einem der einhundertfünfzig Biertische Platz genommen, und je länger diese wundervolle Hui sprach, desto mehr entspannte sich Wutz und desto gespannter hörte er zu. Kurz gesagt, seine Aufgabe bestand darin, gemeinsam mit der Küche und dem Entertainment ein Konzept zu entwickeln, wie tausendfünfhundert Gäste gleichzeitig und original wienerisch ihr original wienerisches Essen serviert bekämen. Wie die fünfzig Servicekräfte sinnvoll eingesetzt werden sollten. Die Animation zu gesteigertem Alkoholkonsum sollte aus marktwirtschaftlichen Gründen nicht außer Acht gelassen werden und wurde seiner Obliegenheit anvertraut. No problem.

Wenn er alles richtig verstanden hatte, würde er nach der offiziellen Eröffnung fast nur noch den geordneten Ablauf überwachen, von seinem Wohnzimmer aus. Er hätte wohl noch zwei Auftritte pro Abend als original wienerischer Kellner zu absolvieren, was der Wutz seinen lädierten Füßen aber zumuten konnte.

Bevor er sich aber gut bezahlt in seinen Fernsehsessel zurückziehen konnte, musste die Eröffnung vom Neu-Schnabel über die Bühne gebracht werden. Mit Konzept. Und schon seine erste Frage traf einen neuralgischen Punkt.

»Wo ist denn die Theke? Wo holen denn die Leut ihr Essen?«

Und dann erklärte ihm die Hui, dass es in China üblich sei, alle Gerichte am Beginn der Mahlzeit auf den Tisch zu stellen. Keine Vorspeise. Keine Nachspeise. Es sollte aber möglichst gleichzeitig serviert werden, damit sich keiner benachteiligt fühlte. Mit fünfzig Mitarbeitern an hundertfünfzig Tischen. Dazu käme das Servieren von Wein. Viel Wein. Der Verkauf von Wein war der ökonomische Knackpunkt. Entschied über Wohl und Wehe des Unternehmens, des Investorenkonsortiums und allem, was daran hing. Eine große Verantwortung für den Wutz. Und eine große Aufgabe, der er sich gewachsen fühlte.

Zu Mittag gab's im alten Teil einen Kümmelbraten mit Semmelknödel. Die alte Schnabel hatte in ihrer Kochshow vorausgedacht und für alle gekocht. So viele waren ja noch nicht da.

Nach dem Essen traf man sich dann mit dem Lu im Seecafé. Vorstellen, erster Gedankenaustausch und so. Projektleiter kannte der Wutz bisher nur aus Erzählungen von frustrierten Gästen. Projektleiter waren in diesen Erzählungen entweder saudumm oder gehässig oder beides. Der Lu war der Erste dieser Spezies, den der Wutz persönlich kennenlernte, aber gehässig erschien er ihm nicht. Der Rest könnte hinkommen. Lu ging von einer perfekten »Performance« aus – das einzige Wort, das der Wutz in dessen Monolog wiedererkannte – und verließ sich im Übrigen auf seine Mitarbeiter. Also unter anderem auf den Wutz. Unter den anderen waren aber auch der Quetschn-Joe und die alte Schnabel. Und natürlich der Li und der Lo. Mit denen wurde für den nächsten Tag auch ein Treffen anberaumt, um die unterschiedlichen Überlegungen aufeinander abzustimmen.

8

Es war Abend geworden, und die Hui und der Wutz genehmigten sich noch ein Viertel im Neu-Schnabel. Der Wutz entschuldigte sich schon nach seinem ersten Schluck mit Sodbrennen und stieg auf Bier um. Der Wein war vom Neu-Schnabel. No comment. Sie diskutierten wild, aber zielgerichtet. Nach neun erklärte die Hui, dass sie nach Hause müsse, weil ihre Familie auf sie warte, dass sie sich aber schon auf morgen freue. Dass ihre Familie aus drei hungrigen Katzen bestand, sagte sie dem Wutz nicht. Aber der freute sich auch auf morgen.

Nachdem die Hui weg war, ließ sich der Wutz noch ein Bier geben und machte sich auf den Heimweg. Als er wieder am Fenster der alten Schnabel vorbeikam, sah er den Lo und die alte Schnabel vor einem Laptop sitzen.

Der Wutz war eigentlich nicht neugierig, aber diese Konstellation war mehr als merkwürdig. Und dann sah ihn die alte Schnabel und öffnete sofort ihr Fenster.

»Kommen Sie doch rein, Herr Wutz. Ich muss Ihnen etwas zeigen, was der Herr Lo für mich gemacht hat.« Lo bat um zwei Minuten Geduld. Dann waren die Aufnahmen an die ganze Wohnzimmerwand gebeamt. Der Wutz war beeindruckt.

Die alte Schnabel kannte das ja schon. Aus Grinzinger Zeiten.

»Da, sehen Sie, Herr Wutz, da, des is mei Sohn! Und des daneben, diese Presswurst im Dirndl, is seine Frau, die Schlampen. Und da, sehen Sie, jetzt, gehen sie zu einem Privatdetektiv. ›Ullrich‹ kann man lesen. Also mein Sohn sucht mich. Wissen Sie, Herr Wutz, wie mich das freut?«

Ja, das wusste der Wutz, und es freute ihn für die alte Schnabel. Er fand sie nett. So normal, obwohl sie sehr reich sein musste. Nicht ganz schlau wurde er aus Los Erklärung zum Entstehen dieser Aufnahmen. Der meinte, es seien Studenten, die füttern würden.

Dabei war es ganz einfach. Als der Li der alten Schnabel das Versprechen gegeben hatte, das Verhalten ihres Sohnes nach ihrem Verschwinden im Auge zu behalten und ihr zu berichten, hatte Li sofort alles in die Wege geleitet. Über einen Studienkollegen hatte er die Nummer eines in Wien studierenden Chinesen bekommen. Ein normaler Lehramtsstudent für Mathematik, der, auch normal, Geld brauchte. Sie hatten sich noch in Wien getroffen.

Der Deal war win-win. Jede Stunde Observation brachte dem Studi zehn Euro. Nachweisbar durch ein belastbares Foto. Der Auftrag war absolut ungefährlich, konnte also auch von einer Studentin erledigt werden. Es ging, so viel konnte Li sagen, um einen wichtigen Geschäftspartner, der wissen wollte, was seine Angehörigen während seiner Abwesenheit so trieben.

Natürlich wurde der Auftrag angenommen. Für die Studenten hieß das: im Auto sitzen, mit dem Tablet büffeln und immer wieder einen Blick auf den Schnabel-Heurigen haben. Bei Bedarf folgen und dokumentieren.

»Wissen Sie, Frau Schnabel, was mich interessieren würde? Was macht jetzt der Privatdetektiv? Ihre Familie macht sich, Gott sei Dank, Sorgen. Aber die machen weiter wie bisher. Nur traurig, weil ohne Sie. Also mir persönlich, Frau Schnabel, würde der Detektiv, rein unterhaltungstechnisch, besser gefallen. Mich würde interessieren, was der Detektiv so macht, um Sie zu finden.«

Der Wutz konnte sehr charmant sein, und die alte Schnabel war auch noch ganz gerührt von der Sorge, die man sich im entfernten Grinzing um sie machte, und so gab sie nach. Der Lo sah kein Problem darin, jemand anders zu observieren. Aber im Austausch. Zwei Observationsobjekte wären zu teuer. Da müsste er erst beim Lu nachfragen.

Und so kam es, dass die Chinesen schon am nächsten Tag begannen, die Detektei Ullrich zu observieren.

9

Es war ein hitziges Treffen. Schon um acht Uhr morgens hatte man sich im alten Schnabel bei Kaffee, Wasser und grünem Tee um den großen runden Tisch gesetzt, der in Grinzing als Stammtisch genutzt wurde. Drei Tage, nur drei Tage, blieben bis zur Generalprobe, bei der das Investorenkonsortium nebst Anhang erwartet wurde. Etwa fünfhundert Gäste, grob geschätzt. Jetzt erst erfuhr Wutz von der gestrigen Knödelkatastrophe und vom angedachten Einsatz des Neu-Schnabel-Schneiders, der die Knödel auch für Stäbchennutzer essbar machen sollte. Das Argument vom Wutz, dass seine fünfzig Kellner unmöglich eintausendfünfhundert Essen zeitnah mit dem Neu-Schnabel-Schneider portionieren könnten, sorgte für Aufregung. Den Vorschlag, die Fleischstücke schon in der Küche mundgerecht zu zerteilen, wurde von der alten Schnabel brüsk zurückgewiesen.

»Ich soll meine Braten in Würfel zerlegen, mit Soße übergießen und in einer Riesenschüssel servieren? Des is net wienerisch. Des is scheiße. Nur über meine Leiche!«

»Frau Schnabel, bitte, wie sollen wir des denn machen?«, flehte der Wutz.

»Des waaß i net, aber ein Schweinefraß kommt nicht aus meiner Kuchl!« Da war die alte Schnabel unnachgiebig.

Da erst mal keine Lösung dieses Problems in Sicht war, ging man zum nächsten über. Dem Speisenangebot. Neben Schweinsbraten, Schnitzel und Geselchtem schlug die alte Schnabel noch Kabanossi, Blutwurst und Liptauer vor. Der Liptauer fiel durch. Li, Lo und Lu klärten die alte Schnabel über die in China weitverbreitete Laktoseintoleranz auf, die es ihnen unmöglich machte, Käse beschwerdefrei zu verdauen. Ob man nicht auch etwas Gemüse servieren könnte? Man könne ohnehin nicht nur Fleisch essen. Das sah die alte Schnabel natürlich anders.

»Wieso denn net? Es gibt ja noch Semmerl und Brot. Von mir aus ein paar Salzgurken und Perlzwieberl. Bei mir gibt's original Wiener Heurigenküche, und da ist Gemüse nicht vorgesehen.«

Auch in diesem Punkt war mit der alten Schnabel nicht zu reden. Um die alte Dame nicht weiter aufzuregen, wechselte man erneut das Thema. Nun trugen der Quetschn-Joe und der Li ihr Konzept vor. Die Zusammenstellung der Musikstücke, der Aufbau und Inhalt der Show- und Spielelemente sowie die interaktiven Publikumsaktionen wurden einhellig gelobt.

Unter den Wienern war man sich natürlich einig, dass das mehr eine Heurigenshow als ein Heurigenbesuch werden würde, aber man war eben in Boluo und nicht in Grinzing. Das musste bedacht werden. Bei der Erwähnung der Liliputbahn, welche die Musiker um den Saal fahren sollte, hatte Wutz eine spontane Eingebung. »Essen auf Rädern! Das ist es! Wir fahren das ganze Essen mit der kleinen Lok um den Saal, und die Leute sollen sich die Platte für ihren Tisch selbst vom Anhänger nehmen. Wie am Flughafen bei der Gepäckausgabe.« Damit hatte der Wutz im Handumdrehen ein Problem gelöst. Wer allerdings die Portionen mit dem Neu-Schnabel-Schneider zerteilen sollte, blieb vorerst unklar.

Nun meldete sich der Erfinder des Neu-Schnabel-Schneiders, Lo, zu Wort. Er schlug vor, dass jeder Tisch einen Neu-Schnabel-Schneider bekommen sollte. Ein geschulter Kellner führt vor, wie der Neu-Schnabel-Schneider funktioniert, und ein Auserwählter zerteilt dann alle Portionen an seinem Tisch mit dem Neu-Schnabel-Schneider. Das fördere auch das Zusammengehörigkeitsgefühl, meinte Lo.

Der Vorschlag fand Anklang. Aber warum nicht zehn Neu-Schnabel-Schneider an jedem Tisch? Weil dann jeden Abend zehn Neu-Schnabel-Schneider gestohlen würden, erklärte Lo. Bei seiner Variante nur einer. Im Übrigen hätte er, um den Kopierschutz zu gewährleisten, den Neu-Schnabel-Schneider als Patent angemeldet.

»Kopierschutz. In China.« Kopfschütteln. Dieser Lo wurde immer seltsamer, fand Lu.

Lu war es dann auch, der die Versammlung beendete. Es sei nun alles geklärt, meinte er und lag damit gar nicht so falsch. Der theoretische Ablauf war klar und musste umgesetzt werden.

Alle trainierten schon zwei Stunden später auf höchstem Niveau. Die Schnabel ihre Köchinnen. Der Quetschn-Joe seine Musiker und der Wutz seine Kellnerinnen und Kellner. Zufällig landeten alle nach diesem aufreibenden Tag im Wohnzimmer der alten Schnabel. Der Lo war auch wieder da. Er hatte neues Observationsmaterial aus Grinzing anzubieten.

Mit dem Drücken der Starttaste wartete Lo, bis alle Platz genommen hatten und mit Getränken versorgt waren. Salzstangen, fiel der alten Schnabel dann im letzten Moment noch ein. Die würden gut passen. Die allgemeine Erschöpfung war zu spüren, aber angenehm, sehr entspannt. Der Quetschn-Joe saß mit dem Li auf einem Sofa. Links und rechts davon zwei Fauteuils mit Wutz und der alten Schnabel. Der Lo saß am Boden und bediente den Beamer.

Es tat richtig gut. Man schrie vor Lachen. Diese Ullrich als heiße Braut war unbezahlbar. Die alte Schnabel wäre fast vor Lachen kollabiert. Sie kannte ihre notgeilen Pappenheimer seit Jahrzehnten und wusste, wie sie auf diesen erotischen Wühltisch reagieren würden.

Der Lo hatte die Observationsvideos auf unterhaltsame fünf Minuten zusammengeschnitten. Dafür gab's Applaus und ein Bussi von der alten Schnabel zum Abschied. Dass der Li, anders als der Lo, nicht nach rechts zur Treppe, sondern mit dem Quetschn-Joe nach links abbog, wurde zwar registriert, aber nicht kommentiert. Nur Lo dachte, dass die fortschrittliche Ein-Kind-Politik in diesem Fall wohl nicht greifen würde.

Dann waren es noch zwei Tage. Dann noch einer. Alle Abteilungen waren an ihre Leistungsgrenzen gegangen. Druck und Nervosität immens.

Den Abend vor dem Einmarsch des Investorenkonsortiums verbrachte man wieder bei der alten Schnabel. Lo hatte darum gebeten. In seinem Filmmaterial aus Grinzing sei eine Videosequenz, die er nicht verstehe und irgendwie beunruhigend finde. Lo hoffte, dass ihm die Einheimischen da weiterhelfen könnten.

Zu sehen waren ein alter Mann und eine alte Frau, die ebenfalls für die Detektei Ullrich arbeiteten. Das war recherchiert. Man sah die Eingangstür zum Häusler-Heurigen und dann, wie die beiden, also der alte Mann und die alte Frau, durch ebendiese Tür auf die Straße stürzten. Der alte Mann, der über Nacht erblindet sein musste – auf den letzten Aufnahmen konnte er noch sehen, wie Lo versicherte –, wurde von seiner Frau geradezu hinterhergeschleift, wobei er seinen Blindenstock in den Nachthimmel streckte. Warum tat er das nur?

Plötzlich blieb das seltsame Paar unter einer Straßenlaterne stehen, und der alte Mann machte sich an seinen Augen zu schaffen. Dabei half ihm seine Frau. Erst als die Kamera näher zoomte, war zu erkennen, dass sie ihm mit einer kleinen Schere ein Klebeband von den Augen schnitt. Obwohl der Ton sehr schlecht war, konnte man das Gezeter des Alten auch im fernen Boluo noch deutlich vernehmen.

»Keine Ahnung, Lo, was die da machen«, meinte der Wutz, und die alte Schnabel ergänzte: »Also, so finden die mich nie.«

10

»Die spinnen, die Chinesen!« Mit diesem Schlachtruf startete Quetschn-Joe in den Tag. Und schon tat es ihm leid. Neben ihm lag Li. Aber der nickte nur bestätigend, mit noch geschlossenen Augen, in sein Kissen.

Es war kurz vor sechs Uhr morgens und mit einem Mal Halligalli. Die Lieferungen trafen ein. Alles wurde auf den letzten Drücker geliefert. Wie in Österreich, meinte später die alte Schnabel. Teller, Stäbchen, Kostüme, Uniformen, Fleisch und … ach was, der Wahnsinn. An Schlaf war jetzt nicht mehr zu denken.

Kaum waren sie alle geduscht, klopfte es an der Tür. Die Uniform für den Wutz, die Kostüme für die Band und die alte Schnabel wurden an der Wohnungstür abgegeben. Mit Schneidern, die sofort die nötigen Anpassungen vornahmen. Man kam kaum zum Frühstücken. Eigentlich gar nicht.

Wutz trainierte mit seinem jetzt eingekleideten Personal sämtliche Abläufe. Neben den normalen Kellnertätigkeiten waren die Mitarbeiter auch an einer ausgeklügelten Choreografie beteiligt, die letztlich fast militärisch gebolzt wurde. Vom Wutz. Der hatte sich, nachdem die Schneider abgezogen waren, im Spiegel betrachtet. Diese Kellneruniform erinnerte ihn an Curd Jürgens als »Des Teufels General«. Aber er sah gut darin aus. Schneidig. Und als Spiegel – das sind die Zeichen auf den Revers von Uniformen – hatte er eine goldene Weinrebe auf grünem Samt. Heute Abend galt es. Fernsehsessel mit Überwachungstätigkeit in Boluo oder Arbeitsamt in Wien.

Eine Wohnung mit Tonstudio. Eine eigene Band mit super Musikern, ein super Gehalt und, allem voran, Li. Oder Arbeitsamt in Wien. So sah es für den Quetschn-Joe aus.

Für die alte Schnabel war es aufregend, aber nicht existenziell. Sie hatte auf den Aufnahmen vom Lo gesehen, wie ihr Sohn um sie geweint hatte. Das war schön. Hieß aber nicht, dass sie ihre selbst auferlegte Pflicht nicht bestmöglich erfüllen wollte.

Den ganzen Tag glich der Neu-Schnabel einem kontrollierten Irrenhaus. Es wurde gekocht, gehämmert, Formationen gedrillt und gleichzeitig die Ton- und Lichtanlage installiert. Das Servicepersonal wurde noch unter die, nach Geschlechtern getrennten, Duschen geschickt und erhielt dann die nagelneuen Uniformen. Als sie dann zur Eröffnung, denn das war es letztendlich, im Spalier die Gäste begrüßten, wehte eine Aura der Frische um die hoch motivierten Dienstleister.

Als Erster schritt der Vorstandsvorsitzende des Investorenkonsortiums nebst Gattin durch dieses wohlriechende Spalier aus perfekt sitzenden Uniformen mit freundlichen Gesichtern darüber.

Der Vorstandsvorsitzende des Investorenkonsortiums nebst Gattin war sprachlos, als er den zukünftigen kulturellen Mittelpunkt von Neu-Hallstatt betrat. Völlig bleich im Gesicht, gestützt von seiner Frau, ging er durch den Mittelgang bis zu seinem Tisch. Der stand, wie es sich für den Vorstandsvorsitzenden des Investorenkonsortiums geziemte, ganz vorne. Hinter sich spürte er, wie die anderen Gäste nachschoben. Und irgendwie abbremsten, wenn sie über die Schwelle traten und den Raum betraten.

Hier war nichts. Gar nichts. Das war eine Zweitausend-Quadratmeter-Halle mit nichts. Da waren Hunderte ordinäre Biertische mit ordinären Bierbänken. Viereckig, nicht rund, wie man es eigentlich erwarten sollte. Kahle weiße Wände. Sonst nichts. Endlich, der Vorstandsvorsitzende des Investorenkonsortiums hatte sich noch nicht mal gesetzt, obwohl es ihm alles andere als gut ging, betrat der letzte Gast diese kahle, deprimierende Halle.

Eine ganze Minute stand man noch unschlüssig und ratlos herum.

Der Vorstandsvorsitzende des Investorenkonsortiums zwang sich, in Anbetracht seiner Herzrhythmusstörungen, zur Ruhe, was ihm aber nicht recht gelingen wollte. Wo waren die Millionen geblieben, die er und sein Investorenkonsortium, dessen Chef er noch war, in die Errichtung eines gewinnträchtigen Vergnügungstempels gesteckt hatten?

Seine Gattin tätschelte ihm ganz unchinesisch und besänftigend die Hand. Sie spürte das Zittern, das seinen Körper erfasst hatte. Seine Gesichtsfarbe changierte langsam vom gewohnten Gelb zu alarmierendem Orange. Mit irrem Blick hielt er nach Lu Ausschau, der ihm dieses Desaster eingebrockt hatte. Ein finanzielles Desaster, das nicht zu kompensieren war. Selbst wenn man den Hauptverantwortlichen sämtliche Organe entnehmen und auf dem freien Markt veräußern würde, brächte das nur einen Bruchteil der in den Neu-Schnabel investierten Gelder.

»Datadám datadám datadám damdám!«, schallte es durch die Halle.

Und so, wie der österreichische Feldherr Josef Wenzel Radetzky von Radetz seinerzeit die Österreicher aus höchster Not rettete, erlöste der nach ihm benannte »Radetzkymarsch« nun den Vorsitzenden des Investorenkonsortiums aus dessen düsteren Zukunftsvisionen.

Da und da! Wohin zuerst schauen? Als Erstes flammte das Licht in der gläsernen Küche auf, wo die Köchinnen zwischen ihren Herden und Töpfen, wie in der Bewegung erstarrt, mit den Scheinwerfern um die Wette strahlten.

Doch noch ehe die Besucher mit erstaunten »Ahs« und »Ohs« zu den Trennscheiben laufen konnten, um sich eine bessere Sicht auf die Showküche zu erobern, krachte die große Mitteltür auf, und das Servicepersonal vom Neu-Schnabel marschierte zu den Klängen des mitreißenden »Radetzkymarsches« unter der Leitung von Wutz in seine neue Wirkungsstätte. Gleichzeitig verwandelte sich der Raum schlagartig in ein grelles, kitschiges und überwältigendes Wiener-Heurigen-Wunderland.

Die Mittelbühne mit Quetschn-Joe und seiner Mannschaft wurde in den Raum geschoben. Unter weißen Tüchern verborgene Wachsfiguren von Kaiser Franz Joseph und seiner Sisi wurden von unsichtbarer Hand enthüllt. Von der Decke schwebten überlebensgroß Johann Strauss und sein legitimer Nachfolger Falco. Das Wiener Riesenrad drehte in luftiger Höhe gemächlich seine Runden. Einem Kronleuchter gleich erstrahlte über den Köpfen der entzückten Chinesen ein riesiger Ball, der erst als Weltkugel und Sekunden später als Mozartkugel illuminiert war. Und dann fuhr die Neu-Schnabel-Bahn mit lautem Tut-tut, kleine Dampfwolken ausstoßend und altmodisch ratternd, in den Neu-Schnabel ein. Auf ihrer Ladefläche türmten sich mannshoch gestapelte Zehn-Liter-Weinfässer. Verführerisch flankiert von in zarte Weinblätter gehüllten Jungchinesinnen.

Die Einzugschoreografie von Li und Quetschn-Joe wurde mit Begeisterungsstürmen aufgenommen. Das bedrohliche Orange des Vorsitzenden des Investorenkonsortiums hatte sich, wenn auch nur allmählich, wieder beruhigend eingegelbt.

Auf ein Zeichen des Zeremonienmeisters, denn das beschreibt die Funktion, die Wutz während dieses Spektakels innehatte, am besten, spritzte das Servicepersonal geradezu auseinander, um jeden Tisch schnellstmöglich mit einem Weinfass zu versorgen. Lu, der es nun wagte, dem Vorsitzenden des Investorenkonsortiums unter die Augen zu treten, bat diesen auf die Bühne. Und so ganz blöd ist der Vorsitzende eines Investorenkonsortiums auch nicht, und so hielt er, anders als geplant, eine sehr kurze Rede. Instinktsicher erkannte er, dass den Leuten da unten nicht nach Reden, sondern nach Saufen war, und dem wollte er sich nicht entgegenstellen. Schließlich war das ja Sinn und Zweck des Neu-Schnabels.

Mit einem schallenden »Ganbei«, was wohl so viel wie »Prost« bedeutet, drehte er am Zapfhahn und ließ den Wein in sein Glas strömen. Endlich. Die Gäste taten es ihm sofort nach. Ohne danach noch weiter auf den Vorsitzenden des Investorenkonsortiums zu achten. Diesem versicherte Lu, dass das erst der Anfang eines epochalen original Wiener Heurigenabends sei und das Beste noch komme. Damit prosteten sie sich auf der Bühne feierlich zu. Was aber niemanden interessierte.

Lu begleitete dann den Vorsitzenden des Investorenkonsortiums von der Bühne. Dort wurde dieser von seiner Gattin mit einer Pille und einem Glas Wasser strahlend in Empfang genommen. Während sich die Gesellschaft nun am Rebensaft labte, mit einer Verbissenheit, die Wutz überraschte, war fast das gesamte Servicepersonal in Begleitung der Neu-Schnabel-Bahn abgegangen, um die Essensausgabe vorzubereiten.

Es war sein erster öffentlicher Auftritt. Er hatte, außer im privaten Rahmen, keinerlei Erfahrungen als Entertainer. Er hatte auch keinerlei pädagogische oder verkaufstechnische Erfahrungen. Und obwohl Lo das wusste, wagte er sich in die Höhle der Drachen. Jetzt war es so weit. Er würde den Neu-Schnabel-Schneider der Öffentlichkeit als Neu-Schnabel-Erfindung vorstellen und erklären. Darauf hatte Lo bestanden.

Lo hatte noch auf mehr bestanden. Zum Beispiel darauf, dass ihm das Investorenkonsortium pro Vorstellung fünfzig NEUSCHNABELSCHNEIDER abkauft, weil die ohnehin gestohlen werden. Dass alle Rechte am NEUSCHNABELSCHNEIDER bei ihm bleiben und dass er für die Vorstellung eine Neu-Schnabel-Uniform nach seinem Entwurf bekommt. Lu, der nicht vergessen hatte, wie ihm Los NEUSCHNABELSCHNEIDER den Hals aus der Schlinge gezogen hatte, stimmte dem allem natürlich zu. Zumal die Kosten dieser Bedingungen im Peanutsbereich lagen. Um es vorwegzunehmen: Es war ein Riesenerfolg. Der NEUSCHNABELSCHNEIDER bestimmte die nächsten zehn Minuten. Es war eine NEUSCHNABELSCHNEIDER-Show.

»Der NEUSCHNABELSCHNEIDER lässt uns teilhaben am original Wiener Schweinsbraten. Am Knödel. Der NEUSCHNABELSCHNEIDER eröffnet uns einen neuen kulinarischen Blick auf die Welt.«

Das war die Kernaussage, die Lo in unterschiedlichsten Variationen geschickt und durchaus charmant wiederholte. Die Bedienungsanleitung auf der Großbildwand hätten jeden Verkaufssender vor Neid erblassen lassen.

Was den etwas angeheiterten Puls der Heurigenbesucher jetzt schon in die Höhe trieb, war der Wettkampf, den Lo sich ausgedacht hatte. Die Idee zu diesem Wettkampf hatte er Li und Quetschn-Joe vorgetragen. Sie hatten sie geil gefunden und ihn bei der Umsetzung ehrlich unterstützt. Lieber schwul als gar nichts, hatte Lo sich da gedacht. Das Spiel war einfach, zielführend und unterhaltsam. Jeder Tisch musste einen NEUSCHNABELSCHNEIDER-SCHNEIDER auswählen und zwei NEUSCHNABELSCHNEIDER-JÄGER. Die Jäger hatten den Auftrag, die für ihren Tisch bestimmten Speiseplatten so schnell und unversehrt wie möglich an den Tisch zu bringen. Dort würde der NEUSCHNABELSCHNEIDER-SCHNEIDER den Schweinsbraten mit Knödel in Empfang nehmen und mit Hilfe des NEUSCHNABELSCHNEIDERS schnellstmöglich stäbchenkompatibel machen.

Lo moderierte enthusiastisch. Er verteilte auf der Bühne die NEUSCHNABELSCHNEIDER, wünschte jedem Glück. Die Neu-Schnabel-Bahn fuhr ein. Mit Tut-tut. Sie brachte langsam rollend die Speiseplatten. Nummeriert. Wutz achtete schon im Vorfeld auf übermotivierte NEUSCHNABELSCHNEIDER-JÄGER, sprach diese ruhig an und ermahnte sie zu asiatischer Ruhe.

Alles klappte wie am Schnürchen. Der NEUSCHNABELSCHNEIDER funktionierte. Die NEUSCHNABELSCHNEIDER-SCHNEIDER schnitten. Die Gäste aßen Schweinsbraten mit Knödel mit Stäbchen.

Es reicht. Ich weiß.

Wie geht's denn eigentlich der Ullrich und ihren Mitarbeitern?

Serienmörder

1

Warum alle dagegen waren, die Polizei einzuschalten, verstand die Gerti nicht. Es ging hier um Massenmord, nein, Serienmord, na, um Mord eben. Sie empfand das als höchst irritierend, erschreckend, dass drei Gruppeninspektoren die Kompetenz ihres eigenen Arbeitgebers beziehungsweise früheren Arbeitgebers in zwei Fällen mehr als in Frage stellten.

Na ja, ganz so war es ja nicht. Das Letzte, was wir aus Wien mitbekommen haben, war, dass Durben und Gerti ein Gespräch belauscht hatten, in dem der Lipo, der Hatzi und der Clibo überlegten, wie sie eine Vulva besser rausschneiden könnten, um den Fötus mehr zur Geltung zu bringen. Das Trio Infernale hatte auch noch von Blut gesprochen, das schön über die Wände gelaufen war. Man war bedient. Geschockt.

Durben und Gerti waren die Ersten in der Kaingasse. Durben hatte seinen Schlüssel zur Wache nie abgegeben. Hatte auch keiner danach gefragt. Egal. Durben setzte Kaffee auf, während Gerti es sich nicht hatte nehmen lassen, Wurstsemmeln zu kaufen, weil sie das beim »Kommissar Rex« so gesehen hat und nachvollziehbar fand.

Kruppa und Ullrich trafen praktisch gleichzeitig ein. Kaffee und Wurstsemmeln wurden dankend angenommen. Dabei las die Gerti ihre Mitschrift vom gestrigen Abend vor. Einhelliges Lob für ihre Standfestigkeit und Akkuratesse. Grausam. Wahnsinn. Was war zu tun?

So saßen sie also wieder in ihrer Wache. Das war gut, weil man hier den eigenen Gedanken nachhängen konnte, ohne dass jemand reinquatschte. Die Gerti störte das nicht, und die Gerti störte auch nicht. Sie hatte sich ins Fitnessstudio der Ullrich zurückgezogen, radelte auf dem Hometrainer und schoss auch auf Blumenmädchen.

In der Wachstube saßen Ullrich, Kruppa, Durben. Jeder auf seinem Stuhl und irgendwie in die Richtung gewandt, an der früher ihr Schreibtisch gestanden hatte. Ein *ausgeklügeltes* System. Keiner sieht jemanden, und keiner redet mit irgendwem. Einzelkämpfer. Nein, Einzeldenker. Jeder denkt darüber nach, was zu tun ist. Und jeder der drei denkt ganz anders. Also wird aus verschiedensten Richtungen gedacht. Lange.

Dem Durben sein Kaffee war schon kalt, als er wieder daran nippen wollte, und da beschloss er, seinen Plan vorzustellen. Genau in diesem Moment waren auch Ullrich und Kruppa zu ihrem jeweiligen Ergebnis gekommen und beschlossen, ihren Plan vorzustellen. Gleichzeitig. Das fanden sie lustig. Gott sei Dank.

Durben sollte anfangen. Er war ja schließlich ein Augenzeuge. Quasi. Durben schilderte noch einmal eindringlich das Grauen, das er und Gerti durchgestanden hatten. Er gab zu – hört, hört! –, dass seine Theorie über den chinesischen Serienmörder sich als nicht schlüssig erwiesen habe. Wobei, und das war dem Durben wichtig, gesagt werden muss, dass er immer auf einen Serienmörder gesetzt hatte. In der Nationalität hatte er sich vertan. Egal, Durben schlug vor, die Ballgasse 8 ab achtzehn Uhr zu überwachen.

Kruppa und Ullrich nickten. Sie waren zum gleichen Ergebnis gekommen. Würde man jetzt die Kollegen informieren, wäre das ein gefährlicher Zeitverlust. Fragen über Fragen wären zu beantworten, bevor da irgendwer Verantwortung übernimmt und seinen Arsch erhebt.

Heute Abend schon könnte das Trio Infernale wieder zuschlagen. Menschen quälen und schlachten. Vermutlich geschäftlich, perverse Videos für Perverse.

In diesem Haus würde es keine Morde mehr geben, das musste keiner aussprechen. Der Durben holte dann die Gerti vom Fitnessraum ab. Nach einhundertsiebenundsiebzig erschossenen Terroristen und elf getroffenen Blumenmädchen auf vier Kilometern war sie erschöpft. Ganz offensichtlich war sie wieder die Alte.

Es wurde streng nach Gelerntem geplant. Polizeiliche wie militärische Einsätze haben eine vorgegebene Struktur. Wer. Was. Wann. Wie. Wo. Das war sinnvoll, darauf bauten die drei Inspektoren ihren Einsatzplan auf.

Trotz heftigster Sicherheitsbedenken von Durben sollte die Gerti schon heute Abend unweit vom Hauseingang stehen und eine alte Amerikanerin mimen, die einfach so dasteht und auf ihrem Handy rumspielt. Ihr Auftrag: Die Haustür am Zufallen zu hindern. Durben und Kruppa würden dann als Rolltrupp nachstoßen, einen weiteren Doppelmord verhindern und die Mordsbrut ihrer gerechten Strafe zuführen.

Die Ullrich würde über das Handy vom Kruppa alles mithören und nur bei Bedarf eingreifen. Sie war ja in Uniform, also Staatsmacht. Aber, und das könnte rententechnisch ein Problem werden, ohne staatlichen Auftrag. Amtsanmaßung quasi. Man hatte sich aus folgender Überlegung für dieses brachiale Eingreifen entschieden: Was, wenn die Opfer sofort nach Betreten des Hauses ermordet wurden? Obwohl vieles dafür sprach, dass die Mörder ihre Opfer langsam und publikumswirksam meuchelten. Das Blut an der Wand, das so schön rinnt. Das lustige Kotzen. Der Fötus, der herausgeschält wird, um besser zur Geltung zu kommen.

»Halt! Alarm!« Durben brüllte in die bis dato angespannte, aber ruhige Arbeitsatmosphäre. Bei der Erwähnung der Details war Gerti eilig zur Toilette gelaufen. Jetzt schoss sie nebenan wieder auf Terroristen und Blumenmädchen.

»Was is denn? Was schreist denn so? Du machst alle ganz wuschig.«

Seit Jahren erschreckt mich der, immer ohne Grund, dachte der Kruppa verbittert. Sein Nervenkostüm, wen wundert's, war nicht das stabilste.

»Ab wann ist ein Fötus ein Fötus?«, wollte der Durben jetzt wissen.

»Gleich nachher«, antwortete die Ullrich ratlos auf diese typische Durben-Frage.

»Mitnichten! Erst ist es eine Zelle. Also ein Einzeller. Dann sind es zwei. Ein Zweizeller. Dann vier. Ein Vier...«

»Durben! Waaßt du, wie viele Zellen so ein Mensch hat? Wir haben nicht die Zeit, bis du beim Fötus angekommen bist. Was willst uns sagen?«

»Fast vier Monate dauert es, bis aus dem Einzeller erst ein Embryo und dann ein gestandener Fötus wird. Und, was ist nach diesen drei Monaten?«

Resigniertes Achselzucken.

»Die Trägerin muss zur Schwangerschaftskontrolle. Und da setzen wir an. Wo wurden diese Untersuchungen durchgeführt? Von wem? In diesem Umfeld müssen wir unseren Täter suchen. Wo ist die Gerti? Die soll schon mal alle Gynäkologen und Geburtskliniken raussuchen. Sie, Ullrich, schauen im Computer, ob da jemand einschlägig vorbestraft ist. Kruppa, wir beide gehen inkognito in die Kliniken und ermitteln verdeckt. Diese analytische Polizeiarbeit wird uns zum Täter führen. Früher oder später.«

Hatte Durben seine Strategie anfangs noch energisch vorgetragen, wurde er zunehmend immer leiser und entrückter. Jetzt saß er mit hängendem Kopf verloren auf seinem Stuhl und sah seine Mitstreiter mit leerem Blick an.

Ein Verständigungsblick zwischen Ullrich und Kruppa reichte. Die Ullrich stand wortlos auf und ging, um nach der Gerti zu schauen. Der Kruppa rückte seinen Sessel etwas näher und legte dem Durben beruhigend seine Hand auf den Unterarm.

»Durben, wir wissen, wer die Mörder sind. Die Opfer kennen wir nicht. Verstehst du? Geht's dir gut, Durben?« Da sich Durben farblich kaum noch von der schmutzig weißen Wand der Wachstube abhob, tippte Kruppa auf einen verschleppten Schock.

Behutsam half er seinem Kollegen auf und ließ ihn sanft zu Boden gleiten. Er legte ihn auf den Rücken, Durbens Beine hob er auf die Sitzfläche des Sessels. Erste Hilfe bei Schock, um die Durchblutung des Gehirns zu fördern. Das hatte das Gehirn vom Durben dringend nötig.

Unterzuckert. So lautete die Diagnose von der Ullrich, und sie sollte recht behalten. Nachdem sie die Gerti erst entwaffnet und dann vom Hometrainer gezogen hatte, stellte sich heraus, dass Gerti und Durben seit den Ravioli gestern Mittag nichts mehr gegessen und getrunken hatten. Vergessen, meinte die Gerti. Gierig trank die Gerti dann das eilig verabreichte Wasser. Ihr war gar nicht aufgefallen, wie durstig sie gewesen war.

Dann wollte man sich um den dehydrierten Durben kümmern, was sich aber als kompliziert herausstellte. Beim Durben stellt sich immer alles als kompliziert heraus. Er lag auf dem Rücken am Boden der Wachstube, die Beine auf dem Sessel und dozierte mit leiser, aber eindringlicher Stimme. Er schien nicht zu bemerken, dass er auf dem Boden lag. Durben sprach und gestikulierte, als würde er an einem Konferenztisch sitzen.

»Gerti, such schon einmal die Nummern von allen Wiener Hebammen raus. Ich geh zu den Chinesen. Die haben da öfter Serienmörder mit getrocknetem Straußenfleisch. Und Sie, Kruppa, kaufen sich endlich was Gescheites zum Anziehen.«

Resolut flößte die Gerti jetzt ihrem Wolfi ein Glas kaltes Wasser ein. Das zeitigte sofort Wirkung. Wie aus einem Traum erwachend, stand Durben leicht benommen auf, setzte sich auf seinen Stuhl und verkündete, als ob nichts gewesen wäre: »So machen wir es. Gerti hält die Tür auf. Wir stürmen das Haus und machen die Bestien unschädlich. Ullrich hält uns den Rücken frei. Ich habe Hunger.«

»Ravioli?«

»Sehr gerne. Mit Basilikum und frischem Parmesan.«

2

Li hatte Tränen der Rührung in den Augen. Ihr Konzept war voll aufgegangen. Der Neu-Schnabel kochte. Die Leute waren begeistert. Die Neu-Schnabel-Schneider, keine Angst, hatten ihren Zweck erfüllt. Der Schweinsbraten mit Serviettenknödel war eine Geschmacksexplosion. Die Musiker kurvten auf der Neu-Schnabel-Bahn um die Gäste und bespielten sie mit alten und neueren Hits aus Wien und dem Land des Lächelns. Nach nur einer Stunde war der Quetschn-Joe zum Liebling der Chinesen avanciert.

Ein toller Musiker. Ein schöner Mann, dachte Li und verdrückte noch ein Tränchen.

Lu saß am Tisch des Vorsitzenden des Investorenkonsortiums. Er durfte an dessen Tisch sitzen. Erst nachdem sich der Vorsitzende des Investorenkonsortiums von der Qualität des Schweinsbratens und des Weines, von dem er nicht viel verstand, überzeugt hatte und auch an den Showeinlagen Gefallen fand, hatte er sich suchend umgesehen und Lu gönnerhaft zu sich gewunken. Das kam einem Ritterschlag gleich.

Zusammen verfolgten sie jetzt amüsiert, aber auch durchaus gespannt die Wettkämpfe auf der Hauptbühne. Gerade lieferten sich zwei verdiente Mitglieder des Investorenkonsortiums ein spannendes Duell im Knödelessen. Ziel war es, in möglichst kurzer Zeit möglichst viele Semmelknödel zu verspeisen. Mit Stäbchen. Immer wieder fiel der Knödel. Immer wieder spritzte die überreichliche Soße. Die beiden Kontrahenten sahen aus wie Sau. Das Publikum johlte. Obwohl ihn diese Szenerie schmerzlich an seine erste Begegnung mit einem Semmelknödel erinnerte, genoss der Vorsitzende des Investorenkonsortiums diesen publikumswirksamen Wettstreit. Bei jedem Knödelabsturz, dem unweigerlich eine Soßenwelle folgte, haute er dem Lu begeistert auf die Schulter.

Die würde morgen sicher blau sein. Aber besser eine blaue Schulter als komplett blau in einem brot- und wasserlosen Kerkerloch, dachte Lu.

Lo stand im alten Teil vom Neu-Schnabel am Verkaufsstand seines Neu-Schnabel-Schneiders. Drei Stück hatte er bis jetzt verkauft. Das hatte Lo in etwa so erwartet. Lo wusste, die wichtigsten Attribute des Jungunternehmers sind Geduld und Beharrlichkeit. Seine innovative Erfindung, davon war Lo überzeugt, würde, vom Neu-Schnabel ausgehend, ihren Siegeszug über ganz Asien antreten. In drei, vier Jahren, so schätzte Lo, würde es in diesem bevölkerungsreichen Stäbchenlandstrich keinen Haushalt ohne Neu-Schnabel-Schneider mehr geben. Er war ein gemachter Mann. So viel stand fest. Ob dieser strahlenden Zukunftsaussichten war Lo bester Stimmung. Die sollte ihm aber schon eine Stunde später gründlich vergehen.

Aber der Reihe nach.

Geboren und aufgewachsen war Lo in Jin Ji Cun. Ein besseres Dorf sechs Kilometer nördlich von Huizhou, wo er inzwischen an der Hochschule inskribiert war. Natürlich war er ein Einzelkind. Geliebt und wohlbehütet. Sein liebster Spielkamerad damals und sein bester Freund heute war Zhe. Zhe hatte die ebenso reizende wie vermögende Beixing geheiratet, mit ihr eine Tochter gezeugt und in Huizhou vor

Kurzem ein Reisebüro eröffnet. Das war auf internationale Seniorenreisen spezialisiert.

Völlig aufgelöst hatte Zhe gestern Abend Lo angerufen und ihn dringend um seine Hilfe gebeten. Zhe war ratlos. Er hatte für eine Gruppe von acht Senioren aus Österreich eine Hongkong-Reise organisiert, die Herrschaften am Flughafen in Empfang genommen und zu ihrem Hotel gebracht. Bezahlt wurde in Euro. Es war sein Durchbruch auf dem chinesischen Seniorenreisemarkt. Dachte Zhe. Und jetzt das! Die Alten wollten weg aus Hongkong. Besser gleich als später. Das hatte ihm der Reiseleiter am Telefon mitgeteilt. Die Alten wollten weg, weil sie in Hongkong keine Luft bekämen. In Hongkong bekommt niemand Luft, das weiß man. Man warf Zhe vor, er hätte das explizit erwähnen müssen. Man drohte mit Abreise, Klage und was weiß ich. In seiner Not erinnerte sich Zhe an seinen Freund Lo, der in Neu-Hallstatt einen Job gefunden hatte. In Neu-Hallstatt, dem chinesischen Nonplusultra in Sachen guter Luft. Vielleicht könnte man diese Reisegruppe dahin verfrachten, damit sie an ihren völlig überschätzten Sauerstoff kämen.

Und Lo half. Er organisierte die Unterkunft und versprach, gegen ein kleines Salär, auch für die Unterhaltung zu sorgen. Und so erlebten jetzt acht abenteuerlustige Wiener Pensionisten die inoffizielle Eröffnung des Neu-Schnabels. Lo hatte sie kurz nach Beginn der Veranstaltung zu einem der hinteren Tische geführt. Natürlich waren die betagten Langnasen aufgefallen, aber wirklich keiner der Investorenchinesen hatte nachgefragt, geschweige denn sich darüber mokiert. Die Wiener waren mehr als zufrieden. Sie bekamen Schweinsbraten, Wein und Luft. Wobei ihnen die Einfahrt in den Ort Letztere erst mal genommen hatte.

»Na, des glaub i net, des is Hallstatt! Da war i scho. Hallstatt in China. Des glaubt mir z' Haus kaaner. Schauts, der Hallstätter See. Schee. Und die Luft, herrlich.«

Kurzum, man war bester Stimmung. Das Reisebüro Zhe konnte man zu Hause getrost weiterempfehlen. Die Inga, wie die Frau Mülleder von allen genannt wurde, hatte sogar einen Neu-Schnabel-Schneider erstanden. Als Andenken, wie sie meinte, denn auch sie bezweifelte, dass sie des Glumpert jemals brauchen würde. Der Verkäufer hatte sie beeindruckt. Ein sehr junger, sehr charmanter Chinese, der sie verstand. Also Deutsch konnte. Dieser Umstand hatte ihren Ankauf entscheidend beeinflusst.

»Bei uns daham in Floridsdorf können die zwanzgjährigen Tschuschen noch immer kein Deutsch. Obwohl s' schon seit sechzig Jahr da san.«

Für Inga und ihre Reisegefährten war dieses Neu-Hallstatt im Moment der Himmel auf Erden. Der weite, lange Sprung von Wien in den luftleeren Moloch Hongkong und ein kleiner Hupfer nur in den Neu-Schnabel. Schon beim Betreten des Lokals hatte sich Inga gefühlt wie Alice im Wunderland. Der Heurige kam ihr bekannt vor. Der Geruch von Wein und Schweinsbraten löste Kindheitserinnerungen aus. Der eigentliche riesige Gastraum erinnerte sie ans Münchner Hofbräuhaus. Aber dort hingen nicht Johann Strauss und Falco von der Decke. Dort spielte man auch nicht den »Radetzkymarsch« im Angesicht vom Kaiser und seiner Sisi. Ihren Gefährten ging es nicht anders. Sie waren alle schmähstad. Sprachlos.

Das gab sich nach dem dritten Viertel. Das Knödelduell auf der Bühne wirkte völkerverständigend. Man brüllte vor Lachen. Gemeinsam. Der Wiener an sich ist gesellig, und so wurde das erste zaghafte Winken eines Chinesen als Einladung interpretiert, und schon saßen die Wiener Rentner auf zwei Tische verteilt unter entzückten Chinesen. Die anfänglichen Sprachschwierigkeiten hatten sich nach dem nächsten Viertel quasi in Luft aufgelöst.

Dann betrat ein alter Chinese die Bühne und begann zu

reden. Der war scheinbar wichtig, weil die Chinesen zur Ruhe mahnten, obwohl sie selbst verstohlen kicherten. Verbeugung. Applaus. Abgang. Leinwand.

Der Saal verdunkelte sich, die Musik verebbte in einem zarten Geigenton. Im Gegenzug erschien auf der Leinwand das Kochvideo mit der alten Schnabel in der Hauptrolle. Der Begleittext war zwar chinesisch, aber das Wort »Schnabel« hatten alle verstanden. Auch die Inga.

»Des is die alte Schnabel. An die kann ich mich noch erinnern. Ich weiß nicht, wie lang des her is. Sicher fünfzig Jahr. Da is die Schnabel schon hinter der Budel gestanden und hat ihren Schweinsbraten verkauft. Jetzt weiß ich es wieder. Der Schweinsbraten! Der Geruch hier. Wie damals beim Schnabel in Grinzing.« Das alles hatte Inga sowohl ihren Gefährten als auch den umsitzenden Chinesen ganz aufgeregt mitgeteilt. Die lächelten und nickten höflich.

In der nächsten Einstellung sah man, wie die alte Schnabel feldherrengleich die Küche betrat. Die Oberköchin erstattet militärisch Meldung. Die Köchinnen stehen stramm im Spalier und präsentieren ihre Schweinsbraten. Die alte Schnabel schreitet die Reihen ab und begutachtet jeden einzelnen Braten. Dazu riecht sie an ihm, testet über Daumendruck seine Konsistenz und kontrolliert mit einem Bratenthermometer die Kerntemperatur.

Da, ein Braten genügt wohl nicht den hohen Ansprüchen. Verärgert zeigt die alte Schnabel anklagend auf den Braten. Sogleich ist die Oberköchin zur Stelle, nimmt der sichtlich verstörten Jungköchin den Braten samt Tablett aus der Hand und wirft alles in einen überdimensionalen Mülleimer. Dann lässt die gestrenge Oberköchin die Versagerin vortreten und haut ihr mit ihrem riesigen Kochlöffel, der in seinen Ausmaßen an einen Baseballschläger denken lässt, zweimal auf die ausgestreckten zarten asiatischen Händchen. Nun tritt die alte Schnabel auf die vor Schmerz und Scham heulende Jungköchin zu, nimmt sie tröstend in ihre Arme und schaut dabei weise und milde in die Kamera. Dazu spricht eine weise und milde Stimme aus dem Off: »Konfuzius sagt: Einen Fehler machen und ihn nicht korrigieren – das heißt wirklich einen Fehler machen.« Langer, anhaltender Applaus. Die schludrige Jungköchin aus dem Video war auch eingeladen worden und applaudierte. Mehr so gestisch, da ihre Hände zum Teil verbunden und zum Teil vergipst waren.

Jetzt betrat Lu die Bühne. Auf der Leinwand hinter ihm war der Schnabel-Heurige in Grinzing zu sehen. Er schwadronierte über die steigenden Immobilienpreise. Die Kultur. Die Luft. Die ungeheure Leistung des Investorenkonsortiums, wobei er seine Leistung meinte. Das übliche Blabla. Als er endlich ausschwadroniert hatte, gab er dem Wutz, also dem Wiener Zeremonienmeister, ein Zeichen. Der Wutz klatschte zweimal würdevoll in die Hände. Die Leinwand flutschte nach oben weg, der Quetschn-Joe und seine Schrammeln spielten »We Are the Champions«, und die alte Schnabel stand mit einem Schweinsbratentablett im Spot unter einem Konfettiregen mitten auf der Bühne. Der Saal tobte. Es gab Standing Ovations, selbst der Vorsitzende des Investorenkonsortiums erhob sich mühsam, als er bemerkte, dass sich alle um ihn rum ehrerbietig erhoben hatten.

Die Inga war baff. »Des is die alte Schnabel. Aus Grinzing. Leibhaftig. Das ist sie!«

Es ist schwer in Worte zu fassen, was da eigentlich genau geschah. Ausgangspunkt war zweifelsfrei die Inga. Sie wollte sich der alten Schnabel gegenüber unbedingt als Kindheitserinnerungsfan outen. Ihr die Hand drücken. Ein Selfie machen.

»Frau Schnabel. Frau Schnabeeeel!«, brüllte die Inga auf ihrem Weg zur Bühne, aber gegen den Freddie Mercury und den Quetschn-Joe hatte sie keine Chance. Zumal die alte Schnabel jetzt am Bühnenrand stand und von ihrem Tablett

Schweinsbratenstücke an die inzwischen völlig enthemmten Chinesen verteilte. Irrational. Als würde der Papst irgendwo spontan eine Runde Hostien ausgeben.

Heroisch warf sich Inga nun in diese Mauer aus blauen Anzügen, die sie von ihrem Idol trennte. Geschickt nutzte sie jede sich auftuende Kleinstlücke, um Raum zu gewinnen. Dabei verlieh sie ihrem Kampfeswillen lautstark Ausdruck. »Frau Schnabeeeel!« Das war ihr Schlachtruf. Der Wutz erkannte die drohende Gefahr als Erster. Er sah, wie sich eine ältere, groß gewachsene, hagere Frau mit grauem Bürstenhaarschnitt beharrlich nach vorne kämpfte. Keine Chinesin. Wer war das? Sie schrie irgendwas. Wutz meinte »Schnabel« von den Lippen zu lesen.

Wer war das? Wie kam die hier rein? Was soll ich machen? Diese Gedanken gingen dem Wutz jetzt durch den Kopf. Wegen irgendwelcher Urheberrechte durfte absolut nichts über den Neu-Schnabel nach draußen dringen. Er war Zeremonienmeister, musste er jetzt eingreifen? Keine Ahnung. Der Quetschn-Joe, respektive der Mercury, war fertig. Und jetzt war es überdeutlich zu hören. »Frau Schnabeeel!«

Erschrocken schaute die alte Schnabel auf Inga, die sie anstrahlte, die lästigen blauen Anzüge beiseiteschob und sich ihr wie eine alte Freundin beschwingt näherte. Die alte Schnabel bekam Angst. Sie kannte diese Frau nicht. Wer war das? Wie kam die hierher? Die kennt mich. Urheberrechte! Die alte Schnabel haute einfach ab. Sie klemmte sich das fettige Tablett unter den Arm und verschwand.

Li und der Quetschn-Joe eilten ihr hinterher, während Wutz, die Inga fest im Blick, langsam von der Bühne auf sie zuging. Die Stimmung war so was von gekippt. Langsam schnallten auch die Investoren des Investorenkonsortiums, dass von dieser Frau eine ungeheure Gefahr ausging. Die blauen Anzüge, die Inga vorhin so locker zur Seite geschoben hatte, kamen näher. Ihr Blick war voller Hass und Verachtung.

3

Kein Wein. Kein Bier. Kruppa hatte Kaffee bestellt. Das zeigt, unter welch ungeheurem Druck die Mitarbeiter der Detektei Ullrich standen. Durben war nach den Ravioli und einer Siesta wieder in Form. Die Gerti sah cool aus. Retro. Violette Perücke. Großkariertes Kleid bis knapp übers Knie. Die demonstrationsgestählten Waden der Gerti konnten sich noch immer sehen lassen. Halbhohe Lackschuhe. Strass-Sonnenbrille und ein Smartphone in ansprechender Ummantelung.

Es war achtzehn Uhr. Sie saßen am äußersten Tisch im Schanigarten vom Restaurant Blumenstock. Entfernung zum Hauseingang zwanzig Meter. Machbar. Der Kruppa würde aufgrund seines Trägheitsmoments etwas länger brauchen, aber der hurtige Durben würde dieses Manko locker ausgleichen.

Konkret stellte sich ihnen die Frage, ab wann und bis wann die Gerti als verpeilte Amerikanerin vor dem Hauseingang stehen sollte. Kruppa mochte sich das gar nicht vorstellen, drei Stunden gespannt auf einem Fleck zu stehen. Dem Durben ging es genauso. Die Gerti trank ihre Apfelsaftschorle aus und ging einfach los. Zwei Meter vor dem Hauseingang zur Ballgasse 8 holte sie ihr Smartphone aus der Ummantelung und begann darauf rumzudrücken. Kurz darauf schlenderte eine Polizeistreife durch die Gasse. Ruhig und ziellos. Das war die Ullrich. Um zweiundzwanzig Uhr brach man die Aktion ab. Leider, oder Gott sei Dank, war niemand gekommen.

Dem Wirt vom Blumenstock blieb dieser Abend in Erinnerung. Zwei Tische waren über vier Stunden besetzt. An einem Tisch saßen zwei alte Männer und eine schräge alte Frau. Dann stand diese alte Frau vier Stunden vor dem Hauseingang zur Ballgasse 8. Am anderen Tisch saß ein junges asiatisches Pärchen. Unauffällig. Auch vier Stunden.

4

Mit einer Mischung aus Angst, Wut und großem Unverständnis stand man sich vor der Bühne des Neu-Schnabels gegenüber. Eigentlich war es mehr eine Wagenburgkonstellation, wie man sie aus alten Western kennt. Die Wiener Rentner, aus denen die Inga wie ein Leuchtturm herausragte, belagert von den Mitgliedern, Freunden und Unterstützern des Investorenkonsortiums. Auch sprachlich traf der Wagenburgvergleich durchaus zu. Wie seinerzeit die Indianer die Siedler nicht verstanden, so verstanden jetzt die Chinesen die Wiener nicht. Und umgekehrt natürlich. Und wie immer in so heiklen Konstellationen gab es einen, der die Situation fast zum Eskalieren brachte. Der Kubelka, ein ehemaliger Facility-Manager, also ein pensionierter Hausmeister, hatte dem Wein schon ausgiebigst zugesprochen. Sechs Viertel hatte er bis dato runtergekippt, obwohl er nach jedem Schluck versicherte, dass des Gschloder nicht zum Dersaufen wäre.

Bekanntlich wirkt ja Dämon Alkohol bei jedem anders. Manche werden melancholisch, andere aggressiv. Der Kubelka wurde einfach nur blöd. Mit geradezu kindlicher Freude hatte er entdeckt, dass die Chinesen immer dann heftig reagierten, wenn jemand das Wort »Schnabel« aussprach. Hatten sich die Emotionen wieder einigermaßen beruhigt und das Unverständnis gegenüber Angst und Wut die

Oberhand gewonnen, grölte er ein herzhaftes »Schnabeeel!« in die Runde, worauf die Emotionen sofort wieder hochkochten. Dann hatten die Mitglieder des Investorenkonsortiums größte Mühe, ihre Gattinnen, die drauf und dran waren, zum Angriff überzugehen, im Zaum zu halten. Ehe die Situation völlig aus dem Ruder lief und womöglich in Gewalttätigkeiten ausuferte, betrat, Gott sei Dank, Li die Szenerie. Gemeinsam mit dem Quetschn-Joe hatte er die alte Schnabel wieder eingefangen. Zu dritt standen sie jetzt auf der Bühne und betrachteten entsetzt das Chaos, das sich ihnen bot.

Beherzt – schließlich war er der Geschäftsführer – sprang Li von der Bühnenrampe zwischen die Fronten und begann mit seiner zweisprachigen Vermittlertätigkeit. Das Ergebnis konnte sich sehen lassen. Da schnell klar wurde, dass niemand böse Absichten hegte, einigte man sich auf folgenden Kompromiss: Die Wiener mussten garantieren, dass sie in den nächsten zwei Tagen keinerlei Außenkontakte aufnehmen würden. Zu niemandem. Auch ihre Handys mussten sie abgeben. Im Gegenzug würde ihnen das Investorenkonsortium für diese beiden Tage alle Ausgaben erstatten. Hotel, Ausflüge, Pekingente. Alles eben. Außerdem würde das Investorenkonsortium sie alle gerne zur offiziellen Eröffnung des Neu-Schnabels als Ehrengäste begrüßen. »Passt«, meinten die Wiener.

Einzig der Kubelka störte durch seine besoffenen »Schnabel«-Rufe immer wieder die ohnehin schwierigen Verhandlungen. Dem konnte der Zeremonienmeister Wutz entgegenwirken. In der Sprache der Wiener Facility-Manager übte er Druck auf den unbelehrbaren Kubelka aus: »Halt die Goschen, oder i hau dir aufs Aug, dass d' mit deine Eier Klickklack spülst.« Das kam an. Endlich schien der Kubelka den Ernst der Lage erfasst zu haben.

Was sich allerdings nicht aufklären ließ, war die Frage, wie die Wiener Rentner überhaupt in den Neu-Schnabel gekommen waren. Dafür hatte Li gesorgt, um seinen Kommilitonen Lo zu schützen. So verheißungsvoll der Abend begonnen hatte, so unbefriedigend ging er zu Ende. Trotzdem zeigten sich die Investoren überzeugt, dass der Neu-Schnabel die erhoffte Rendite einspielen würde. Und darauf kam es ihnen letztendlich an.

5

Die Stimmung im Wohnzimmer der alten Schnabel war gedrückt. Nachdem man dem Lo einhellig versichert hatte, was für ein Volltrottel er doch sei, saßen alle in Gedanken versunken um den kleinen Biedermeiertisch herum. Eigentlich eine sehr gelungene Premiere. Essen, Trinken, Musik und Showeinlagen, alles ein großer Erfolg. Auch die Neu-Schnabel-Schneider hätten super funktioniert und großen Anklang gefunden, verkündete Lo, um auch seinen Anteil am Erfolg ins rechte Licht zu rücken. Man ignorierte ihn. Doch so leicht gab ein Lo nicht auf. Einen Pfeil hatte er noch im Köcher.

»Liebe Frau Schnabel. Ich habe neues Material für Sie. Ganz frisch. Von heute Abend. Gerade aus Wien reingekommen. Da braut sich was zusammen, das kann ich Ihnen sagen.«

Demonstrativ uninteressiert rückte man die Sessel doch in Sichtrichtung aus. Die Bildqualität auf der Wohnzimmerwand war von erster Güte. Man sah, wie die drei Mitarbeiter der Detektei Ullrich in einem Schanigarten saßen. Dann konnte man beobachten, wie die alte Frau, die äußerst seltsam gekleidet war, aufstand und ein paar Meter weiter vor einem Hauseingang stehen blieb und in ihr Smartphone tippte. Kurz darauf streifte die Ullrich wie zufällig durchs

Bild. In Uniform. Dabei gab sie vor, ihre Mitarbeiter nicht zu kennen.

Das eigenwillige Verhalten dieser Chaostruppe, die eigentlich den Auftrag hatte, die alte Schnabel zu finden, sorgte trotz gedämpfter Stimmung für Heiterkeit. Besonders das extravagante, um nicht zu sagen bescheuerte Outfit der alten Dame löste kurzfristig sogar ein befreiendes Gelächter aus. Die Betonung liegt aber auf »kurzfristig«. Lange dauerte es nämlich nicht, bis Wutz erkannte, wo sich die Privatdetektei Ullrich versammelt hatte. Und diese Erkenntnis zog ihm den Boden unter den Füßen weg.

»Spul zurück, Lo, zurück!«, platzte Wutz in die allgemeine Heiterkeit. Das irritierte. Wutz war in den letzten Tagen so etwas wie der Fels in der Brandung gewesen. Die Hektik, der immense Eröffnungsdruck, ja selbst der Zwischenfall mit den Wiener Rentnern, wirklich nichts schien ihn aus der Fassung zu bringen. Immer höflich, korrekt und souverän. So schätzte man den Wutz.

Und jetzt saß er kreidebleich, die Fäuste auf den Knien geballt, leicht zitternd und schwitzend, vornübergebeugt auf seinem Stuhl und starrte mit verengten Pupillen auf die Bilder aus Wien.

»Da! Des is die Ballgasse 8! Des sind meine Freund. Was wollen die da? Ich versteh des net.«

»Ich glaub … spul noch weiter zurück, Lo. Langsam.« Die alte Schnabel war jetzt voll dabei. Irgendwie waren das ja auch ihre Detektive. »Stopp! Da! Was seht ihr?« Die alte Dame hatte etwas gesehen, was die anderen nicht gesehen hatten. Darauf war sie zu Recht stolz.

»Ich glaub's net! Der ist bewaffnet! Die sind bewaffnet!« Wutz war alarmiert.

Als Durben über die Schulter nach der Gerti schaute, blies ein Lüftchen seine fadenscheinige Windjacke zur Seite und legte dabei sein prall gefülltes Schulterhalfter frei.

Kruppa in Wien war nicht weniger entsetzt als der Wutz im fernen China. Durben und Waffen. Ein Trauerspiel, aber das konnte der Wutz nicht wissen.

»Schaut fast aus wie ein Überfall«, konstatierte der Quetschn-Joe, und keiner widersprach.

»Was machen deine Freunde in dem Haus?«, wollte der Li wissen.

»Eh nix.« Lange Pause. »Die haben da ein illegales Gruselzimmer für reiche Leute. Eine bessere Geisterbahn. Ohne Baugenehmigung, ohne Steuern. Grenzwertig. Aber meine Freunde sind keine Verbrecher. Und da is ja auch nix. Kein Geld, keine Werte, nix Illegales. Nix.« Der Wutz war … ja, so kannte man ihn gar nicht. Verzweifelt, hilflos, in Angst um seine Freunde. Wer hätte das nicht verstanden? Mit dem Verständnis war dann aber recht schnell Schluss, als der Wutz seine Freunde anrufen wollte. Da musste der Li, er war schließlich auch der Geschäftsführer vom Neu-Schnabel, um Verständnis ringend abwinken.

»Ich weiß nicht, ob meine Freunde noch leben, und ich darf da nicht anrufen, weil ihr irgendwelche Scheißurheberrechte beachten müsst?«

Damit war der Wutz natürlich noch lange nicht zu Ende. Ich erspare uns das aber, weil es das Wörterbuch der Dummen nur um einige diskriminierende und rassistische Vokabel erweitern würde.

An dieser Situation sah man wieder, wie wichtig es ist, dass die Menschen herumkommen. Wäre der Li nämlich vorher nicht so lange in Wien gewesen, dann wäre er nach diesen Ausfälligkeiten ernsthaft wütend geworden. Aber so fühlte, wusste er, dass Wutz das nicht so meinte. Der schlug verzweifelt um sich.

Es war nach der Rentnergeschichte schon der zweite Kompromiss an diesem Abend.

Lo hatte die Umsetzung in die Hand genommen, und Lo

lieferte. Schon zwanzig Minuten nach seinem Telefonat mit Wien konnte er stolz vermelden: »Das Pärchen vom Video macht es. Die beiden haben das Gruselzimmer für morgen um neunzehn Uhr online gebucht und sofort mit Kreditkarte bezahlt. Soeben kam die Buchungsbestätigung. Das Ei platzt aus allen Nähten.«

Etwas mehr Belobigung hatte sich Lo nach dieser organisatorischen Großleistung schon erwartet. Einzig Li signalisierte einen Doppeldaumen.

»Was sollen jetzt die Chinesen, sorry, das Pärchen, meinen Freunden sagen?«, fragte Wutz in die Runde. Es war eine Bitte an die Runde. Wutz war definitiv überfordert, sowohl psychisch als auch intellektuell.

Es entspann sich eine recht wirre Diskussion darüber, was man sagen könne und was nicht. Wutz. Aufenthaltsort. Urheberrechte. Nur noch zwei Tage.

Wutz verfolgte die hitzige Diskussion schweigend. Hin- und hergerissen. Die Diskussion verebbte, und Li verkündete das Ergebnis.

»Unsere Mitarbeiter werden nach Betreten der Geisterbahn sofort den Herrn Hatz ansprechen und sich als Botschafter vom Herrn Wutz zu erkennen geben. Die Botschaft lautet: ›Ihr werdet beobachtet. Vorsicht. Schaut euch den Film an. Ihr dürft keinem sagen, dass ihr von mir gehört habt. Keine Fragen. Bis bald.‹ Der Herr Hatz bekommt den Stick mit dem Film und weiß Bescheid. So machen wir es. Wutz, was meinst du?«

»Ja, wenn ihr alle meint, dann machen wir es so.«

Überfall

1

»Hätten wir gestern schon eure Kollegen angerufen, dann wären wir heute mehr.«

Die Gerti hatte recht, und die Gerti hatte unrecht. Die drei Gruppeninspektoren Durben, Kruppa und Ullrich hatten gestern nicht wissen können, dass für diesen Tag kein Mord geplant war und somit genügend Zeit gewesen wäre, die Kollegen zu informieren. Mit allen damit zusammenhängenden Fragen. Wir hatten das schon. Die Situation heute war nicht schlechter, nicht besser, eigentlich identisch. Und auch jetzt hatten sie keine Zeit für Fragen.

»Und morgen? Wenn heute wieder kein Mord geplant ist? Dann ist es morgen wie heute und gestern.« Sartre? Nein, Gerti. Die Gerti hatte recht und unrecht. Wie gehabt. Das morgendliche Treffen im Posten Kaingasse war der Ort und die Zeit, sich ab- und auszusprechen.

Und wieder war es die Gerti, die eine ungeheure und beschämende Wahrheit aussprach.

»Hoffentlich haben die Mörder für heute ihren Mord geplant, sonst kommen wir nicht mehr zur Ruh.«

Über seine Bewaffnung ließ der Durben nicht mit sich reden. Das war zwar ein zusätzliches Unsicherheitsmoment, in Anbetracht der Gesamtlage aber auch schon wurscht. Uhrenvergleich. Dienstantritt achtzehn Uhr Blumenstock. Fragen? Keine. Abtreten. Danke.

Neun Stunden waren es noch bis zum Dienstantritt um achtzehn Uhr. Die Ullrich musste aufpassen, nicht zu viel Ritalin einzuwerfen. Der Kruppa durfte nicht versuchen, seine Angst wegzusaufen.

Der Durben versuchte, sich in der Küche auf seinen nächsten Vortrag »Von der Friedenstaube zur Scheißtaube« zu konzentrieren, während die Gerti im Wohnzimmer stampfend revolutionäre Arbeiterlieder untermalte. Jeder geht anders mit Stress um.

2

Wie lange war das her, dass Clibo und Hatzi gerne zur Arbeit gegangen waren. Im Kindergarten, da waren sie sich schnell einig. Als sie gestern am frühen Abend von der Bestellung informiert wurden, hatten sich beide gefreut. Erstens kam wieder Geld rein, und zweitens machte es inzwischen verdammt viel Spaß. Zwei Monate noch bis zum Turning Point. Dann wäre alles abbezahlt und die Ernte fällig.

Clibo erreichte die frohe Botschaft im Schweizerhaus-Biergarten, dem Stammlokal seiner Schaustellerkollegen vom Prater. Er gehörte nicht mehr dazu. Hatte vielleicht nie dazugehört. Man ließ es ihn nicht spüren, aber er spürte es trotzdem. Es war ihm egal. Er hatte die geilste Geisterbahn ever. Der Gentleman genießt und schweigt.

Die Abende beim Häusler waren lustig. Die Geschäftspartner vom Feinsten. Clibo ging's gut wie schon lange nicht mehr.

Dem Hatzi auch. Den erwischte die Bestellung, als er gerade rücklings unter dem Bett des Schreckens lag und daran herumschraubte. Der Anruf motivierte ihn zur Eile. Hatzi liebte diesen Job. Das Rumschrauben. Seine Auftritte, die er sich oft auf Video noch mal ansah. Die hysterischen Weiber. Die arroganten Kotzbrocken, die nach einer Stunde Bekanntschaft mit seiner ausgefeilten Technik wie Mädchen rumheulten. Die Panik. Die Flucht durch den Hinterhof bis zur Übergabe in Lipos Wagen am Franziskanerplatz. Herrlich.

Herrlich hätte der Lipo nicht gesagt. Er war nicht der Typ, der herrlich sagt. Okay, würde der Lipo sagen. Aber das war schon alles mehr als okay. Und das wusste der Lipo. Er hatte wirklich nicht mehr viel zu tun. Etwa drei Termine pro Woche weitergeben. Den Eingang der Zahlung bestätigen. Die Kunden am Franziskanerplatz ins Auto nehmen und zu ihrem Hotel fahren. Ach ja, und Lipo musste die Putzfrau vor jedem neuen Gast ins Apartment lassen und wieder abholen. Das war nicht ganz korrekt, aber er vertraute ihr. Und wer, bitte, hätte das Apartment putzen sollen? Seinen Mitarbeitern wollte er das nicht zumuten. Die leisteten ohnehin Großartiges, was er nicht müde wurde, ihnen zu sagen.

Morgen um neunzehn Uhr also ein junges chinesisches Pärchen. Chinesen waren neu. Eine große Herausforderung, die Clibo sofort annahm. Die Aufgabe, die er lösen musste, war: Wie macht man Chinesen Angst? Der Hatzi werkelte an einem Effekt, der international war, während der Lipo die Putzfrau alarmierte und versuchte, die Chinesen über die Kreditkarte zu identifizieren. In China nach einem Herrn Lo zu suchen, erschien ihm aber sinnlos, und so stimmte er frohgemut ein chinesisches Liedchen an und sah der Zukunft gelassen ins Auge.

»Lo, La, Lu, nur der Mann im Mond schaut zu …«

3

Weil ihm zu seinem Vortrag über Tauben nichts einfiel, wurde der Durben unruhig. Das sozialistisch bewegte Rumgetrample im Wohnzimmer störte ihn in seiner Konzentration. Außerdem konnte man das dem Nachbarn nicht zumuten. Fake News, Durben, das wusste er. Der noch betagtere, schwerhörige Herr Nachbar in der darunterliegenden Wohnung begrüßte Gertis Entspannungsübungen. Er verstand sie als Motivation, im Gleichschritt mit Gertis Stampfen durch sein Zimmer zu marschieren. Bewegung war das A und O beim erfolgreichen Altern. Die revolutionäre Musik hörte er kaum. Außerdem wählte er ohnehin die SPÖ.

Kurz vor sechzehn Uhr drängte Durben zum Aufbruch.

»Was ist, wenn der äußerste Tisch besetzt ist? Wir brauchen die freie Sicht und den kürzesten Weg zum Zugriff. Der Kruppa is immer so langsam.«

Um drei viertel fünf hatte der Durben fertig. Er zog den Stecker. Was in zweierlei Hinsicht richtig war. Erstens fiel die Gerti aus ihrer Selbsthypnose. Am liebsten hätte sie bis ans Ende ihrer Tage im Wohnzimmer in den Fußboden gestampft. So schaffte sie es am besten, an nichts zu denken. Zweitens war der betagtere Nachbar die ganze Zeit tapfer mitmarschiert und am Limit. Kurz vor ultimo.

17:30 Uhr
Gerti und Durben treffen im Blumenstock ein. Der Außentisch ist frei. Sie bestellen zwei kleine Apfelsaftschorlen. Der Wirt denkt: Die schon wieder. Die Alte schaut genauso verrückt aus wie gestern. Ob der Dicke auch wieder kommt? Und die Chinesen?

18:00 Uhr
Kruppa setzt sich an den Tisch.

»Einen großen Braunen, bitte.« Wie gestern. Der Dicke ist auch wieder da. Die sitzen da und reden nichts. Gar nichts.

Da! Wie gestern. Die Alte steht auf, bleibt vor der Ballgasse 8 stehen und beginnt, auf ihrem Handy rumzudrücken. Wie dann zwei Minuten später die Ullrich scheinbar ziellos durch die Ballgasse schweift, glaubt selbst der robuste Wirt an ein Déjà-vu.

18:30 Uhr
Eine kleine Apfelsaftschorle und einen großen Braunen. Die Alte steht vor dem Hauseingang und tippt ins Handy. Keine Chinesen.

18:50 Uhr
Der Hatzi verlässt das Haus. Er trägt eine Livree in Schwarz und Rot. Die Gerti steht die ganze Zeit mit dem Rücken zur Eingangstür. Fehler. Sie hört die Tür, dreht sich um und steht diesem Hatz gegenüber. Ein Meter bis zum Mörder. Weg! Sie bleibt mit ihren Absätzen am Kopfsteinpflaster hängen. Ganz erschrocken springt der Durben an seinem Tisch auf, aber der Hatzi greift beherzt zu und verhindert Gertis Sturz im letzten Moment.

Der Durben möchte sofort zur Gerti rennen. Kruppa hält ihn am Unterarm fest und zwingt ihn wieder auf den Sessel. Die Gerti signalisiert, dass sie okay ist und der Durben sitzen bleiben soll.

Jetzt wird der Wirt misstrauisch. Der Durben sitzt in einer Stellung am Tisch, als würde er auf ein Startsignal warten. Hoch konzentriert, gespannt den Blick auf die komische alte Frau geheftet. Der Dicke hat sich auf seinem Sessel um neunzig Grad gedreht, sodass sein Bauch nicht mehr mit der Tischplatte kollidiert. Auch er scheint auf etwas zu warten. Die sollte er im Auge behalten, denkt der Wirt. Drei Apfelsaft gspritzt und zwei große Braune sind jetzt nicht die Welt, aber, und das können Sie sich jetzt aussuchen: Kleinvieh macht auch Mist oder: Wehret den Anfängen. Es ist interessant, wie die Menschen unter Stress unterschiedlich schwitzen. Dem Kruppa tropft es von der Stirn, während sich beim Durben kleine Schweißtropfen über der Nase bilden. Ich wiederum schwitze woanders, aber das tut jetzt nichts zur Sache.

»Wo bleibt der so lang? Ich krieg gleich einen Krampf.«

»Dann setz dich auf dein Oarsch. Normal. Wie man halt sitzt. Der Wirt schaut schon. Mach mich net nervös, Durben.«

19:10 Uhr
Die Gerti glaubt, die Schritte vom Hatz und von seinen potenziellen Opfern zu hören. Der Schwübogen vom Franziskanerplatz in die Ballgasse wirkt akustisch wie der Trichter an einem Grammofon. Ein Blick, Durben und Kruppa wissen Bescheid.

Da kommen sie um die Ecke. Von der Ecke zum Haustor sind es keine zwanzig Meter. Dieser Hatz geht schweigend, eiskalt voraus. Ihm folgt ein aufgeregt schnatterndes junges Pärchen. Asiaten. Ohne Argwohn. Das Lächeln dieses Hatz, als er die Alte vor dem Haustor wiedererkennt, geht der Gerti durch Mark und Bein. Der Hatz schließt auf, geht rein und hält dem Pärchen die Tür auf. Unauffällig schiebt sich die Gerti näher an die Haustür. Jetzt lässt der Hatz die Tür los und geht weiter hinein. Das Haustor geht relativ langsam zu. Die Gerti stellt sich dazwischen, da kommt auch schon der Durben. Sie schauen, wo der Kruppa bleibt. Der gibt gerade dem Wirt irgendwas und erkämpft sich Meter um Meter.

Was war geschehen? Der Durben war losgewetzt, und wie aus dem Nichts stand der Wirt vorm Kruppa. Der Kruppa reagierte blitzschnell und gab dem Wirt sein Portemonnaie.

Während der Kruppa langsam Fahrt aufnimmt, schaut der Wirt fassungslos auf den Polizeiausweis. Das ist ein Einsatz. Verdeckte Ermittler. Das erklärt einiges. Nur nicht das hohe Alter der Ermittler.

»Die sind in den Keller runter. Da!«, weist die Gerti dem Durben den Weg.

»Wo is der Kruppa?«

»Gleich da.«

»Ich geh runter. Bis der da is, haben die sich eingesperrt.« Durben zieht seine Waffe, lädt durch und stürmt die Kellertreppe hinunter.

»Wolfi!«

Der Kruppa ist da. Die Gerti rennt dem Durben hinterher. Dreimal tief durchatmen, dann tut es der Kruppa ihr gleich.

4

Der Hatzi ist irritiert. Schon auf der Treppe zum Apartment des Schreckens sagt ihm der junge Mann, dass sie eine Botschaft vom Herrn Wutz hätten.

»Wutz?«

»Ja, er lässt Ihnen sagen, dass Sie aufpassen müssen, weil ein Überfall …«

»Polizei! Alle hinlegen! Hände auf den Rücken!«, plärrt der Durben mit vorgehaltener Waffe, als er, unten angekommen, den Meuchelmörder mit seinen nächsten Opfern etwas erhöht in einem Zimmer stehen sieht. Der Hatzi schmeißt sofort die Tür zu und hofft, dass der Clibo mitgedacht hat.

Der Clibo hat mitgedacht. Der Notausgang im Badezimmer lässt sich nur von außen öffnen. Das macht der Clibo, und sie hauen alle über den Hinterhof ab. Nicht ohne vorher den Notausgang wieder zu verschließen.

Durben und Gerti stehen vor der verschlossenen Apartmenttür. Der Kruppa wälzt sich an ihnen vorbei und zeigt an, dass er nach hinten schaut. Da tritt der Durben schon die Tür ein und stürmt das Apartment des Schreckens.

»Wolfi!«

Am Franziskanerplatz ruft der Hatzi erst den Lipo an. Der Lipo soll sofort runterkommen. Sie werden gerade überfallen. Was er machen soll. Er komme sofort, sagt der Lipo.

»Clibo, du kümmerst dich um die Chinesen. Und frag sie, was mit dem Wutz is. Und ob die Chinesen wissen, wer uns da gerade überfällt. Und warum.«

»Weg! Die sind weg! Die können doch nicht weg sein!« Der Durben ist vorm Durchdrehen. Der Notausgang im Badezimmer ist aber auch wirklich nicht zu sehen. Die Gerti ist jetzt auch im Apartment. Vorsorglich hat sie die Tür hinter sich zugezogen. Sie bestätigt dem Durben, dass hier wirklich niemand ist.

Der Kruppa hat die Einsatzzentrale entdeckt und sieht auf drei Monitoren den Durben und die Gerti. Auf dem vierten Monitor ein leeres Badezimmer. Keine Opfer, keine Mörder. Die verstecken sich, wo keine Kameras sind. Würde ich auch machen, denkt der Kruppa und ist froh, dass er seinen alten Revolver dabeihat. Die Lage ist mehr als unübersichtlich. Der Durben rennt wie eine gesengte Sau in dem Zimmer rum, fuchtelt mit den Händen. Dabei scheint er rumzubrüllen. Die Gerti dackelt dem Durben nach und versucht, ihn zu beruhigen. Wie immer. Aber wieso hör ich nix? Da müsste doch irgendwo … und vielleicht können wir dann reden … So denkt der Kruppa und sucht einen Lautstärkeregler. Also, er möchte ihn suchen, aber sein BMI (für Mama: BMI = seine Fettn) spielt ihm einen bösen Streich. Beim zweiten Aufschwungversuch aus dem sehr tief liegenden Einsatzsessel glaubt der Kruppa, es bis in die

Senkrechte zu schaffen. Das geht sich nicht ganz aus. Kurz schwebt er zwischen Sessel und Schaltpult. Der Sessel ist in unerreichbare Ferne gerollt, und so versucht der Kruppa, sich an den Schiebereglern des Pults festzuklammern. Aber da ist definitiv nichts zu machen. Nachdem er hilfesuchend fast alle Regler gezogen hat, landet der Kruppa auf seinem Hintern. Gut gepolstert. No problem. Sein Kopf hingegen ist nicht gepolstert, und das ist durchaus ein Problem. Er knallt mit dem Hinterkopf auf einen Rechner und verabschiedet sich erst einmal. Keine Ahnung, welchen Schalter oder Knopf der Kruppa da im Fallen noch betätigt hat, Fakt ist, dass er damit ein Programm auslöst.

»Siehst du hier irgendwo einen Ausgang? Siehst du einen?«

»Nein, Wolfi, ich seh keinen. Beruhig dich doch. Die kriegen wir schon.«

»Einen Dreck kriegen wir. Fantomas. Tarnkappe. Ich schieß jetzt in die Wand! Nein, ich schieße jetzt nicht in die Wand. Ich seh mich jetzt draußen um. Die Tür ist zu! Ich kann nicht raus! Kruppa! Kruppa!«

»Ganz ruhig, Wolfi, ganz ruhig.« Die Gerti hat Angst. Und wie.

Für die Ullrich ist die Situation auch mehr als unübersichtlich. Sie hat über Kruppas Handy wenig mitbekommen, und jetzt ist die Verbindung tot. Wir wissen, warum. Weil sich der Dicke draufgesetzt hat. Die Ullrich verlässt ihre Deckung in der Blumenstockgasse, geht bis an die Ecke Ballgasse und linst zum Haustor. Da rührt sich nichts. Sie bemerkt, dass der Wirt sie beobachtet. Er blinzelt ihr verschwörerisch zu. Irritiert blinzelt sie zurück.

Da! Der Hatz kommt aus dem Schwübogen gerannt. Er läutet. Er wartet ungeduldig. Die Ullrich wird leicht panisch. Was macht der Hatz hier? Wo sind meine Leute? Jetzt macht der Lipowetz von innen die Tür auf, und die Ullrich rennt los.

»Halt! Polizei!« Scheiß auf die Rente. Kollege in Gefahr.

»Polizei?« Der Lipo hindert die Tür am Zufallen. »Woher wissen Sie? Gut, dass Sie da sind.«

Verwirrt bleibt die Ullrich im Haustor stehen. Die rechte Hand ruht auf ihrer Glock-Pistole. Made in Austria. Das beruhigt. Ein wenig.

Ein Erdbeben im Apartment des Schreckens erschreckt die Gerti und den Durben bis ins Mark. Dass der Kruppa nur ein paar Meter weiter besinnungslos in einem Kabuff liegt, wissen sie nicht. Auch nicht, dass die Ullrich schon zu Hilfe geeilt ist. Da draußen treiben sich mindestens drei Serienmörder herum, und Gerti und Durben kleben wegen der erdbebenbedingten starken Neigung des Apartments geradezu an der Wand. Das liegt aber nur zum Teil an der Schwerkraft, es liegt auch an dem Grauen, das aus allen Richtungen auf sie einwirkt und sie in diese erbärmliche Schieflage zwingt. Jeden auf einer Seite des ausladenden Bettes.

Das Erdbeben ist nur der Auftakt für eine gruslige Abfolge von Perversitäten. Die grau melierte wütende Frau, die sie von oben, schräg hinten abwechselnd als Schlampe und Schweinehund beschimpft, ist da noch vergleichsweise harmlos. Doch was dann kommt, ist so grauenhaft, dass – man kennt das – man den Blick nicht abwenden kann, obwohl man es ganz sicher nicht sehen will.

So geht es Durben und Gerti. Mit schreckensweiten Augen starren sie auf einen nackten Mann, dem das Blut aus der Halsschlagader spritzt. Immer wieder zischt das Skalpell in seinen schwammigen, zerfetzten Hals. Das ganze Zimmer ist blutrot gefärbt. Die Gerti kreischt. Der Durben auch. Das Skalpell, das Blut, das Gekeife dieser Furie von oben, von schräg hinten.

Die Gerti merkt erst gar nicht, wie sich ihre Füße langsam voneinander entfernen. Die Bodenplatten schieben sich auseinander. Jetzt merkt die Gerti doch was und schaut nach unten.

»Krokodile! Hilfe!«

Mit einem Satz steht die Gerti auf dem Bett. Jetzt schaut auch der Durben nach unten. Um Gottes willen! Unter ihm tut sich eine felsige Schlucht auf. Der Durben hat Höhenangst. Er schließt die Augen und lässt sich aufs Bett fallen. Gerettet. Vorerst. Denn jetzt kommt Hatzis letzter Einbau zum Einsatz. In Form von unzähligen kleinen giftgrün schillernden Käfern, die aus der Matratze zu quellen scheinen und sofort versuchen, an den Beinen der inzwischen fast irren Detektive hochzukrabbeln.

»Da! Vorsicht! Wolfi!«

Irgendwann wird die keifende Furie von einem bulgarischen oder rumänischen Exorzisten abgelöst, der den beiden immer wieder mit heiligem Zorn ein Kreuz entgegenreckt, als wollte er es ihnen in den Hals rammen. Von dort oben nähert sich, verdammt schnell, ein riesiger Adler. Im Sturzflug. Durben kann schon das erregte Flattern seiner Stirnfeder erkennen, als er endlich schießt. Krawumm! Die Glasdecke splittert und stürzt zu Boden. Schützend wirft sich Durben über die schreckensstarre Gerti.

Dann gehen die Lichter im Apartment aus. Finster. Absolute Stille. Nur das hektische Aus- und Einatmen ist zu vernehmen.

Das war ein Schuss! Das Apartment ist zwar schallgeschützt, aber ein Schuss ist ein Schuss. Den spürt man. Die Druckwelle. Jeder spürt das. Auch der Lipo, der vor dem Hatzi und der Ullrich am Fuß der Treppe ankommt.

»Auf den Bauch legen! Hände über den Kopf! Sofort! Ich schieße!« Adrenalin, Ritalin, die Ullrich ist auf hundertachtzig. Die Situation ist total unübersichtlich. Wer hat eben auf wen geschossen? Wo sind die alle? Wo ist dieser Clibo? Wo sind die Chinesen?

Aber auch dem Hatzi und dem Lipo stellen sich, wie sie so Gesicht an Gesicht auf dem Bauch liegen, eine Menge Fragen. Warum liegen sie hier und werden von einer Polizistin mit einer Waffe bedroht? Gehört die etwa dazu? Aber wozu? Auch sie fragen sich, wer auf wen geschossen haben könnte. Clibo ist nicht mehr da, und sie beide liegen auf dem Boden. Außer den Gangstern ist ja niemand hier unten. Sollten die etwa aufeinander geschossen haben? Und wenn, warum?

»Wo sind meine Leute?« Gott sei Dank hat die Ullrich den Sicherungshebel an ihrer Glock noch nicht umgelegt. Die Angst um ihre Kollegen, ihr Hang zu Überreaktionen. Ein kühler Kopf sieht anders aus. »Wo sind meine Kollegen? Wer hat geschossen?«

»Was weiß denn ich? Wir waren's net. Wir liegen ja da, net? Ihre Komplizen sind vielleicht da drinnen und knallen sich gegenseitig ab.« Damit zeigt Lipo mit seiner freien Hand auf das Apartment des Schreckens in Schieflage.

»Wieso ist dieses Dings so schief?« Die Ullrich hat bis jetzt noch gar nicht die Zeit gehabt, sich näher umzuschauen, und das Notlicht ist äußerst spärlich.

»Auch das entzieht sich unserer Kenntnis, Gnädigste.«

»Was ist das eigentlich?«

»Das Apartment des Schreckens«, rutscht es dem Hatzi so raus, und die Ullrich entsichert ihre Glock. Er hätte sich selbst auf die Zunge beißen können. Das erübrigt sich, weil ihm Lipo gegen das Schienbein tritt. Aber Deeskalation sieht wirklich anders aus.

»Die Tür ist zu! Liegen bleiben! Ich schieße sofort!«

»Unter dem Türknauf ist ein kleiner Knopf. Da draufdrücken. Knauf drehen. Aufmachen. Das kriegen Sie hin,

Frau Inspektor.« Die Arroganz vom Lipo ist aber auch nicht deeskalierend, findet Hatzi.

»Ullrich! Steffi! Wir sind hier!« Die Durbens sind erleichtert. So im Finstern auf dem Bett. Kein Ton. Die schrecklichen Bilder im Kopf. »Hier unten!« Die Ullrich kann die Silhouetten in dem schwachen Streulicht kaum erkennen.

»Durben, ich geb Ihnen die Hand und zieh Sie hoch.«

Was sich erst leicht anhört, ist Stress pur. Die Ullrich hält ihre linke Hand in den Abgrund. Mit ihrer bewaffneten Rechten bedroht sie Hatzi und Lipo, während sie mit dem Hinterteil die Tür aufhält, die, der Schwerkraft folgend, zufallen will.

Durben und Gerti machen sich Hand in Hand auf den Weg. Durben zuerst. Wegstrecke vier Meter. Steigung fünfundvierzig Grad. Es fehlen nur noch ein paar Zentimeter.

5

Der Kruppa wundert sich kurz, wie er nach wenigen Minuten wieder zu sich kommt. Er schafft es sogar mühelos in eine Sitzhaltung. Und so sitzt er jetzt zwischen einem Schaltpult und einer Batterie an Rechnern auf dem Boden und schaut einer Ratte in die Augen. Beide sitzen da und schauen sich an. Der Kruppa hasst Ratten, so ganz bei sich ist er auch noch nicht, also erschießt der Kruppa die Ratte mit seinem Revolver.

Das möchten Sie nicht erleben. Der Revolver ist die lauteste aller Handfeuerwaffen. Hundertfünfzig Dezibel. Lauter als ein Flugzeugstart. Im Keller. Das hat der Kruppa nicht bedacht.

Dieser Schuss haut allen den Boden unter den Füßen weg. Gerti und Durben kommen ins Straucheln und gehen zurück auf Start. Die Ullrich stürzt auch fast ab, kann sich aber am Türgriff festhalten. Lipo und Hatzi liegen am Boden. Auch mental. Hier geschieht gerade etwas ganz Schreckliches.

In nächster Zeit müssen Sie damit rechnen, dass die Leute sehr laut sprechen. Die hören auch nicht so gut. Das kommt von dem Revolverknall.

»Ich komm gleich wieder. Ich mach die Tür zu. Sicherheitshalber.« Damit trifft die Ullrich eine Entscheidung, die den Durbens nicht gefällt, aber strategisch richtig ist. Nur wer die Bedrohung kennt, kann sie bekämpfen.

»Wer war das? Wer hat da geschossen?« Wie zufällig steht die Ullrich mit ihrem Dienstschuh auf der Hand vom Hatzi. Aber der weiß es ja auch nicht.

Bist du deppert! Das ist das Einzige, was dem Kruppa zu seiner sinnlosen Aktion einfällt. Es ist schon sehr lange her, dass er mit dem Revolver geschossen hat. Im Freien. Mit Ohrstöpseln. Das war laut, damals.

Genützt hat die Schießerei auch nichts, weil ihm jetzt zwei Ratten dabei zuschauen, wie er unter erheblichen Mühen aufsteht. Er hört nichts, kann aber nicht sagen, ob das die Nachwirkungen des Knalles sind oder ob es nichts zu hören gibt. Als Erstes kommt der Revolver aus der Tür der Einsatzzentrale. Ihm folgt der Kruppa.

»Wo ist der Kruppa? Wo ist dieser Clibo? Wo sind die Chinesen? Wo sind die ganzen Leichen?«, schleudert die Ullrich vornübergebeugt dem Hatzi ins linke Ohr, während sie ihr Gewicht immer stärker auf den rechten Fuß verlagert. Die Situation ist für die Ullrich nicht mehr unübersichtlich, sie ist geradezu hoffnungslos. Zwei von drei Kollegen hilflos im Apartment des Schreckens. Einer abgängig. Zwei von drei

Mördern halbwegs unter Kontrolle. Einer läuft frei herum und hat gerade eine Sprengung vorgenommen.

»Ullrich!«

»Kruppa!« Das ist Erleichterung pur.

»Kann ich rangehen?« Das Handy vom Lipo vibriert. Vielleicht läutet es auch. Schwer zu sagen. In dem Wissen, dass sich ein Revolverlauf und der einer Glock auf seinen Hinterkopf richten, darf er das Gespräch annehmen.

»Wer? Sie müssen lauter reden! Clibo! Wo bist denn? Die Chinesen? Bleibts dort!«

Artig erstattet Lipo Bericht. »Clibo und unsere chinesischen Gäste befinden sich wohlbehalten im Kleinen Café am Franziskanerplatz.«

Und dann kommt alles ganz schnell raus. Als Erstes die Gerti und der Durben aus dem Apartment des Schreckens. Dann, dass es einen Hinterausgang gibt. Die Geschäftsidee und, natürlich, Verstöße gegen alle möglichen Vorschriften.

Im Kleinen Café geben die stark verunsicherten chinesischen Studenten sachdienliche Hinweise auf den Aufenthaltsort der gesuchten alten Frau Schnabel, des Quetschn-Joe und des Herrn Wutz. Den entstandenen Schaden und die Kaffeehausrechnung übernimmt der Lipo, Stillschweigen vorausgesetzt. Darum bitten auch die Chinesen. Wenigstens noch zwei Tage. Gebongt.

Aber eine Frage hat der Lipo schon noch. Und nicht nur er. »Worauf haben Sie eigentlich geschossen?«

»Auf eine Ratte«, gesteht der Kruppa etwas kleinlaut.

Die Gerti schaut ihren Wolfi bewundernd an und verkündet stolz: »Auf einen Steinadler.«

Ein Jahr später

Quetschn-Joe und Li arbeiten gemeinsam an der nächsten Show.

Die alte Frau Schnabel ist wieder in Grinzing. Talkshows. Kochsendungen. Ein Star.

Wutz und Hui, die Dolmetscherin, überlegen, ein original Wiener Kaffeehaus zu eröffnen. Die Katzen von Hui sind für Wutz kein Problem. Er schläft da sehr gut.

Das Apartment des Schreckens floriert.

Die jungen Schnabels haben die zehntausend Euro für das Auffinden der alten Schnabel an die Detektei Ullrich anstandslos bezahlt. Geld, das die Detektei Ullrich dringend für den Ankauf von sechzig Rollatoren braucht. Aber das ist eine andere Geschichte.